Jane Austen

a arte das palavras

Jane Austen e a arte das palavras

Copyright © 2023 da Starlin Alta Editora e Consultoria Eireli.
ISBN: 978-65-5568-076-8

Translated from original Jane Austen Und Die Kunst Der Worte. Copyright © Catherine Bell, 2021. ISBN 978-3-7466-3768-6. This translation is published and sold by © Aufbau Verlage GmbH & Co. KG, 2021, the owner of all rights to publish and sell the same. PORTUGUESE language edition published by Starlin Alta Editora e Consultoria Eireli, Copyright © 2023 by Starlin Alta Editora e Consultoria Eireli.

Impresso no Brasil — 1ª Edição, 2023 — Edição revisada conforme o Acordo Ortográfico da Língua Portuguesa de 2009.

Todos os direitos estão reservados e protegidos por Lei. Nenhuma parte deste livro, sem autorização prévia por escrito da editora, poderá ser reproduzida ou transmitida. A violação dos Direitos Autorais é crime estabelecido na Lei nº 9.610/98 e com punição de acordo com o artigo 184 do Código Penal.

A editora não se responsabiliza pelo conteúdo da obra, formulada exclusivamente pelo(s) autor(es).

Marcas Registradas: Todos os termos mencionados e reconhecidos como Marca Registrada e/ou Comercial são de responsabilidade de seus proprietários. A editora informa não estar associada a nenhum produto e/ou fornecedor apresentado no livro.

Erratas e arquivos de apoio: No site da editora relatamos, com a devida correção, qualquer erro encontrado em nossos livros, bem como disponibilizamos arquivos de apoio se aplicáveis à obra em questão.

Acesse o site www.altabooks.com.br e procure pelo título do livro desejado para ter acesso às erratas, aos arquivos de apoio e/ou a outros conteúdos aplicáveis à obra.

Suporte Técnico: A obra é comercializada na forma em que está, sem direito a suporte técnico ou orientação pessoal/exclusiva ao leitor.

A editora não se responsabiliza pela manutenção, atualização e idioma dos sites referidos pelos autores nesta obra.

Dados Internacionais de Catalogação na Publicação (CIP) de acordo com ISBD

B433j   Bell, Catherine
         Jane Austen e a Arte das Palavras / Catherine Bell ; traduzido por Claudia Abeling. - Rio de Janeiro : Tordesilhas, 2023.
         192 p. ; 16cm x 23cm.

         Tradução de: Jane Austen Und Die Kunst Der Worte
         ISBN: 978-65-5568-076-8

         1. Literatura inglesa. I. Abeling, Claudia. II. Título.

2023-703   CDD 823
                                                  CDU 821.111

Elaborado por Odilio Hilario Moreira Junior - CRB-8/9949

Índice para catálogo sistemático:
1. Literatura inglesa 823
2. Literatura inglesa 821.111

Produção Editorial
Grupo Editorial Alta Books

Diretor Editorial
Anderson Vieira
anderson.vieira@altabooks.com.br

Editor
Ibraíma Tavares
ibraima@alaude.com.br
Rodrigo Faria
rodrigo.fariaesilva@altabooks.com.br

Vendas ao Governo
Cristiane Mutüs
crismutus@alaude.com.br

Gerência Comercial
Claudio Lima
claudio@altabooks.com.br

Gerência Marketing
Andréa Guatiello
andrea@altabooks.com.br

Coordenação Comercial
Thiago Biaggi

Coordenação de Eventos
Viviane Paiva
comercial@altabooks.com.br

Coordenação ADM/Finc.
Solange Souza

Coordenação Logística
Waldir Rodrigues

Gestão de Pessoas
Jairo Araújo

Direitos Autorais
Raquel Porto
rights@altabooks.com.br

Assistente da Obra
Gabriela Paiva

Produtores Editoriais
Illysabelle Trajano
Maria de Lourdes Borges
Paulo Gomes
Thales Silva
Thiê Alves

Equipe Comercial
Adenir Gomes
Ana Claudia Lima
Andrea Riccelli
Daiana Costa
Everson Sete
Kaique Luiz
Luana Santos
Maira Conceição
Nathasha Sales
Pablo Frazão

Equipe Editorial
Ana Clara Tambasco
Andreza Moraes
Beatriz de Assis
Beatriz Frohe
Betânia Santos
Brenda Rodrigues

Caroline David
Erick Brandão
Elton Manhães
Gabriela Paiva
Gabriela Nataly
Henrique Waldez
Isabella Gibara
Karolayne Alves
Kelry Oliveira
Lorrahn Candido
Luana Maura
Marcelli Ferreira
Mariana Portugal
Marlon Souza
Matheus Mello
Milena Soares
Patricia Silvestre
Viviane Corrêa
Yasmin Sayonara

Marketing Editorial
Amanda Mucci
Ana Paula Ferreira
Beatriz Martins
Ellen Nascimento
Livia Carvalho
Guilherme Nunes
Thiago Brito

Atuaram na edição desta obra:

Tradução
Claudia Abeling

Codisque
Alberto Gassul

Revisão Gramatical
Evelyn Diniz
Maria Carolina Rodrigues

Diagramação
Cesar Godoy

Editora afiliada à: ASSOCIADO

Rua Viúva Cláudio, 291 – Bairro Industrial do Jacaré
CEP: 20.970-031 – Rio de Janeiro (RJ)
Tels.: (21) 3278-8069 / 3278-8419

www.altabooks.com.br – altabooks@altabooks.com.br
Ouvidoria: ouvidoria@altabooks.com.br

CATHERINE BELL

JANE AUSTEN
~e~
a arte das palavras

Tradução
CLAUDIA ABELING

ALTA BOOKS
GRUPO EDITORIAL
Rio de Janeiro, 2023

PRÓLOGO
Londres, 13 de novembro de 1815

O céu sobre o Hyde Park estava repleto de nuvens de fumaça. Até o gelo acumulado sobre os galhos e os telhados, dos quais a carruagem se aproximava lentamente, tinha uma coloração suja. Em Hampshire, o horizonte costumava ser leitoso, mas com frequência também era claro e tão transparente que, em sua amplitude, fazia lembrar um mar tranquilo. Lá, Jane sentia-se assim também: calma e disposta a permitir que seus pensamentos vagassem por todos os lados, sem freios.

Entretanto, quando estava em Londres, a vida transcorria bem na frente de seus olhos. Aqui não havia visão clara; construções, árvores, carruagens, pessoas eram onipresentes. Onde quer que estivesse, seu coração batia mais rápido. Por fim, numa cidade grande como essa sempre havia algo para se fazer — ir ao teatro, a festas ou às compras.

A carruagem seguia na direção de Piccadilly. As calçadas diante de seus olhos se encheram. As marteladas dos ferreiros vindos dos pátios ecoavam alto e eram sublinhadas por batidas de cascos e pela gritaria dos cervejeiros, que conduziam seus cavalos por vielas estreitas.

O nervosismo de Jane, que, durante toda a manhã, vinha em ondas e refluía novamente, encapelou-se mais uma vez. Suas faces estavam quentes e uma sensação de arrepio perpassava todo seu corpo. Se houvesse espaço naquela carruagem revestida com seda e brocados, ela se abanaria com o chapéu. Claro que ela ficou encantada ao subir na carruagem do príncipe regente, principalmente porque o veículo dispunha de janelas de vidro. Via de regra, após uma viagem de carruagem no inverno, Jane desembarcava cheia de respingos de lama e neve, enregelada e muitas vezes com delicados cristais de gelo sobre seus cílios. Mas não aqui e agora! Entretanto, o calor também não lhe era agradável. A única saída parecia ser pressionar o rosto contra a janela, embora o vidro pudesse ficar com marcas de gordura.

Entusiasmada, ela olhou para fora. Meninos vendendo jornais anunciavam as novidades de todo o mundo. O vermelho da fita na vitrine de Smith & Hanson parecia ainda mais luminoso; os tecidos brilhantes na loja de Mr. Vanderbilt, luxuosos e macios. Tantas vezes ela tinha namorado as vitrines das lojas, sem condições de sequer tentar entrar. Desde então, Jane dispunha de algum dinheiro para tecidos bonitos, para comer algo saboroso ou até para comprar um par dessas luvas de seda que ela viu numa vitrine enquanto passava. Quem poderia impedi-la de comprar logo dois pares de luvas ou cinco barras de chocolate na Fortnum & Mason para Cass, que era uma formiguinha como todos os Austen?

Ninguém. Talvez apenas o tempo, que corria. Afinal, não seria possível esconder que o cocheiro havia precisado esperar por ela. Afinal, há questões totalmente novas em algumas fases da vida. Por exemplo, como ela conseguiria atravessar uma rua lamacenta de Londres com um vestido de musselina branca? Felizmente havia os *crossing sweepers*. Jane havia enxergado um deles tão logo que saiu da casa do irmão para a rua e o chamou. Com uma vassoura, o rapaz limpou a neve e, principalmente, varreu para o lado a sujeira. Nenhuma mancha na barra da saia, notou ela, aliviada, depois de ter olhado para baixo repetidas vezes. Também seus sapatos brilhavam. Era evidente que, no interior da carruagem, Jane os tinha trocado por seus velhos mocassins. Além disso, ela usava um regalo para aquecer as mãos, cujo delicado aroma de violetas despertava a lembrança em Eliza, sua prima e falecida esposa de Henry, que o havia deixado de herança para ela. Para completar, pérolas no cabelo e um toque de batom vermelho.

Nada exagerado, mas Jane imaginava que, ainda assim, estava de acordo com a ocasião.

Enquanto olhava para fora, vislumbrando a vida que se desenrolava diante das janelas da carruagem, entregando através da porta um *shilling* a um jovem de calças curtas e pés descalços, Jane não pôde evitar o espanto. Vinda de uma cidadezinha adormecida feito Steventon, como ela havia conseguido chegar ali? Em Londres. Na carruagem do futuro rei do Reino Unido da Grã-Bretanha e Irlanda.

Ela, filha de um reverendo!

O enredo era semelhante ao de um romance barato. Entretanto, não havia sido um passe de mágica que a colocara naquela carruagem. Nem ela tinha se casado com um príncipe. O fato de ela estar sentada ali, amassando o chapéu, ansiosa, não se devia a ninguém mais além dela mesma.

Agora eles estavam passando por St. James Street, onde não havia mais qualquer sinal do tumulto. As casas reluziam, brancas, e se destacavam diante do céu que escurecia, não se via ninguém nas ruas e o som das patas dos cavalos soava curiosamente oco. Em breve, Carlton House com seu pórtico maravilhoso junto à Pall Mall apareceria a sua frente.

Tratava-se de uma construção incrível, ela sabia disso. As colunas surgiam aos poucos entre a névoa e também os soldados com seus chapéus altos, aqueles pobrezinhos que tinham de se manter absolutamente imóveis. De repente, o céu se abriu. Como se não conseguissem se soltar da visão do palácio, as nuvens pesadas pareciam estar amarradas sobre ele. Corvos voavam em círculos. Exceto por seus grasnados, o silêncio era fantasmagórico.

Há anos, alguém havia lhe contado que Carlton House abrigava um quarto do tamanho e da forma de uma catedral. Isso era estranho, mesmo que não exatamente espantoso. George IV era peculiar. Peculiar e... Ah, ela não o suportava, de verdade. Ele era perdulário, infiel, antipático; resumindo: não era a pessoa dos seus sonhos para encontrar numa audiência.

Por outro lado, tratava-se do príncipe regente. E apesar do constrangimento, Jane estava muitíssimo feliz pelo convite, que chegou na sua casa impresso num delicado papel de seda. E Jane — cuja autoria de romances tão apreciados como *Orgulho e preconceito* e *Razão e sensibilidade* era desconhecida por quase todo mundo — passou um bom tempo olhando para o convite, incrédula.

Ainda que ele não tivesse chegado de maneira totalmente inesperada. O médico, que nas terríveis semanas anteriores havia tratado seu irmão, tão doente que ela temera pelo pior, passou um bom tempo observando-a e certa tarde perguntou, com a voz baixa: "Posso informar o palácio de sua presença aqui em Londres, senhorita Jane?".

Jane riu alto e, por algum tempo, ficou esperando que ele se desculpasse pela piada.

Ela era filha de um reverendo. De Steventon, Hampshire. No palácio, quem é que haveria de se interessar por sua visita a Londres?

"Tudo bem", respondeu Jane por fim e passou os dias seguintes pensando nisso quase sem parar. Mas como nada aconteceu, ela quis se esquecer das palavras do médico (em vão, mas querer se esquecer já era quase tão positivo quanto se esquecer de verdade).

Daí chegou a carta que, como ela tinha de admitir, dava vontade de emoldurar. Agora ela estava indo em direção ao palácio do príncipe regente, sentia o coração bater forte e estava aliviada pelo fato de que o príncipe não estaria pessoalmente presente durante a visita.

Mesmo que, claro, fosse maravilhoso poder puxar como que casualmente uma conversa sobre a cor das meias de Sua Excelência durante a visita.

A carruagem diminuiu a velocidade e acabou parando. Um homem baixo e largo, de pernas grossas, veio correndo em sua direção.

"Que honra a minha! James Stanier Clarke, se me permite que me apresente."

O rosto do bibliotecário estava radiante. Jane também abriu seu sorriso mais despreocupado e colocou o chapéu, que imediatamente tirou de novo — na carruagem, ele não cabia na sua cabeça.

Uma escadinha foi providenciada. Ela inspirou profundamente.

Aqui estava ela. Jane Austen, que havia vindo ao mundo sem uma condição financeira favorável nem maiores perspectivas. Que havia experimentado inúmeros caminhos, pois afinal, para que serviam as encruzilhadas senão para seguir por cada trilha pelo menos até a próxima saída? Alguém que se decidira enfim por um caminho que quase nenhuma mulher havia escolhido até então.

Ela desceu da carruagem e passou a prestar atenção, mesmo que com apenas um ouvido, na torrente de palavras do Sr. Clarke. Jane se sentiu nervosa de novo, mas também havia orgulho. A carruagem, o palácio e, certamente, a biblioteca eram luxuosos. Mas ela soube nesse instante que o verdadeiro luxo era a liberdade, cuja conquista fora tão custosa.

Em sua vida, houve horas sombrias. Também aquelas sem uma cor definida, nas quais as coisas não andavam nem para frente nem para trás. Nas quais crescia dentro dela a sensação de estar morta por dentro. E agora era como se ao seu redor só houvesse luz.

Apesar dos esforços do bibliotecário real em fazê-la finalmente entrar no palácio, Jane olhou para cima. As nuvens se movimentavam, por fim, bem devagar e de maneira quase imperceptível, mas suficiente para permitir que um estreito raio de sol batesse em seu nariz.

Ela fechou os olhos, sentiu o frio do vento de novembro sobre as faces, sentiu como a umidade do solo subia pelos sapatos de seda. Mas tanto fazia. Ninguém podia ter previsto o transcorrer da sua vida — principalmente porque Jane não era um menino e, portanto, não havia realmente ninguém minimamente interessado em saber de suas opiniões e ideias.

Aquele momento era realidade, porém, e tão maravilhoso e surpreendente que ela balançou a cabeça e abriu de novo os olhos para encarar o rosto espantado do bibliotecário.

"Vamos, senhor Clarke?"

PRIMEIRA PARTE

*"Gostar de dançar era um passo
para se apaixonar."**

JANE AUSTEN EM *ORGULHO E PRECONCEITO*

---

*   Tradução de Alexandre Barbosa de Souza, assim como todos os trechos de *Orgulho e Preconceito*. São Paulo: Penguim, 2011. [N. da T.]

STEVENTON, CONDADO DE HAMPSHIRE
22 de dezembro de 1795

Uma luz fraca matinal passava por uma fresta entre as cortinas e batia no chão liso do quarto de Jane. Todos os dias, ela puxava o cobertor até por cima do nariz e refletia sobre se deveria dar um grito para chamar a moça ou não. Se o fizesse, rapidamente um fogo acolhedor estaria crepitando na lareira. Ela poderia se mexer debaixo da coberta, alcançar a escrivaninha sem congelar as solas dos pés e até segurar a pena sem tremer demais. A desvantagem era — como de costume — evidente. Seu grito não passaria desapercebido por Cass. Ela se sentaria e, despenteada e brava, olharia para Jane; por fim, a repreenderia como só as irmãs mais velhas sabem fazer: "Você tem *mesmo* que fazer isso, Jane?".

Mas aquele não era um dia normal e exatamente esse era o azar. Jane podia gritar à vontade que não despertaria Cass. Essa estava a quilômetros de distância, em Kintbury. Não para fazer uma visita *qualquer*, mas para passar o Natal com os futuros sogros. Isso queria dizer que Cass estava para se casar e esse pensamento era terrível. Afinal, elas dividiam o quarto desde sempre. Por quase vinte anos. E tudo mudaria a partir de então.

Naquela luminosidade mortiça, o cômodo parecia grande e desconfortável.

Jane suspirou. Havia mais uma coisa que lhe dava mau humor e era o fato de que também Susanna, a moça, não viria. Que não arrumaria as camas de Jane e Cass nem acenderia o fogo. Para conseguir cuidar dos Austen no Natal, a boa alma antecipava a comemoração com a mãe em Basingstoke. Sem dúvida, Susanna merecia alguns dias longe dali, mas nesse instante ela sentia quase tanta falta dela quanto da irmã.

Algo que, visto com serenidade, era um absurdo total. Susanna era uma jovem simpática, mas impossível de ser comparada Cass. Jane se descobriu. Céus, como estava frio! Tremendo, ela rapidamente voltou a puxar a coberta sobre o rosto e, sussurrando, reclamou da vida. Esse não era, de modo algum, um jeito agradável de começar o dia.

Bem, ela juntaria então toda força e dinamismo para acender o fogo sozinha. E, em seguida, não passaria a manhã inteira pensando em Susanna ou em Cass, mas ficaria animada na expectativa pelos dias de festa, visitaria Alethea e prestaria atenção nas fofocas do vilarejo. Nesse sentido, ninguém estava melhor informada do que sua melhor amiga — embora sua casa ficasse bem mais distante de Steventon do que a casa paroquial, na qual Jane vivia. Jane, por sua vez, gostava de conversar com as pessoas, mas tinha dificuldade em guardar todos os detalhes das histórias que ouvia. Muitas vezes ela os misturava com sua fantasia. Tratava-se de algo absolutamente prático para o trabalho de uma escritora, mas a pretensão de Alethea de que os boatos continham ao menos um pingo de verdade não agradava a Jane.

Ela fechou os olhos, contou baixinho até três, finalmente afastou a coberta e saiu da cama. Para encostar sempre apenas um pé no chão, foi saltando até a lareira, no caminho pegou o cachecol de lã da poltrona, deu três voltas ao redor do pescoço e puxou-o para baixo a fim de proteger os ombros, pegou o estojo de metal em que guardava os palitinhos de madeira para acender fogo, mas o deixou cair porque seus dedos estavam duros de frio. Vestir-se primeiro era mais inteligente. Então, colocou três meias soquete, uma sobre a outra, a meia-calça, a anágua, o vestido de baixo e, por último, o vestido de lã. Ela pegou novamente o estojo de metal, tentou manter a mão firme e acabou conseguindo acender um fogo na lareira — débil, mas um fogo.

Jane soprou as mãos. Abriu as cortinas e olhou para o jardim, que brilhava prateado pela geada. À esquerda, ficava a horta cercada de sua mãe, agora sem vida. Na primavera e no verão, porém, reluziam ali as flores laranjas da capuchinha, vagens subiam pelas espaldeiras, abóboras e batatas cresciam rodeadas por macieiras e pereiras baixas. Atrás, erguiam-se colinas suaves, à direita limitadas por carvalhos e bétulas. O irmão mais velho de Jane havia plantado uma tília perto da casa, cujas folhas brotavam, verdes e delicadas, na primavera e cujo aroma suave atravessava, pelas manhãs, as janelas abertas. Agora seus galhos pareciam austeros e tristes e Jane desviou o olhar, apertou o cachecol um pouco mais, acendeu duas velas e sentou-se junto à sua escrivaninha.

Ela pegou o tinteiro, a pena e uma pilha de papel à qual, a cada dia acrescentava mais duas folhas escritas e tentou se concentrar. Certo dia, no verão passado, Elinor e Marianne Dashwood tinham surgido na mente de Jane, duas personagens ainda um pouco desfocadas. Desde então, seus contornos iam se tornando cada vez mais nítidos — Elinor, que em sua rigidez e frieza intelectual parecia excepcionalmente superior, e Marianne, impetuosa e muito agitada para ser uma dama. Jane amava febrilmente ambas as irmãs imaginadas e quando começava a escrever sobre elas, o mundo diante das janelas desaparecia, tanto a casa paroquial quanto seus moradores desbotavam: seus pais e Cass, os funcionários e as visitas do momento, que eram o irmão mais velho de Jane, James, e a pequena Anna.

Ela havia desenvolvido um enredo básico, que deveria ser suficiente. Jane gostava de escrever sem pensar muito, embora de maneira não totalmente livre — era preciso haver um parapeito no qual se segurar, uma linha que corresse ao longo da história. Se não, ela acabaria desviando às vezes para um lado ou para outro. Isso não era bom, a tensão não aparecia; ao mesmo tempo, Jane sabia que a criatividade precisava de liberdade. Algumas vezes ela tinha tentado imaginar um esquema preciso da ação, anotando cena por cena, colocando setas bem traçadas e anotações feitas com letrinhas minúsculas. Depois de algumas tentativas, que lhe pareceram todas malsucedidas, ela atirou o esboço no fogo. Jane precisava de um caminho do meio — ela tinha de saber para onde queria ir, mas ligeiras ramificações eram interessantes, desvios estavam permitidos.

Jane mergulhou a pena no tinteiro e hesitou. Esse também era um problema de seu modo de escrever: seu pai gastava uma verdadeira fortuna no papel que ele lhe disponibilizava com alegria, embora às vezes ela ficasse com a consciência pesada por causa desse passatempo custoso. Sim, manter um cavalo era ainda mais caro, mas havia também inúmeras ocupações para moças que, no fim do dia, chegavam a render um dinheiro. Por exemplo, tricotar, bordar ou fazer crochê, coisas que Jane dominava e resultavam num cachecol ou numa toalha de mesa. Mas nada lhe dava tanta alegria quanto escrever.

Infelizmente, havia dias como hoje e dias como ontem, nos quais aquilo que ela trazia ao papel não lhe parecia novo, apesar de toda liberdade, mas insosso, gasto e pesado. Os pensamentos não eram ágeis, as palavras não vinham em jorros; cada uma delas custava muito esforço. E ainda os erros de ortografia que acabavam se imiscuindo! Ela estava dispersa demais, esse era o provável motivo, embora pudesse dispor do luxo do silêncio total. Nada de Cass, que despertava bocejando; nada da mãe ou do pai, que desciam as escadas tossindo e pigarreando, pois ainda era muito cedo. E até os meninos — que em geral se hospedavam na casa paroquial porque o pai de Jane não era apenas pároco, mas também diretor da escola e lhes dava aulas e abrigo — passavam os feriados com suas famílias.

Ela passou os olhos por como havia caracterizado ambas as Dashwood: o nome *Elinor* estava escrito ali mais como apontamento para si mesma do que para o leitor, pois ela ainda precisava achar uma possibilidade de inserir de maneira elegante os detalhes no texto concebido como um romance epistolar, *a mais velha, cujos conselhos foram tão efetivos, possuía a força do entendimento e a tranquilidade do juízo, que a qualificavam, embora com apenas 19 anos, a ser conselheira da mãe e lhe permitiam muitas vezes contrabalançar, para benefício de todas, aquele espírito inquieto da sra. Dashwood que em geral a levava à imprudência. Tinha um coração muito bom — sua disposição era afetuosa e seus sentimentos eram fortes; mas ela sabia como governá-los; era um conhecimento que sua mãe ainda precisava adquirir, e que uma de suas irmãs estava decidida a nunca aprender.*

Os talentos de Marianne eram, em muitos aspectos, bastante parecidos com os de Elinor. Ela era sensível e inteligente; mas ardorosa em tudo; tristezas, alegrias, nada nela era moderado. Ela era amável, interessante: mas era tudo menos prudente.[*]

Ah, se Jane também fosse um pouco mais cautelosa! Daí ela não se importaria em ficar sem ação na sua escrivaninha, esperando ser beijada pela musa. Infelizmente, porém, Jane estava se sentindo muito impaciente naquele dia. Ela ergueu o olhar e observou a parede pintada de um azul delicado. Algo nela se rebelava. Por experiência, sabia que era preciso deixar para lá — escrever tensa era semelhante atentar sorrir estando furiosa. Dessa maneira não era possível convencer ninguém e, enfim, as folhas rabiscadas acabariam tendo as chamas da lareira por destino.

Com algum desânimo, mas por outro lado, consolada pela lembrança de que tinha marcado de tomar café da manhã com Alethea, ela fechou o tampo da escrivaninha. As mãos permaneceram descansando por mais alguns instantes no mogno liso, depois levantou-se dizendo que a criatividade não era algo que podia ser forçado e trocou o vestido simples por algo mais fino. Quando ia passear em Manydown Hall, era preciso estar com a aparência um pouco mais elegante; já os grandes tamancos de

---

[*] Tradução de Alexandre Barbosa de Souza, assim como de outros trechos de *Razão e sensibilidade*. (São Paulo: Penguin/Companhia das Letras, 2012). [N. da T.]

madeira lhe dariam um ar de camponesa, mas que culpa ela tinha por seu pai não possuir uma carruagem? Na verdade, isso não preocupava Jane. Ela adorava passear, independentemente dos caprichos da meteorologia. Seja com vento ou sol, chuva ou granizo, Jane ia e voltava caminhando os 6km até sua amiga, em Basingstoke; certa vez, inclusive à noite, embora tenha ficado com um pouco de medo.

Novamente seu olhar passou pela cama de Cassandra até as aquarelas enfileiradas no beiral da lareira — retratos de Jane, feitos por Cass. Jane com um vestido largo, Jane apoiada num salgueiro, às margens de um lago. Como Cass tinha dificuldade em dar vivacidade a rostos, ela sempre os pintava de trás. Se fosse por meio dessas pinturas, alguém que não conhecesse Jane certamente imaginaria que ela era feia de doer.

Isso não era verdade, pensava ela. Jane gostava da pele fresca, dos olhos castanhos escuros reluzentes e do cabelo castanho; investindo algum trabalho nele, era possível fazê-lo emoldurar seu rosto em ondas delicadas. A propósito da pele fresca: era hora para uma rápida higiene. A água na bacia estava geladíssima quando Jane mergulhou o rosto ali. Ela ergueu a cabeça, secou-a rapidamente com a toalha e passou nas bochechas um pouco do creme de rosas que Martha, uma amiga tão próxima quanto Alethea, havia feito para ela. Em seguida, desceu as escadas. Infelizmente apenas no penúltimo degrau ela se lembrou que, se quisesse sair de casa sem ser notada, era preciso fazer silêncio. Ela chegou ao corredor escuro feito breu da maneira mais calada possível. Tateou à procura do sobretudo e do chapéu, picou o dedo num galho de azevinho que Cass havia pendurado ainda antes da sua partida, visto que ela era a única da família a se preocupar com tais detalhes festivos, sussurrou um "ai!", tateou até a porta de saída e abriu-a. Nesse instante, ouviu os passos da mãe no alto.

"Jane? Jane, é você?"

"Sim, mamãe, e estou de saída."

"Mas Jane, eu achei que você fosse me ajudar hoje!"

"Sim, mamãe! No máximo em três horas estou de volta."

"Três horas? Jane!"

Mas Jane já tinha passado pelo portão do jardim e andava apressada com seus tamancos de madeira em direção à rua que margeava a floresta. Que sorte! Sua mãe certamente não a seguiria de camisola.

~

"Pelo amor de Deus, Jane, você entrou no meio de um furacão?"

Alethea, que parecia ter passado horas diante do espelho, começou a rir alto quando Jane entrou no salão.

"É como me pareço?" Jane tocou a cabeça e deu de ombros. "Acho que estou descabelada."

Ela sentou-se na cadeira de plush rosado e observou, encantada, a oferta de pratos que sua amiga tinha pedido para ela. Prontamente, ergueu o olhar e encarou a outra com uma severidade fingida.

"Você está querendo que eu saia rolando na pista de dança do baile dos Chute."

"Nada disso!" Alethea ficou vermelha. Ela se parecia exatamente como a mãe de Jane tinha imaginado ardentemente a própria filha antes do seu nascimento: pequena e frágil, com cabelos loiros longos, sedosos e brilhantes. Seus olhos eram de um azul-céu de verão, e um narizinho arrebitado decorava o rosto bonito. Alethea vestia suas roupas com elegância e graça, podendo passar horas equilibrando livros sobre a cabeça — enquanto Jane os pegava depois de pouquíssimo tempo e começava a lê-los —; ou seja, era o protótipo de como uma moça devia ser e seu maior desejo era conseguir um marido.

Embora Jane e ela fossem tão diferentes — e embora a senhora Austen não cansasse de reforçar que Alethea devia ser um exemplo para Jane —, ambas as jovens se davam muitíssimo bem. Há três anos, a família de Alethea havia se mudado para a enorme propriedade em Basingstoke, não distante de Steventon. Alethea era a mais jovem das irmãs, mas havia ainda um irmão menor, que algum dia seria dono de Manydown Hall e o parque que o rodeava. Até lá, entretanto, havia muito tempo pela frente. Tempo no qual Jane podia provar todas as coisas mais maravilhosas que eram produzidas naquela casa: tortinhas de maçã, pãezinhos e bolinhos, enquanto na casa paroquial o café da manhã era composto geralmente por torradas e chá.

"E como você ficou descabelada?", perguntou Alethea depois de um tempo, no qual ela ficou assistindo Jane se servir de tudo um pouco.

"Ah!", exclamou Jane, revirando os olhos. "Como você acha que foi?"

"Tem alguma relação com sua mãe?"

"Sim, mas apenas indiretamente", respondeu Jane, esforçando-se a falar de maneira clara, apesar de ter um bocado de torta de maçã na boca. "No caminho até aqui topei com nossa vizinha. A senhora Henderson quis saber de todos os detalhes do casamento de Cass e depois começou a falar do meu."

"Ah, misericórdia!"

"Pois é. Mas não acredito que a senhora Henderson teria tido essa ideia sozinha. Como ela me disse, ontem ela caminhou metade do trajeto de volta do vilarejo na companhia de mamãe, que tem planos muito concretos para mim. Mesmo que ainda não exista nenhum candidato em vista, todo o resto já foi pensado e calculado exatamente. Meu casamento — seja lá com quem for — vai custar o último fio de cabelo de mamãe e mais a manteiga do seu pão, mas felizmente o homem em questão vai dispor de uma quantidade significativa de dinheiro e pagará um dote, de modo que mamãe poderá viver como sempre sonhou."

"Você tem certeza que isso é o que sua mãe deseja para você?", Alethea a interrompeu. "No caso de Cass, ela não ficou insistindo para que o noivo fosse um herdeiro..."

"Não, mas sou a mais nova. Em quem ela vai depositar suas esperanças, se não em mim?"

Jane pegou um pãozinho e passou uma boa camada de creme nele. Um raio de sol atravessou as nuvens e trouxe uma luz alegre às paredes do salão, decoradas com papel de seda amarelo-claro. Às vezes, Jane se imaginava escrevendo ali. Bastava carregar sua escrivaninha, que não era muito diferente de uma caixa de madeira portátil, e posicioná-la com vista para as árvores ao redor. Naquele lugar sempre havia silêncio. Na casa paroquial, por sua vez, o caos era onipresente. A Sra. Austen discorria em voz alta a sequência de pratos e as compras a serem feitas, o sr. Austen chamava as ovelhas com assobios ardidos — ou um de seus alunos, embora quisesse ter parado de usar o assobio para esse fim. Cass descia as escadas com seu cavalete e quando um dos irmãos de Jane estava fazendo uma visita, o barulho equivalia ao de dez rapazes.

Alethea apertou os olhos.

"Mas não é a coisa mais natural do mundo que uma mãe se preocupe com a filha?"

Quando Jane ergueu o olhar, ela viu a saudade brilhar nos olhos de Alethea. Ela não tinha mãe; em geral, não gostava de falar a respeito, mas de vez em quando, como agora, ela pensava nisso e ficava infeliz.

"Ah, querida." Jane pegou sua mão e apertou-a. "Não fique triste, por favor. Tenho consciência que mesmo uma mãe como a minha é melhor do que ter de crescer sem nenhuma."

Pensativa, ela olhou para Alethea, que se esforçava para manter uma expressão corajosa.

"Mas, por favor, também não subestime o que é ter alguém sempre no seu encalço. Adoraria que pudéssemos nos dar melhor", acrescentou Jane. "Mas o fato é que a queridinha Cass está deixando a casa, enquanto ela está sempre insatisfeita comigo."

Alethea tomou um gole de chá e colocou a xícara de porcelana finíssima com cuidado sobre o pires.

"Não acredito nisso, Jane. Sua mãe pode mostrar seu amor de um jeito diferente do que você gostaria, mas só por ela querer casar você já mostra que há afeição envolvida. Além disso, ela é muito carinhosa com você e até a admira! Ela vive dizendo o quanto você é inteligente. E ela também não gosta quando você lê seus textos em voz alta?"

Isso podia corresponder à verdade, mas mesmo assim... Entre Jane e a mãe havia algo que a aborrecia, como se fosse um espinho. Apesar disso, até a Sra. Austen — uma pessoa inegavelmente complicada — tinha seus lados bons. Ela achava que as moças podiam gostar de ler; e, diferentemente de outras pessoas da vizinhança, não dividia a opinião de que as mulheres tinham de mostrar a inteligência fechando a boca.

"Mas agora conte você! Quais as novidades?"

Jane tomou um gole do chá, preto e aromático, apreciando-o de olhos fechados.

"Ah!", exclamou Alethea. "É possível que você ainda não saiba!"

"O quê?"

"A madame Lefroy está recebendo a visita do sobrinho."

Essa era realmente uma surpresa! Como é que Jane não estava informada a respeito? A casa paroquial da família Lefroy ficava bem mais perto da casa dos Austen do que a propriedade da família de Alethea. Além disso, Jane imaginava ter um relacionamento bem próximo com a madame Lefroy, que dividia o interesse de Jane por literatura e poemas.

"E quem é esse sobrinho? Você já o conheceu?"

"Você não sabe nadinha mesmo?", perguntou Alethea, surpresa, balançando a cabeça.

"Nadinha de nada. Felizmente nem a mamãe", acrescentou Jane com a voz baixa, "senão eu não estaria sentada aqui, mas ao lado do rapaz tentando fazê-lo me pedir em casamento."

O rosto de Alethea ruborizou-se levemente. "Não sei se ele é jovem."

"Já que é sobrinho da madame Lefroy, não será nenhum velhusco."

Mas daí Jane se lembrou que sua amiga Anne Lefroy era 26 anos mais velha do que ela e, portanto, poderia sim ter um sobrinho de 30 ou mais anos.

"O que você ouviu falar sobre ele?", perguntou ela, visto que sua curiosidade tinha sido aguçada. Ela havia passado muitas horas na paróquia da família Lefroy. E não se lembrava de a madame Lefroy ter alguma vez mencionado a existência de um sobrinho. Ou será que tinha? Jane estava em dúvida...

"Ele mora na Escócia?"

Alethea fez que não com a cabeça.

"Na Irlanda. Mais especificamente, em Dublin, onde se formou no Trinity College. Acho que ele está a caminho de Londres, para estudar direito, e acabou fazendo um desvio por Hampshire."

"E o que mais as pessoas dizem sobre ele?"

"Ah, você sabe do que se fala." Alethea deu um sorrisinho. "Elas fazem de conta que não estão nem um pouco interessadas, mas ficam fofocando o tempo todo. Há boatos de que o senhor Thomas Langlois Lefroy é excepcionalmente bonito e incrivelmente inteligente e que algum dia terá muito sucesso, mas não será rico; que é o homem mais charmoso que existe e um pouco arrogante, mesmo sem motivo para tanto. E ele..."

"...não poderia exalar um perfume melhor", Jane terminou a frase de Alethea.

"Não foi isso que eu quis dizer!"

"Mas por que não? Ser perfumado é uma qualidade positiva."

"Ser perfumado não é uma qualidade, Jane. Você deveria saber isso melhor do que qualquer uma." Alethea balançou a cabeça, repreendendo a amiga.

"Bem, vamos resumir", disse Jane. "Não há ninguém em Steventon, Basingstoke e arredores que parece ser mais sedutor que o sobrinho da madame Lefroy. E justamente você não está verde de curiosidade por ele?"

"Bem..."

"Bem?", perguntou Jane. "Você não acha que poderia se apaixonar por esse senhor Lefroy?"

As faces de Alethea ficaram ainda mais afogueadas e seus olhos tinham um brilho febril.

"Mas nunca nem o vi!"

"O que não quer dizer muita coisa."

Alethea bateu em Jane com seu leque.

"Você é impossível."

Mas era verdade. Alethea também não havia conhecido pessoalmente uma porção de outros rapazes. Essa circunstância não a havia impedido de imaginar seu casamento com cada um deles nos mínimos detalhes. Ah, se ela fosse filha da Sra. Austen, assunto de conversa não faltaria nunca...

"Já disse que ele não tem nenhuma herança a receber em vista? Há inúmeros irmãos e, além disso, o pai fez um casamento ruim, como se diz. É que ele..." Alethea curvou-se e baixou a voz, embora não houvesse ninguém por perto para ouvir sua conversa "...ele se casou por amor."

"Deus do céu, como ele pôde fazer uma coisa dessas!", exclamou Jane de maneira exageradamente teatral.

Alethea, que pareceu não notar o sarcasmo na voz de Jane, assentiu séria e franziu a testa.

"Então você vai compreender..."

"Mas você também gostou dos meus irmãos e nenhum deles foi abençoado com a expectativa de uma herança."

Alethea pensou em se defender, mas acabou deixando isso de lado.

"Eu gostaria de ser mais do que apenas sua amiga", disse ela, "como também sua parente. Mas não quero saber do senhor Lefroy. Fique com ele, se quiser."

Assustada, Jane ficou agitando as mãos diante do rosto de Alethea para fazê-la ficar quieta.

"Não dê essas ideias bobas à mamãe! Vou fazer de tudo para que ela não vá a nenhum baile da vizinhança enquanto esse tal de senhor Thomas sei-lá-das-quantas Lefroy estiver por perto. No momento em que formos apresentados, mamãe já vai escutar os sinos da igreja! Nesse caso, prefiro escolher alguém do vilarejo. Daí pelo menos vou saber com quem estou lidando."

"Jonathan Byers ou Thomas Gallagher?", apostou Alethea, dando risadinhas.

Jane olhou pensativa para o papel de parede.

"Exato", disse. "Mesmo se não for fácil para mim. Afinal, sei que o alto e bem apessoado senhor Jonathan Byers adorava comer minhocas durante a infância."

Alethea riu mais alto.

"E me lembrou ainda hoje do cheiro exalado pelas meias do jovem Fenthlow depois de um longo e exaustivo dia. Além disso, certa vez dei uma boa olhada nas crateras profundas que se formaram nos dentes do senhor Gallagher, que, pelo que sei, ainda não é muito fã de usar dentifrício."

Alethea quase caiu da cadeira de tanto rir.

"Você é demais, Jane."

Séria, Jane olhou para a mesa, mas em seguida recomeçou.

"Não", ela se ouviu dizendo de maneira não muito clara, "as tortinhas de maçã estão uma delícia."

"Estamos com um cozinheiro novo. Da França."

"Ah, é?"

"Desde então, Harris não sai mais da cozinha." Alethea suspirou. "Mas a bem da verdade, não se trata do cozinheiro, mas da sua ajudante. Ela é muito bonita. Harris desenha coelhinhos para ela. Acho que ele está apaixonado."

"Seu irmão só tem 10 anos, Alethea. E aliás, como ele poderia se apaixonar por uma mulher que não fala nem sua língua? Ou ela não é francesa?"

"É, sim. Harris já passou dos 10 anos, Jane, você sabe disso muito bem. Ora, Romeu e Julieta eram adultos? Em terceiro lugar, não é preciso uma língua em comum quando se trata da arte de preparar uma refeição esplêndida, não é?"

Alethea passou a mão pelo vestido para limpar algumas migalhas de bolo. O azul-claro da roupa combinava lindamente com a cor de seus olhos.

Jane ficou olhando para a frente, pensativa, depois seu rosto ficou radiante.

"Você me empresta um lápis, Alethea?"

Depois de um olhar de esguelha, surpreso, Alethea se levantou, foi até uma mesinha lateral que ficava debaixo do retrato em óleo de um antepassado de olhar dominador da família Bigg-Wither e abriu a gaveta.

"Mas como essa relação vai durar, depois desse desperdício extraordinário de assuntos?", murmurou Jane, anotando as palavras num guardanapo de pano. "Logo vocês terão exaurido todos os seus tópicos preferidos."

Alethea acompanhou a mão ágil de Jane com um olhar admirado.

"Em seguida", Jane continuou falando, quase rindo de satisfação, "Marianne exclamou, você acha justo falar assim comigo? Acha certo? Minhas ideias são tão disparatadas? Mas entendo o que você quer dizer. Fiquei muito à vontade, muito contente, fui muito franca, contrariei todos os ditames do decoro; fui aberta e sincera quando devia ter sido reservada, desanimada, maçante e furtiva — se tivesse falado apenas sobre o clima e as estradas, e por apenas dez minutos, seria poupada dessa censura."

"Que bonito, Jane, mas o que tem a ver com Harris e nossa ajudante de cozinha?"

Jane desculpou-se com um sorriso, mas não foi possível reconhecer um arrependimento autêntico no seu rosto.

"Muito! Ou...", acrescentou ela depois de refletir um pouco, "...ou nem tanto. Já contei a você do meu romance epistolar de Elinor e Marianne, e eu..." Ela inspirou profundamente e balançou a cabeça, desanimada. "Não consigo avançar! Não encontro o tom correto para as duas irmãs, mas há pouco eu estava com tudo na cabeça, como se elas finalmente estivessem comigo... Desculpe", disse ela, "não quero que você ache que eu a escuto apenas para procurar por ideias."

Alethea se forçou a sorrir, mas parecia triste. Jane tentou animá-la mais algumas vezes, em vão. Provavelmente ela estava preocupada com o futuro, já que Harris, ao se casar algum dia, receberia tudo — Alethea e as irmãs ficariam sem nada.

Entretanto, Jane duvidava que justamente uma ajudante de cozinha francesa seria a eleita.

Normalmente ela e a amiga achavam algo sobre o qual podiam cair na gargalhada juntas — fosse um comentário maldoso de Jane sobre um vizinho ou um relato de Alethea sobre o irmão mais novo, que estava sempre se comportando de maneira amorosamente desastrada. Naquele momento, porém, o bom humor ficou como que escondido sob nuvens densas. Quando Jane se despediu, ela se esforçou mais uma vez em animar a amiga ao lembrá-la dos feriados, mas Alethea apenas fez uma careta cansada.

"A gente se vê em breve, certo?", perguntou Jane, encostando o rosto no cabelo de Alethea.

"Claro", respondeu Alethea, tensa, dando um passo para trás.

Jane se afastou, triste, e caminhou de volta com os tamancos de madeira pelo parque de ligeiro declive até o portão de aço forjado. No caminho de casa, que passava por florestas de coníferas e brejos, ela pensou sobre Alethea. No começo, ao se conhecerem, elas conversavam quase sempre sobre partituras de música e trabalhos manuais. Quando Jane falava de sua rotina — das brincadeiras com os garotos que viviam na casa do seu pai, de construir barcos de galhos de pinheiros e usar bolotas e castanhas para fazer homenzinhos —, Alethea ouvia com os olhos arregalados. Ela tinha uma governanta e muito menos liberdade; apesar de Jane adorar visitar a amiga em Manydown Hall, ela não invejava sua vida naquele lugar.

Há alguns anos, elas tinham descoberto a paixão comum pela dança e a partir do instante que tiveram permissão para frequentar os bailes dos arredores, ninguém mais as parou. Elas andavam tão juntas que Martha, a outra boa amiga de Jane, às vezes perguntava com algum ciúme na voz se Jane não podia vir visitá-la também, para que finalmente elas pudessem ficar a sós.

Há cerca de um ano, Alethea ocupava-se do próprio futuro. Jane, por sua vez, embora fosse dois anos mais velha, não prestava muita atenção ao seu. Será que sua amizade tinha sofrido por causa disso?

"Talvez eu devesse me apaixonar", murmurou ela, apenas para ouvir o som da frase.

Diante dela, um esquilinho saltava de galho em galho. O céu estava cinza-escuro. A visão não era exatamente emocionante, assim como essa ideia não animava seu coração. Ela não sabia nem mesmo como essas coisas funcionavam. No caso de Cass, simplesmente aconteceu, mesmo que tivesse demorado muito, muito tempo. Tom Fowle, com quem ela logo se casaria, era um desses jovens rapazes que tinham dividido a casa com elas — como ex-aluno de seu pai e com quem Cass continuou mantendo contato. Jane, porém, nunca sentira nada por um rapaz, nem por um daqueles que morava na casa paroquial nem por um dos moços do vilarejo. Havia outros jovens, claro, nas comunidades vizinhas: Tom Chute, por exemplo, com quem certamente ela dançaria um pouco no baile da próxima semana; os irmãos Harwood, de Deane; um dos Portal. Ah, eram inúmeros! Mas ninguém que Jane conseguia imaginar ao seu lado.

Numa colina, da qual era possível ter uma visão exuberante de Steventon, ela começou a andar mais devagar e, por fim, parou. Depois, apoiou-se no tronco de uma árvore e tateou as fissuras finas da casca. Será que o fato de seu coração nunca ter batido mais forte ao olhar para um homem deveria preocupá-la? De todo modo, ela tinha completado 20 anos uma semana antes. E se ela não fosse capaz de amar? E se seu interior ficasse mudo para sempre? Uma artista tinha de sentir, tinha de sentir dor e representá-la com palavras; ela precisava saber sobre o que escrevia!

Jane apoiou o rosto no tronco e fechou os olhos. Suspirou profundamente e decidiu-se a não quebrar mais a cabeça. Caso um dia fosse se apaixonar, seria de maneira espontânea. E se não... Bem, havia rapazes o suficiente para levar em consideração. E provavelmente esses seriam os melhores partidos!

~

Em casa, seu estado de espírito levemente depressivo desapareceu por completo assim que ela abriu a porta. A senhora Austen devia ter notado, subitamente, que o Natal se aproximava.

"Jane!", chamou ela, rouca, vindo em direção da filha com passos miúdos; Jane tirou o chapéu e passou os dedos pelo cabelo úmido da neblina. "Você chegou! Não era para você ter voltado em trinta minutos?"

"Eu falei três horas, mas acho que essas ainda nem passaram."

A mãe de Jane parecia não lhe dar ouvidos. A senhora Austen era tudo menos pequena e delicada, na verdade tratava-se de uma pessoa realmente imponente. Quando se olhava no espelho, porém, não via nem o nariz orgulhoso dos Austen nem os olhos de mirada decidida, quase pretos; ela não via sua altura de quase 1,65m, significativa para uma mulher. Em vez disso, ela se considerava frágil, a flor mais delicada já colhida pela mão humana.

Em razão disso, a mãe de Jane sentia-se sempre prestes a desmaiar e dizia sofrer das doenças mais exóticas, para cujo detalhamento competente ela estudava o compêndio *Matéria Médica*.

"Jane!", ela suspirou desesperada, tomando a mão da filha caçula. "Não sei como vou dar conta de tudo! Há pouco ainda era outubro e agora estamos perto da virada do ano!"

Jane sorriu e depois seu olhar recaiu sobre a bagunça espalhada sobre todo o chão da cozinha e atravessava inclusive a porta da sala. Ramos de azevinhos, cujas frutinhas vermelhas tinham caído entre as tábuas do assoalho; ramos recém-cortados de loureiro, que a mãe já tinha começado a envolver com hera, mas depois perdeu a vontade de continuar. Ramos de pinheiros escondiam o chapéu e o cachimbo do pai sobre a cômoda. E uma porção de papel brilhante dourado, verde e vermelho aos pés de Jane pareciam querer mostrar que todos estavam convidados a pegar uma folha e recortar as figuras mais bonitas.

Sim, os doze dias de Natal estavam no ar, a época do ano mais querida de Jane, e ela inspirou, sem tanto mau humor, o ar que rescendia a vinho quente e cravos que chegava através da porta aberta da cozinha.

"Primeiro vamos arrumar as coisas", sugeriu Jane.

Sua mãe concordou com a cabeça e tocou o peito, suspirando. "Você sabe que não fui feita para esse tipo de esforço, Jane."

"Sei disso, mamãe. Sei disso."

"Será que você poderia pedir para Susanna me trazer uma xícara de chá? Vou descansar."

"Claro, mamãe. Ah, mas não dá, Susanna está na casa da mãe, em Basingstoke."

A mãe de Jane soltou um suspiro tão comovente que Jane tomou a mão dela e assegurou-lhe que, com o maior prazer, buscaria uma xícara de chá. Quando se afastou, ela olhou de esguelha a mãe curvada entrando no quartinho de costura, mas um tanto ágil demais para estar moribunda, e se aproximar da janela que dava para oeste, junto à qual havia uma *chaise longe* de veludo. Nos dias de verão, ela sempre era inundada por uma luz dourada, mas agora o cômodo estava mergulhado num cinza-escuro de dezembro.

Depois de a mãe ter fechado a porta atrás de si com um ligeiro cumprimento de cabeça, Jane ficou indecisa por alguns instantes. Em seguida, pediu para a cozinheira lhe servir um chá e deixou a cozinha com o coração pesado. O lugar pequeno, entupido de coisas, com utensílios pendurados nas paredes desde o teto e no qual o fogo crepitava alegre, era um dos seus preferidos na casa paroquial. Ela levou o chá para a mãe e primeiro arrumou o papel dourado, depois juntou o loureiro e os ramos de azevinho e levou tudo ao salão. Também ali um agradável fogo de lareira estava aceso. Sem saber onde colocar todas aquelas coisas, depois de pensar um pouco, Jane empurrou tudo para debaixo de um aparador, cuja toalha de renda que chegava até o chão esconderia satisfatoriamente a bagunça.

"Ai!", ela escutou vindo dali de baixo.

Jane estremeceu e depois riu. Ela ergueu um pouco a toalha. Algo se mexeu no escuro, tossiu e em seguida apareceu uma mãozinha gorda e muito pálida.

"Anna, o que você está fazendo aí?"

O rosto redondo como a lua de sua sobrinha apresentou-se, de faces vermelhíssimas. Com seus olhos claros, que não combinavam exatamente com os da família Austen, Anna olhou para a tia com repreensão, depois pegou um ramo de azevinho debaixo da mesa e esticou-a na direção de Jane, brava.

"Ai", repetiu ela. Anna parecia indignada.

"Como fui idiota, Anna. Eu deveria saber que você estava aí embaixo."

De todo modo, tratava-se de uma meia verdade. Há pouco tempo, o lugar onde Anna se sentia mais à vontade era debaixo de móveis dos quais ninguém imaginaria encontrar uma criança: debaixo de mesas, camas, até da cômoda na sala, onde agora ela só cabia com muito esforço. Jane se perguntava às vezes se essa necessidade de procurar proteção tinha alguma relação com a morte precoce da mãe da menina, mas não sabia responder.

Em todo caso, antes Anna era barulhenta e alegre, uma criança normal. Agora, a cada visita que fazia com o pai a Steventon, ela parecia um pouco mais estranha. Talvez isso fizesse parte da infância. Ou do processamento de um golpe do destino, que também seu pai — o irmão de Jane, James — só conseguia assimilar com muita dificuldade. Apenas nesse instante Jane notou que ele também estava no salão.

"Você está sentado aí faz tempo?", perguntou ela e ele fez que sim, franzindo a testa irritado e continuou fazendo de conta que estava lendo.

Os movimentos dos olhos dele revelaram a Jane que o irmão não estava lendo. A íris permanecia fixa, seu olhar parecia preso. James era dez anos mais velho do que Jane e eles não tinham muito em comum, apesar de todas as esperanças de que houvesse um talento literário no seio da família sempre tivessem recaído sobre os ombros dele. Aos 14 anos ele estava em Oxford, chegando inclusive a editar uma revista por lá. Depois de permitir a Jane que publicasse alguns textos no periódico sob pseudônimo, logo o talento dela tinha ficado patente. Ela escrevia — pelo menos segundo o restante dos Austen — de maneira mais prazerosa, divertida, inteligente do que ele; James, por sua vez, saiu-se dizendo, insolente, que nunca tivera a pretensão de ser prazeroso e divertido.

Jane sentou-se nos braços da cadeira e passou a mão pelo cabelo escuro e grosso dele.

"Você não prefere dar um passeio com a pequena? Ou quer que eu o faça? Podemos juntar pinhas e ela pode nadar no riacho."

"Ela só vai ficar molhada", respondeu ele sem erguer os olhos, e ao se afastar um pouco, indicou que os toques dela não estavam agradando sobremaneira.

Jane baixou o braço.

"Então ela vai ficar molhada. Eu troco a roupa dela imediatamente quando voltarmos para casa, prometo."

"Não", disse ele lentamente. Em seguida, ergueu o olhar. "Mas obrigado, Jane. Sei que você está se esforçando."

Ela suspirou e voltou o olhar novamente até a mesa, debaixo da qual Anna havia desaparecido. James não tinha nem acendido as velas, de modo que a luz baça do inverno passava uma impressão ainda mais triste. Jane tentou remediar a situação, soprou o fogo da lareira, que se apagava, fazendo-o reviver e soltar faíscas em brasa pelo ar. Depois de ter retirado algumas migalhas do tapete e colocado a cadeira predileta do pai na posição correta novamente, ela não sabia mais o que podia fazer. Então, acenou para James, que não retribuiu o cumprimento e subiu um andar, até seu quarto.

Graças ao frio, lá no alto estava menos agradável do que embaixo, mas pelo menos ela estava a sós. Jane escreveu para Cass, compôs uma saudação natalina para a madame Lefroy e não pôde evitar se surpreender novamente. Graças à sua diferença de idade com Anne Lefroy, sua amizade com ela era bem diferente daquela que ela mantinha com Alethea ou com Martha. Apesar disso, ela tinha se convencido que era uma amiga íntima da madame Lefroy. O fato de ela não pertencer ao comitê de boas-vindas de seu sobrinho deixou-a um tanto ressentida.

Por outro lado, a vida era muito curta para nutrir mágoas. E os doze dias de Natal não eram um tempo adequado para tal sentimento.

Então ela baixou a pena e pensou com quem ela gostaria de passar os próximos dias, com quem queria dançar e se a temporada dos bailes superaria a do ano anterior. Pouco tempo depois, quando ela ouviu passos na escada, achou que James tinha resolvido achar boa sua sugestão de sair com a pequena Anna, mas era seu pai que metia a cabeleira escura pela fresta da porta.

"Está escrevendo, querida?"

"Não estou conseguindo fazer nada decente."

"Não pode ser."

"Você acha que tudo o que coloco no papel é brilhante, mas devo decepcioná-lo, papai. Nos últimos tempos, o resultado é lamentável."

Ele entrou e fechou a porta atrás de si. O reverendo George Austen era daquele tipo raro de pessoa que falava pouco, mas que parecia dizer muito. Jane achava que eram os olhos, tão bem-humorados e tão profundos, que imediatamente faziam com que todos se sentissem compreendidos por ele. George já contava 64 anos, mas não tinha qualquer fio grisalho na cabeça. Sua postura era ereta, embora nos últimos tempos Jane notasse, com alguma frequência, que ele parecia estar encolhendo. Seus ombros se mantinham virados para frente e ele precisava de mais tempo para realizar um movimento. Quando se dava conta desses sinais, seu coração se contorcia de dor. Ela amava o pai acima de tudo. Ah, o dia em que ele deixasse de estar entre eles... Ela não gostava nem de pensar. Muito menos nessa época, tão perto dos dias mais belos do ano. E nem depois deles.

"O que está atormentando você?", perguntou ele, olhando por cima das meias-lentes de seus óculos e fixando o olhar na escrivaninha.

Ele era o único que podia ler seus textos em qualquer estágio — no caso de demonstrar interesse a respeito. Além disso, também era o único cuja crítica nunca a machucava, mas sempre a incentivava a querer escrever com mais entrega, mais convicção, mais brilhantismo.

"Não sei." Ela mordeu o lábio inferior e se virou para a janela. "Às vezes fico com a impressão..." Ela hesitou. "Parece que há uma parede entre a história e eu. Como se eu ficasse dando voltas ao redor das personagens sem encontrar um acesso a elas. Consigo ouvi-las, mas não as enxergo de verdade. Uma parede — ou neblina... Seja o que for, está me separando delas."

Qualquer um, à exceção do pai, necessitaria de explicações complementares. Mas ele apenas assentiu e repuxou a boca, pensativo.

"Você está vendo uma porta nessa parede?"

Ela refletiu e, depois de um tempo, fez que sim, vacilante.

"Então espere até que ela se abra por si. Acredite em mim, Jane, ela abrirá quando for a hora. E daí, você simplesmente terá de atravessá-la."

Indecisa, Jane encarou-o, mas depois riu.

"Se não fosse você, papai!"

Quando ele esticou os braços, ela se ergueu e se aproximou do pai. Jane se aninhou no peito dele e encostou o rosto no seu pescoço. De repente, ela percebeu que a vida podia ser muito simples, às vezes era preciso apenas pedir ajuda e um abraço.

~

Jane não conseguia imaginar que os doze dias de Natal pudessem ser tão belos sem a presença de Cass — e isso apesar de, depois da manhã do dia 25, ela ter passado toda uma semana acreditando ter cubinhos de gelo nos pés no lugar dos dedos, pois a temperatura da igreja durante o culto natalino que ela assistiu era a de uma adega de gelo. Entretanto, Jane também adorava essa tradição. As pessoas se sentavam nos bancos, tão próximas umas das outras, que o cachecol do vizinho roçava o próprio nariz. E ela nunca conseguia deixar de procurar pequenos roedores nos penteados de festa das mulheres nas fileiras à sua frente. Há treze anos, certa vez, um camundongo meteu o narizinho para fora do coque da senhora Canterbury. Infelizmente, apenas Jane o descobriu na época e ninguém acreditou nela, mas ela ainda estava firmemente convencida de que seus sentidos não a haviam enganado, mesmo sob a luz trêmula das velas. Aliás, quem se surpreenderia com isso? Pentear-se era um procedimento muito trabalhoso no caso dos longos cabelos das mulheres; no inverno, evitava-se lavá-los o máximo possível e exatamente as mais velhas que gostavam da simplicidade e do conforto preferiam passar talco na cabeleira em vez de cuidar propriamente dela.

Nessa manhã de Natal, não apareceu camundongo nem outro roedor, mas ao regressar à casa paroquial, uma correspondência aguardava por Jane. Susanna, finalmente de volta de Basingstoke, entregou-lhe um convite que havia chegado poucos minutos antes. Jane estava sendo chamada a Ashe, para um chá íntimo posterior ao Natal na paróquia do reverendo e de madame Lefroy.

Antes disso, porém, Jane tinha de fazer uma porção de outras coisas.

Por exemplo, tomar grandes quantidades de ponche; depois de dois dias, entretanto, ela percebeu que a mão começava a tremer e que isso lhe dificultava segurar a pena. Daí ela passou a festejar com chá e limonada, tomando um gole de vinho ou de ponche apenas na presença de convidados, embora relativamente frequentes. E havia ainda as apresentações. O Natal na casa dos Austen não era Natal se não houvesse teatro para passar o tempo.

No silo ao lado da casa, onde há tempos não se guardava mais feno, mas sim todo o tipo de malas desajeitadas cheias de figurinos, Jane e os irmãos apresentavam esquetes teatrais. Mesmo sem Cass e o restante do grupo — Edward estava passando os feriados como quase todos os anos com seus pais adotivos; Francis, cruzando o Caribe; o mais jovem, Charles, também estava no mar; e George, o segundo mais velho, seria visitado entre o Natal e o Ano Novo, porém ele nunca passava os feriados com a família. Mas ela achava que Anna, James e ela própria preenchiam bem as lacunas, e chegou a convencer Henry, que chegara no meio-tempo, a fazer o papel de Julieta nesse ano, enquanto Jane era Romeu.

"Mas como assim?", ele estranhou a princípio. Mas Henry não seria seu irmão predileto se ele não pudesse ser persuadido por argumentos bem formulados.

"Porque meu traseiro vai congelar se eu ficar tanto tempo deitada de costas." "Tudo bem", ele suspirou. Todos, à exceção da mãe, divertiram-se à larga ouvindo-o suspirar, de túnica longa e olhos pintados com carvão, "Minhas orelhas ainda *não* beberam cem *palavras* sequer de tua boca".

Os dias se sucediam. Eles acordavam tarde, chegavam aos poucos à mesa do café e comiam sem conversar, mas o silêncio era agradável. Nos quartos, o calor estalava. O ar cheirava a cravos e gim. Em geral, Jane despertava totalmente apenas quando voltava a ficar escuro novamente. Daí ela começava a remexer nas caixas com Henry, fantasiavam Anna e tentavam convencer James a se comportar de maneira patética ao menos uma vez na vida, mas falhavam fragorosamente.

Vez ou outra ela pensava na escrita, em Elinor e Marianne Dashwood, em quais eram seus desejos e vontades e qual o centro do seu romance. Mas nunca havia tempo suficiente para quebrar a cabeça a respeito. E ela ainda estava sentindo um pouco mais de saudade de Cass do que de costume. E a Sra. Austen tocou no fastidioso tema "maridos" apenas uma única vez — já era tarde e a mãe, ligeiramente alcoolizada, curvou-se em direção à Jane e olhou-a com as sobrancelhas baixas.

"Ah, Jane", disse ela. "Minha Jane."

O pai, que havia estado no salão com as duas, onde passaram a noite entre restos de papel laminado e presentes, lançou um olhar divertido para Jane.

"Sim, mamãe?"

"Você é uma moça inteligente."

"Obrigada, mamãe."

"Se fosse um rapaz, o mundo inteiro diria que você vai longe."

"Talvez eu consiga ir longe também sendo uma moça."

Sua mãe deu uma risadinha divertida, depois ficou séria novamente.

"Não espere demais. Você apenas vai se decepcionar."

Jane fulminou-a com o olhar.

"Se a gente pensa na vida desse jeito, então é melhor já ir se deitando na cova e morrer."

"Jane!", exclamou a mãe, indignada. "Senhor Austen, me ajude aqui."

O senhor Austen fez de conta que estava despertando naquele instante de um sono instantâneo, e olhou para a esposa como se não estivesse compreendendo nada.

"Sim, senhora Austen, o que foi?"

"Ah, nada." Ela piscou, nervosa, e ficou procurando em vão por palavras.

Jane encarou, decidida, a mãe. "Imagine que eu pudesse me sustentar. Daí não precisaria de marido algum."

"Se sustentar? *Como?* Você está achando que papai tem um tesouro escondido no porão, do qual nunca falou nada para nós? E você acredita que herdaria alguma coisa, tendo cinco irmãos?"

"Seis irmãos", corrigiu-a Jane. Mesmo que ela achasse saber o motivo daquilo, ficava irritada pelo fato de sua mãe ter simplesmente riscado George da família. Ele era surdo-mudo e vivia, desde a infância, numa instituição, mas isso não significava que ele não pertencia a eles. "Como você pode se esquecer de George?"

"Não o esqueci", respondeu, irritada, a mãe. "Mas você não acha que, se existisse algo para ser herdado, James não acabaria recebendo tudo?" Resignada, a senhora Austen balançou a cabeça e levantou-se, cambaleante. "Estou com dor de cabeça. Vou me deitar."

"Boa noite, mamãe."

A senhora Austen lançou um olhar irritado ao marido, ajeitou a saia ao passar do lado da lareira e bateu a porta com uma força mais expressiva do que mil palavras. O pai de Jane ficou sentado, mirando o fogo. Seu rosto estampava desamparo, ou será que as sombras que as chamas trêmulas lançavam nele apenas davam essa impressão?

"Sua língua é a mais ferina desta casa. Tome cuidado com ela e poupe sua mãe."

"Mas..."

"Você já está grandinha demais para um '*mas*', Jane", disse ele com calma. "Aos poucos você deve usar mais o '*e*'".

Confusa, ela olhou para ele.

"Está tarde", disse ele apenas.

Ele também se ergueu e, com os ombros caídos de cansaço, se dirigiu à porta.

"Boa noite, Jane."

"Durma bem, papai."

Jane jogou um galhinho de pinheiro na lareira e seu olhar se fixou nas faíscas que provocou. Um aroma adstringente tomou conta do cômodo. Quantas conversas semelhantes ela ainda teria de ouvir? E por que não era possível sustentar-se a si mesma? Afinal, *havia* mulheres que faziam isso: em geral eram governantas, mas essa era uma profissão que Jane não considerava adequada para si. Ela gostava de crianças, mas entre gostar e querer cuidar delas a diferença era grande. A escrita, por outro lado... Sim, havia artistas, escritoras, não muitas, porém — quem queria abandonar o sonho de antemão? Ela preferia se decepcionar a nem fazer uma tentativa!

~

"Jane, que ótimo revê-la!"

Encantada, madame Lefroy abraçou Jane. Mas ao dar um passo para trás, Jane achou que a amiga parecia nervosa. Anne Lefroy era conhecida por sua beleza, mas nesse dia seus olhos tinham olheiras profundas, o rosto delicado dava mostras de cansaço e mesmo a peruca prateada e empoada tinha visto melhores dias.

Jane, que era uma cabeça mais alta do que ela, curvou-se:

"Não está se sentido bem, madame Lefroy?"

"Claro que estou, naturalmente, estou apenas..." Ela suspirou. "Os filhos, Jane. Você tem experiência suficiente com isso, quando estão todos juntos, às vezes as coisas podem ficar agitadas demais." Ela franziu a testa. "Mas que este ano se tornaria tão agitado..." E balançou a cabeça. "Mas, por favor, entre!"

Ashe Rectory era uma construção no estilo georgiano, sóbria, maravilhosa com seus tijolos vermelhos, as roseiras e as janelas pintadas de branco. O interior era arejado e claro, e embora no quesito tamanho mal pudesse competir com Laverstoke House ou até com The Vyne, Jane adorava os bailes que os Lefroy organizavam, quase mais do que aqueles das grandes casas.

Naquela tarde, porém, reinava um tipo de silêncio artificial por ali. O que era ainda mais surpreendente, visto que madame Lefroy acabara de mencionar um tipo de balbúrdia.

"Onde estão os filhos?", perguntou Jane.

"Eu os enxotei junto com Tom, estavam me deixando irritada demais."

Jane ficou na expectativa para ver se madame Lefroy diria mais alguma coisa.

"Ah, eu também não... Jane, perdão, mas contei a você da visita de Tom? Vamos até o salão, vou pedir para servir o chá e então você vai me dizer que amiga terrível que sou."

Um pouco mais tarde, quando elas entraram no salão ensolarado, cada qual com uma xícara de chá verde à frente, madame Lefroy desculpou-se novamente.

"Não lhe contei nada a respeito de Tom, certo?"

"Não", respondeu Jane dando um bom gole na bebida amarga. "O que apenas aumentou a minha curiosidade. Dá para imaginar que Steventon inteira está falando dele, mesmo que ninguém ainda o tenha visto, como me parece."

"Bem, por onde começar?", madame Lefroy pensou em voz alta e se abanou com o leque. "Trata-se de um furacão. Minha lembrança dele era muito diferente, mas depois de dois anos sem vê-lo — bem, na idade de vocês, minha cara, esse tempo pode fazer surgir uma pessoa totalmente nova. Entretanto, ele passa agora a impressão de ser mais jovem do que antes. Ou talvez ele queira aproveitar a vida uma última vez antes dos compromissos sérios." Ela pensou, com os olhos semicerrados. Por fim, sacudiu a cabeça como se quisesse se convencer disso. "Tom é um rapaz inteligente e gosto de conversar com ele, mas ele discute tudo, nos mínimos detalhes. Talvez por isso eu esteja com um pouco de... sono em atraso."

"Pobrezinha!" Jane tomou as mãos dela. Madame Lefroy realmente parecia que precisava pelo menos de uma semana de descanso. "Mesmo assim você irá amanhã à noite à casa dos Chute ou irá preferir descansar?"

"Não, é claro que eu irei." Madame Lefroy sorriu, mas seu sorriso estava exausto. "Ah, Jane, quase me esqueci, tenho um presente para você! O que está acontecendo comigo? Devo me desculpar, espero que normalmente eu não seja tão desatenta."

Ela se ergueu, foi até a escrivaninha de mogno e abriu uma gaveta, tirando um livro envolto por uma fita.

"Pelo seu aniversário, minha querida! Um pouco atrasado, afinal você completou 20 anos a 12 dias atrás, mas eu espero que você goste mesmo assim."

Quando Jane soltou a fita e abriu o livro, um sorriso tomou conta de seu rosto.

"*A Quixote mulher*?! Oh, madame Lefroy, ouvi falar deste!" Ela agradeceu efusivamente, mas emudeceu quando achou ter ouvido vozes no jardim.

Curiosa, Jane espiou para fora, mas viu apenas as crianças, nada do senhor Lefroy. Sua amiga se aproximou da janela.

"Lá está Tom. Venha, Jane, vou apresentá-los.

Ah, não, ele já foi embora novamente. É quase inacreditável. De onde tira toda essa energia?"

Jane tinha conseguido vislumbrar uma pessoa alta, que sem dúvida deveria ser Tom Lefroy. Não foi possível enxergar o rosto. Caso alguém lhe perguntasse, ela só saberia dizer que ele era loiro e magro.

"Lucy o endeusa. E os garotos, então!" Madame Lefroy suspirou. "E eu faria o mesmo, se não estivesse tão ocupada em me lembrar de todos os livros que li para conseguir acompanhar a conversa dele."

"É impossível que ele tenha lido mais do que a senhora!", protestou Jane. "Não conheço nem imagino ninguém que a supere nesse quesito."

"Então apenas espere até conhecê-lo."

Madame Lefroy deu um sorriso cansado e Jane se deu conta que sua visita já tinha se prolongado o suficiente.

"Até amanhã?"

"Até amanhã", confirmou madame Lefroy, acompanhando-a até a porta.

No percurso para casa, na carruagem que madame Lefroy havia gentilmente lhe colocado à disposição, Jane não conseguiu deixar de imaginar esse sobrinho de sua amiga. Ele havia despertado a sua curiosidade, isso estava evidente. Felizmente ela não precisava esperar muito mais. O baile na casa dos Chute era no dia seguinte. A expectativa de Jane pelo evento era agora ainda maior do que antes.

STEVENTON, CONDADO DE HAMPSHIRE
29 de dezembro de 1795

Durante a noite, o ventou mudou de direção e o frio chegou do norte. Colinas e vales estavam debaixo de uma reluzente coberta de neve. Um vapor emanava dos corpos dos cavalos enquanto percorriam as ruas em direção a Sherborne St. John.

Henry, que estava diante de Jane na carruagem, assobiava alegre, enquanto James parecia triste, algo que tinha direito de estar. Jane e Henry precisaram de dias para convencê-lo a acompanhá-los. Ele não queria dançar. Mas ficar se pautando apenas pelos seus pensamentos sombrios não ia ajudá-lo nem à filhinha — até ele próprio se deu conta disso. Desse modo, ele estava sentado empertigado no carro, a cada solavanco o teto da carruagem tocava seu cabelo cheio e ele não parecia notar os olhares admirados que Alethea lhe dirigia.

Ele adoraria fazer Jane compreender que, nesse caso, todos os esforços eram inúteis. James não estava à procura de uma esposa; e se havia duas pessoas que não combinavam essas eram sua amiga adorável, de bom coração, às vezes um pouco faladeira e o irmão de Jane, que além da cor do cabelo também estava envolto em algo escuro. James era melancólico e, pelo menos segundo Henry, já tinha nascido com rugas de preocupação na testa.

Cheia de expectativa, Jane fechou os olhos. Logo o barulho das rodas na rua iria ficar diferente; daí seria possível ouvir a amplidão que circundava The Vyne — era quase como escutar o céu. A casa senhorial dos Chute era um dos seus lugares favoritos, mesmo que tivesse de admitir que havia uma porção deles. Afinal, ela amava a floresta — independentemente de qual —, o brejo, a cidade de Steventon, ela amava Deane House, a propriedade dos Harwood, tão ardentemente quanto a casa paroquial dos Lefroy, a sua própria, naturalmente, e os campos e os caminhos lamacentos. Havia algo mais bonito do que se sentar junto a um lago, conversar com a água, assistir aos galhos dos salgueiros acariciarem sua superfície, prestar atenção nos passarinhos e nos sapos?

Eis que ela percebeu o suave estalar do cascalho! Jane obrigou-se a prosseguir com os olhos fechados e ficou com a impressão de já estar sentido os aromas deliciosos dos pães e do creme branco. Ao notar a expectativa alegre de Alethea, ela acabou por arregalar os olhos.

À sua frente, a propriedade dos Chute erguia-se tendo o céu como cenário. Cerca de 610 hectares de terra emolduravam a mansão no estilo Tudor, que fazia a residência de Alethea, Manydown, parecer minúscula feito uma ratoeira. Jane tinha uma amizade de longa data com William, Tom e Mary Chute, e embora The Vyne ficasse quase a uma hora de distância da casa paroquial, ela era uma convidada frequente por lá. Claro que sua presença não era amiúde em ocasiões tão festivas quanto a desse dia. Afinal, não era possível organizar um baile a cada duas semanas, mesmo que ela achasse isso absolutamente desejável.

Uma camada de gelo cintilante cobria as alas laterais e as torres; a rotunda, onde a carruagem estacionou, também estava branca, ainda que já com inúmeras marcas de rodas e pegadas. Alethea desceu, o rosto pálido de euforia, e alisou o vestido de crepe da china, de um azul delicado, com as mãos; ela usava ainda um macio cachecol de lã. O cabelo estava ondulado e preso, uma única mecha caía sobre o rosto bonito. Jane também tinha se enfeitado naquele dia. À luz de velas, na sua casa, o vestido de musselina cor de creme, de corte ajustado ao corpo, parecia magnífico e ela tinha olhado para o espelho alegre e satisfeita. Alethea havia lhe emprestado pérolas, que se destacavam lindamente no cabelo de Jane.

Jane deu o braço para Alethea e, com os olhos voltados aos sapatos de seda, ambas foram em direção à pesada porta. Também ela sentia o arrepio do nervosismo. Ela mal podia esperar para finalmente começar a dançar. Apesar disso, ela gostou do burburinho prévio — trocar novidades com os outros convidados, escutar anedotas conhecidas, olhar para todos os rostos que ela não costumava ver no dia a dia, pois nem todos eram vizinhos diretos. Ela também estava muito animada em conversar com Mary Chute, embora essa última, como anfitriã, não devesse estar muito disponível. E também em ver madame Lefroy, que possivelmente estaria mais descansada que no dia anterior — mais seu sobrinho.

Alethea e Jane de braços dados, com James e Henry às suas costas, entraram no vestíbulo que brilhava tanto por causa de seu mármore claro que quase ofuscava. Já havia alguma movimentação no lugar, Jane notou, satisfeita. Entre inúmeros bustos, que mostravam homens seminus, os convidados rapidamente se aprontavam para dançar. Sem os sobretudos e chapéus, algumas mulheres tiravam uma mecha do rosto, outras metiam uma pena no cabelo, que, a cada degrau ao andar superior, balançavam mais.

Impaciente, Jane foi puxando a amiga pelos degraus de pedra acima. Dar o último passo do corredor frio ao salão cheio de vida era como passar de uma zona climática a outra. De repente, a respiração ficou pesada e aromas, mais ou menos agradáveis, flutuavam em nuvens quase visíveis.

Depois de o senhor Smithee anunciá-las em alto e bom som, elas se lançaram na agitação. Que maravilha! Dezenas de pessoas incríveis, os risos abafados, que estavam em todo o lugar; os violinistas, que tocam seus instrumentos no canto mais afastado; as janelas, atrás das quais a noite caía aos poucos, já estavam embaçadas — tudo isso exalava alegria e um momento especial. Jane também adorava o Natal e a tranquilidade em casa, nos dias seguintes, mas um baile... Um baile era pura alegria de viver e animação. Ele fazia com que as pessoas se esquecessem de suas preocupações ou de seus medos, e mesmo Cass e seu casamento pareciam, de repente, muito distantes, quase sem importância.

Era quase impossível reconhecer o amplo salão. Tudo o que poderia atrapalhar a dança — móveis, tapetes, mesmo as pinturas de grande formato nas paredes — tinha sido afastado. O piano, um verdadeiro monstro, estava encostado num canto, e um homem grisalho tocava sentado na banqueta. Coitado. Será que conseguia respirar direito? Ele devia estar morrendo de calor.

De esguelha, Jane enxergou a anfitriã. Ainda puxando Alethea atrás de si, ela foi passando entre os inúmeros grupinhos de pessoas até chegar a Mary Chute, para a qual sorriu e fez uma reverência, aliviada por ter alcançado seu objetivo.

"Mary!"

"Jane, que felicidade!"

Elas se abraçaram e olharam-se mutuamente com a mesma generosidade de sempre. Na opinião de Jane, era ótimo ter uma amiga como Mary. Independentemente de como se sentia, Mary sempre lhe assegurava que ela era lindíssima, que estava mais linda a cada vez! Claro que Jane devolvia um elogio quase igual para Mary e ele era sincero.

Não foi possível se estender mais, visto que Mary tinha de cumprir suas obrigações. Depois de a amiga se afastar, Jane se virou para Alethea e estava quase falando algo quando descobriu que a amiga havia se esquecido de se comportar feito uma dama. Ela estava na ponta dos pés e seu rosto exprimia uma curiosidade tão flagrante que Jane começou a rir baixinho.

"Você parece estar planejando, detalhadamente, seu futuro."

Alethea enrubesceu, constrangida. Jane não devia estar muito errada.

"Ah! Você está procurando pelo sr. Lefroy."

"E qual o problema? Você pode já tê-lo visto de longe, mas eu não. Se há tanto falatório sobre alguém, então preciso saber se a pessoa é digna de toda agitação, certo?"

"Claro", concordou Jane. "Mas eu posso lhe assegurar que de perfil ou à distância ele não parece muito excitante."

Ela ainda não tinha terminado a frase quando seu olhar topou com o rosto da madame Lefroy, que nesse dia parecia um pouco mais descansada. Jane ergueu a mão e acenou, mas madame Lefroy não a viu.

"Lá está sua tia", disse para Alethea, que logo tentou se esticar ainda mais.

Também as senhoras e os senhores diante delas juntaram as cabeças cuidadosamente penteadas. Toda a atenção parecia estar dirigida a um único ponto e Jane começou a ter um pouco de pena do objeto desse interesse geral.

"Ah!", exclamou Alethea, triunfal. "Deve ser ele. Jane, não é ele ali?"

Nesse instante, Jane também descobriu o homem ao lado de Anne Lefroy. Ele estava de costas para elas, mas sim, o cabelo loiro, a figura esguia, devia ser ele. Jane assentiu.

"Acho que sim."

Jane, infelizmente, podia afiar os ouvidos o máximo possível, mas não era possível escutar nenhuma palavra. Cada um dos convidados parecia ter algo a falar sobre o senhor Lefroy, mas ninguém queria escutar o que o outro queria dizer. Aquilo que flutuava feito um tapete mágico de sons, de ouvido a ouvido, era sublinhado pelo toque da harpa e pelo suave som do piano.

A roupa do Sr. Tom Lefroy estava de acordo com a moda, pelo menos de costas. Ele usava uma jaqueta escura, e seu cabelo claro tocava, encaracolado, o colarinho, e botas, engraxadíssimas, mas que não pareciam novas.

Divertida, Jane deu uma cutucada em Alethea.

"Peça para ser apresentada a ele."

"Nunca!"

"Só estou brincando."

"Jane!", ela ouviu a madame Lefroy chamar.

À primeira vista, era possível confundir o penteado dela com uma colmeia de abelhas. Mas o cabelo armado ficava bem naquela senhora e ela o sustentava com total elegância.

Jane ergueu a mão e acenou com tanta vontade que quase cambaleou. Com um semblante de repreensão fingida, madame Lefroy deu algum tipo de desculpa ao seu interlocutor e veio em direção a Jane.

"Alegre como sempre, minha cara. Que bem vê-la!" Ela se aproximou um pouco e sussurrou: "Espero que você já tenha esquecido de como fui uma anfitriã horrível para você ontem! Sinto muito. Normalmente adoro os dias de Natal e na nossa casa, são dias de muita confraternização, mas temo que dessa vez tenha me excedido um pouco".

"Nem pense nisso, por favor", pediu Jane. "Quase terminei de ler o livro que ganhei, ele é maravilhoso."

Aliviada, madame Lefroy abriu um sorriso para Jane e depois virou a cabeça e ergueu a mão enluvada para acenar ao sobrinho. Jane notou claramente como a excitação de Alethea crescia.

"Agora quero finalmente apresentá-los. Tom, esta é Jane Austen e a jovem é a senhorita Alethea Bigg. Meu sobrinho querido, Thomas Langlois Lefroy."

Tratava-se de um jovem bem-apessoado, Jane teve de concordar. Os olhos cinzas dele brilharam ao fazer uma reverência impetuosa. Um nariz afilado, marcante, e a testa alta; e quando riu, galante, Alethea pareceu derreter aos poucos.

Jane quase não conseguiu segurar o riso.

"A senhorita parece muito alegre", observou ele. "Mas confesso que tinha imaginado que fosse bem diferente."

"Ah, é?"

"Bem, não quero ganhar fama de ser superficial, mas o que certamente logo vai acontecer. Quando minha tia falou que a senhorita gostava de ficar na biblioteca em Ashe, então supus que fosse..."

"Uma rata cinza?", interpôs Jane, rápida.

Ele sorriu, desculpando-se.

"Sim. Espero que me perdoe."

"Se o senhor mudar seu julgamento, estarei disposta a tanto."

"Ah, sim, já o fiz."

Eles se encararam e Jane foi tomada por uma sensação rara, totalmente desconhecida para ela. Sempre gostou de conversar tanto com homens quanto com mulheres — o principal era que fossem pessoas interessantes. Mas, naquele instante, ela não queria falar com ninguém diferente; gostou de ouvir a voz dele, de olhar nos olhos dele e quando sua mão tocou sem querer a mão dele, Jane sentiu um calor estranho.

Mudos, continuaram a se olhar. Madame Lefroy tomou a palavra e, quando falou, parecia preocupada.

"Você me traria um copo de água, Tom? Acho que estou um pouco tonta."

"Claro, tia, com prazer. Quer que a acompanhe até a uma cadeira?"

Madame Lefroy assentiu e desviou-se do olhar de Jane — ou será que era só impressão? Quando os dois desapareceram no meio dos convidados, Alethea observou, espantada: "Ela não pareceu exatamente feliz por vocês dois terem simpatizado."

Confusa, ela olhou para Jane.

"Também fiquei com essa impressão..."

"Senhorita Jane, poderia me conceder a próxima dança, caso esteja livre?"

Jane nem tinha percebido o retorno do Sr. Lefroy e ficou ainda mais surpresa ao vê-lo na sua frente. Constrangida, procurou a tia dele com o olhar. A madame Lefroy sabia o que o sobrinho estava fazendo naquele instante e concordava? Ela não queria irritar a amiga de modo algum!

Alethea cutucou-a com o cotovelo. Era preciso responder ao Sr. Lefroy. Jane sorriu.

"Claro. Com muito prazer."

Ele assentiu, sorrindo e desapareceu novamente; Jane acompanhou-o com o olhar, irritada. Por que ele tinha vindo falar justamente com ela? Ali havia moças tão mais bonitas, como Mary Chute por exemplo. E Alethea, claro!

"Espero que você não se incomode", disse Jane, preocupada. "Não queria... Afinal, você estava com tanta vontade de conhecê-lo..."

Para seu alívio, Alethea riu.

"Você não vai acreditar, mas agora que fui apresentada a ele, minha curiosidade foi satisfeita e meu interesse se exauriu. Não gostei muito dele, mas, por favor, não diga isso à madame Lefroy."

"Claro que não", disse Jane, pensativa. E se a madame Lefroy não achasse a dança uma boa ideia? Daí ela teria de dizer não para Tom Lefroy, o que seria absolutamente mal-educado quanto resultaria em ela passar a noite inteira sem dançar. Daí ela estaria condenada a ficar ao lado da pista de dança, sentada, apenas observando — e, não, ela não se sentia disposta a esse sacrifício, não nesse dia, quando ensejava leveza e movimento, por se sentir viva e por girar em círculos até perder o fôlego. Ela anotou o nome do Sr. Lefroy no seu cartão de dança, no qual havia apenas outros três. Seu nervosismo aumentou.

≈

O tempo passou voando. John Harwood tinha acabado de fazer uma reverência tão exagerada, com o cabelo tocando a pista de dança, quando, logo em seguida, o Sr. Tom Lefroy apareceu diante dela.

O mestre de cerimônia, Sr. Smithee, cujo nariz como sempre reluzia num tom vermelho-azulado, anunciou um cotilhão. Não havia muitas danças de ritmo adequado para uma conversa, mas o cotilhão era uma delas. Jane não gostava especialmente de dançar esse estilo; para seu gosto, era lento demais, além disso, os dançarinos volta e meia ficavam tão próximos que o mau hálito do parceiro era um problema. Felizmente o Sr. Lefroy cheirava a menta e dentifrício; e conversar com ele enquanto se afastavam e voltavam a se juntar, pegar a mão do outro e soltá-la, parecia ser tão natural como se Jane estivesse bailando com o irmão Henry.

"Então a senhorita lê romances?", perguntou ele, delicado. "E qual a impressionou mais? Tudo bem me dizer?"

"Meu favorito é *Tom Jones*."

Ela sabia que seu tom de voz — assim como o que havia dito — faria com que ele retrucasse algo zombeteiro. Conhecer *Tom Jones* já era um escândalo. Gostar de um romance, cujo tema central era a vida amorosa de um jovem, era um pouco demais até para o pai de Jane, que não se importava muito com falatórios.

Tom Lefroy franziu a testa e, enquanto pensava, encarou-a com os olhos brilhantes.

"Nunca deparei com ninguém que ousasse falar desse título. Para dizer a verdade, nem muita gente que sequer o conhece. Confesso que você me impressiona, senhorita Jane."

De repente, o mundo ao redor dela pareceu diminuir de volume. As conversas, as músicas, tudo ficou em segundo plano.

"Já leu Mary Wollstonecraft?", ele prosseguiu perguntando.

"Uma autora", constatou Jane, espantada, aliviada por sair do seu transe e voltar a pensar. Esse era um terreno seguro. "O senhor não acha nada demais uma mulher ser escritora?"

"Deveria? Não sou da opinião de que as mulheres sejam plantas delicadas, pelo contrário. Se me perguntar, elas são em geral mais resistentes e corajosas do que os senhores da Criação. Igualmente, a noção geral de que as mulheres deviam usar mais o coração do que a cabeça é contrária à minha ideia de um ser emancipado."

"De outro modo, o senhor se daria mal comigo. Asseguro-lhe, entretanto, que tenho um coração, mesmo que às vezes não o encontre."

Sorrindo, ambos terminaram a dança, desviaram dos outros pares, cumprimentaram-se com um aceno de cabeça, fizeram uma pequena reverência educada e voltaram a se aproximar.

"Para retomar o assunto do intelecto feminino", disse ele. "Quer dizer que você não acha que uma metade da humanidade é menos inteligente do que a outra metade?"

"Uma metade apenas esconde bastante bem sua inteligência", retrucou Jane. "E a outra, sua burrice."

Ele deu uma risada sonora. Quando suas mãos se soltaram, Jane ficou com a impressão de que os próprios dedos estavam frios de repente. Irritada, ela ficou em silêncio. Era muito estranho — ela tinha estado tão curiosa a respeito dele. E agora tinha a impressão de conhecê-lo há anos.

Eles rodopiaram. Jane não conseguia esconder a impressão de mergulhar dentro dos olhos dele. Subitamente ela sentiu calor de novo, depois ficou tonta e, num instante, sentiu que o chão fugia sob seus pés.

"Você está se sentido bem, senhorita Jane?", ela escutou como que de longe a voz preocupada dele.

"Estou", respondeu com esforço. Tudo ao seu redor girava. E mais todas aquelas pessoas dançando ao seu redor e que pareciam estar subindo as paredes!

"Perdão, Sr. Lefroy, mas acho que preciso me sentar."

Ele pegou o braço dela e conduziu-a suavemente pelo meio das pessoas que haviam se juntado no centro da pista de dança.

"Por favor, me desculpe", disse ela, e sua voz soou nos próprios ouvidos como se estivesse a quilômetros de distância de si mesma. "Acho que peguei um resfriado."

"Espero que não tenha sido a minha tia. Há pouco, porém, ela já estava parecendo bem melhor. Também espero que a senhorita se recupere rapidamente."

Num espaço dos fundos, separado por uma grande porta do salão de festas, havia poltronas, sofás e um sem-número de cadeiras. Jane não era a única a procurar descanso, infelizmente. Todos os assentos estavam ocupados. Com passos decididos, o Sr. Lefroy foi em direção ao Sr. Watkins e lhe disse algo. Logo em seguida, esse levantou-se e exclamou: "Sente-se, por favor! Posso fazer mais alguma coisa pela senhorita?"

Jane fez que não, agradeceu e sentou-se ao lado da mãe do Sr. Watkins e de sua tia. Ela ainda estava se sentindo estranha. Tentou sorrir, mas os lábios tremiam demais.

"Volto logo."

O Sr. Lefroy desapareceu. Jane fechou os olhos e ficou aliviada pela súbita escuridão e a paz que só era interrompida pelos sussurros das duas mulheres da família Watkins. Ela não conseguia entender frases, mas compreendeu que elas não falavam muito bem de alguém, provavelmente do Sr. Lefroy — ou não.

O mundo todo girava ao redor dele ou era apenas ela cujos pensamentos estavam única e exclusivamente focados nele? E o que isso tinha a ver com a sensação de fraqueza? Jane orgulhava-se de possuir uma saúde de ferro, relevando-se nessa avaliação que vez ou outra seus olhos falhavam ou ela era acometida por uma infecção... Mas ficar tonta ao dançar, isso era inédito. E lhe parecia quase como um crime de lesa-majestade!

"Por favor, tome um gole."

Quando percebeu o rosto preocupado de Tom Lefroy à sua frente, ela ficou com vontade de fechar os olhos de novo. Mas Jane se empertigou e pegou o copo, deu uma bicadinha nele e seus sentidos começaram a voltar aos poucos.

Como tanto a Sra. Watkins quanto a irmã haviam se levantado, Tom sentou-se ao lado de Jane. Ela olhou-o pelo canto do olho.

"Fale algo a seu respeito. Do que você gosta, Sr. Lefroy, além de ler romances? Qual sua cor favorita? Gosta de ouvir música? Será que toca um instrumento?"

Ele riu.

"Se eu lhe contar tudo isso, então você poderá escrever um romance a meu respeito, tamanho seu conhecimento."

"Um romance com você?"

Ele inclinou a cabeça e refletiu. "Não quero me fazer de importante, dizer que sou adequado para isso. Eu poderia aparecer no meio do caminho. Vamos dizer, como camponês. Sim, como camponês, que está no seu campo e acena com o forcado."

"E por que um camponês ficaria acenando com o forcado no meio do campo?", perguntou ela, tentando abafar uma risadinha. O mal-estar tinha passado. Subitamente, ela se sentiu novamente animada.

"Você tem razão, não faz sentido", concordou ele. "Mas há pessoas que simplesmente não servem como personagens de romance. O que elas têm de interessante fica oculto, sob a superfície. Seria preciso escrever mil páginas para aproximá-las do leitor."

"Mas você quase não fala de si, Sr. Lefroy. Ou estou enganada?"

"Oh, não falo nadinha de nada." Ele fungou. "Sou aquele que sabe camuflar. Como nosso Tom Jones. Não sou daqueles de fala mansa e que esconde um tesouro."

Ele olhou para Jane, sério.

"E você, senhorita Jane, qual seu tipo?"

Ela não conseguia responder a isso de modo espontâneo. Mais jovem, ela tinha sido tímida. Gostava de se esconder, algo semelhante à Anna, filha de James, mas estava convencida de que ninguém estaria interessado em conversar com ela. Quando a Sra. Lefroy entrou em sua vida — Jane tinha 12 anos, Anne Lefroy estava perto do fim dos 30 —, Jane descobriu algo em si. Ela percebeu que era inteligente. E engraçada. Quando dizia algo, às vezes os olhos da madame Lefroy começavam a cintilar. Daí ela se curvava para frente, abraçava Jane e dizia: "Como eu poderia ser feliz sem partilhar dos lampejos de seu espírito?"

A senhora Lefroy era o espelho que dava a Jane uma versão de si mesma como mulher. Era possível descrever assim? Sim. Uma versão de Jane na qual ela era mais autoconfiante, na qual ela não precisava mais querer se esconder do mundo.

Em vez de dizer algo, Jane olhou para ele. Tom Lefroy retribuiu o olhar. Ele era amistoso, confiável — ou mais?

Jane precisou se esforçar para virar a cabeça. Ela sentiu um calor subindo pelo pescoço.

"Acho que preciso procurar por Alethea."

Inesperadamente, a situação pareceu se tornar incômoda também para ele. Tom se ergueu, fez uma reverência e afastou-se com passos largos. Jane sentia-se tão desencorajada quanto confusa. Há pouco ela ainda estava apreciando a conversa e poderia ter ficado a noite inteira nesse lugar. Mas agora tinha a impressão de ter feito algo de errado. Ou será que a culpa era dele — será que ele lhe passava essa sensação, pois não tinha mantido a distância correta?

Ah, se Cass estivesse ali! Era possível conversar com ela. Cass estava noiva, conhecia os homens. A única pessoa a quem Jane poderia confiar o acontecido chamava-se Anne Lefroy e essa não discutiria esse assunto com Jane. Abatida, ela desistiu de procurar por Alethea. Sua amiga apenas tentaria fazer com que ela contasse tudo, até os mínimos detalhes. Mas o que havia para contar? Que ela estava se sentindo muito idiota?

"Minha irmã!", Henry falou alto, de longe. "O que foi que ouvi? Você derrubou metade das pessoas enquanto dançava?"

Desapontada, Jane esperou até ele ter se sentado. Em seguida, sussurrou: "Não! Não desmaiei nem derrubei ninguém. Fiquei apenas um pouco tonta. É tudo."

"Ah", assentiu ele, e seus olhos começaram a brilhar. Henry era um rapaz bonito de quase 25 anos, de grande sucesso na sociedade, principalmente entre as mulheres. Até aquele instante, porém, ele ainda não tinha pretendente. Há tempos — que para Jane parecia ser "desde sempre" — ele amava a prima Elize, que para sua infelicidade havia se casado com um conde francês. Entretanto, havia esperanças, como Jane observava às vezes, sarcástica. Desde que o marido de Elize tinha morrido na guilhotina, tanto Henry quanto James lhe faziam a corte. Até então, nenhum deles tinha sido escolhido — nem rejeitado — por ela.

"E todo o resto que chega aos meus ouvidos também é falso?"

Ela não queria saber, mas como *não* perguntar?

"O que exatamente você escutou?"

"Bem, você foi comparada...", Henry pigarreou e quase não conseguiu conter o riso, "com um ou outro animal exótico."

Jane olhou ao redor, disfarçadamente, para ter certeza de que ninguém estava prestando atenção neles.

"Com quais animais exóticos?", perguntou ela.

"De todo modo, você conseguiu criar fama, Jane, e meus parabéns por isso."

"Com quais animais exóticos, Henry?"

Ele abriu um sorriso de orelha a orelha. "Você seria uma borboleta namoradeira, afirmou a Sra. Mitford, a mais ridícula que ela já viu. Ela disse que você dança com qualquer homem que se aproxima de você andando sobre dois pés. E que não haveria ninguém no salão mais empenhada em buscar um marido que você."

"Eu?", exclamou Jane, indignada, mas baixou a voz. "Quanto atrevimento!"

"Achei engraçado."

"Pois não é com você."

"Concordo e, principalmente nesta noite, estou muito aliviado por isso."

"E o que há de exótico numa borboleta?"

"Boa pergunta. Não pensei nisso. Contudo, você não foi chamada apenas de borboleta."

Jane fechou os olhos. Será que queria mesmo saber o que as pessoas diziam a seu respeito? Ela olhou ao redor. Jane imaginava estar rodeada por amigos e vizinhos. Bem, entre eles devia haver alguns que gostavam de falar pelos cotovelos. Isso não era novidade para Jane, mas agora, visto que a vítima era ela e não uma das viúvas desoladas da Main Street ou a Sra. Henderson, cujas perucas tinham formas e cores absurdas, ela percebeu que não era nada divertido ser objeto de gracejos alheios.

"Fale logo", disse ela com a voz irritada para não começar a chorar.

"Dizem que você se movimenta pela pista com a elegância de um rinoceronte."

Ela engoliu em seco. O golpe foi dolorido. Mas ela gostava tanto de dançar! Será que não sabia? Como é que ninguém havia lhe dito isso antes? Pelo menos Alethea... Ou a madame Lefroy, que já tinha sido convidada para bailes muito mais elegantes, por vezes até em Londres. Se alguém pudesse fazer uma avaliação, então era ela!

Jane alisou o vestido cor de creme e tentou disfarçar o constrangimento. Mas não era fácil enganar Henry. O rosto dele ficou sério.

"Ah, não, Jane, você não está levando isso a sério, né?"

Profundamente magoada, ela balançou a cabeça e mordeu o lábio inferior. Oh, não, ela não iria chorar, não ali, não naquele momento, não porque a Sra. Mitford tinha o atrevimento para chamá-la de namoradeira. Era apenas o amor de Jane pela dança! Será que era possível interpretar isso de maneira tão errônea assim?

Bem, a comparação com os rinocerontes ela deixaria para lá. Era ridícula demais, decidiu-se, mas por via das dúvidas resolveu perguntar para Henry.

"Você me acha desajeitada?"

Ele colocou o braço ao redor dos ombros dela.

"Claro que não. Você pode não ter dançado nos salões de Paris, mas a animação com a qual você se diverte podia ser um exemplo para algumas — e alguns."

"Então não sou um rinoceronte."

"Você não é um rinoceronte, Jane."

"Sabendo que foi você quem me ensinou a dançar, eu deveria perguntar a outra pessoa."

"E que tal aquele senhor que está olhando de maneira tão desejosa para cá? Quero dizer, perguntar para quem viu você com ele na pista de dança."

Ela seguiu o olhar de Henry e encarou Tom Lefroy. O coração dela pareceu parar por um instante, para depois seguir batendo de maneira irregular. Apressado, Tom Lefroy lhes deu as costas e deixou a sala.

"Quando você dança, o salão inteiro brilha", acrescentou Henry, que não prestou atenção no que havia acabado de acontecer.

Ela soltou um gemido, mas precisou se esforçar para se concentrar no irmão.

"Você só quer me consolar, não?"

"Não! Veja apenas aquelas mulheres que ficam contando os compassos e que também não conseguem entabular uma conversa nem com o padeiro, porque, na hora de contar, saltam do um para o três. Elas não cometem nenhum erro, mas você não acha isso terrivelmente maçante? Você, ao contrário, Jane, é como o vento da primavera limpando o mofo dos cantos. Dança a próxima comigo?"

Ele fez uma reverência formal, embora estivesse sentado. Ela franziu a testa, em dúvida.

"Venha. Quando cai do cavalo, o cavaleiro precisa voltar rapidamente à sela. Ou será que você nunca mais quer dançar e só ficar sentada nos cantos?"

"Não!"

"Então! Vamos dançar."

~

Por volta das 2h, a carruagem de Alethea levou-a para casa. De braço dado com Henry e puxando James, Jane foi correndo pela noite fria em direção à casa paroquial. Ela subiu as escadas no maior silêncio possível e abriu a porta do seu quarto. Mais uma vez, o lugar lhe pareceu assustadoramente vazio e gelado.

Ela olhou para a cama da irmã, que parecia estar acumulando pó. Depois de um baile, não se devia chorar, ela falou para si mesma, mesmo que alguns momentos tenham sido não tão agradáveis quanto era a expectativa. Justamente nesse dia a presença de Cass seria bem-vinda. Elas ficariam sentadas na cama, pernas cruzadas, tomando chá e contando tudo uma para a outra. E Cass perguntaria, com a voz delicada: "E você escutou mais algum tipo de atrevimento?"

Não, felizmente não.

"E o Sr. Lefroy? Vocês dançaram juntos mais uma vez?"

Jane balançaria a cabeça num não. Ela não o vira mais pelo resto do baile e imaginou que ele tivesse acompanhado a tia para casa já por volta da meia-noite.

"Você gostou dele?", perguntaria Cass possivelmente e Jane teria de pensar longamente. Ela não sabia a resposta. Ou sim: ela gostava dele um pouquinho mais do que os outros homens que encontrara até então.

Isso era preocupante. Ainda que não fosse motivo para ficar matutando muito a respeito. Era melhor dormir. Ou se sentar à escrivaninha e aproveitar que Cass estava longe. Jane acendeu as velas de um castiçal de parede, cujas chamas lançaram sombras dançantes no cômodo. Atrás do escuro da janela, ela imaginou o amanhecer de um dia das irmãs Elinor e Marianne Dashwood. Pensou no que seu pai havia dito — que era preciso esperar pacientemente até a porta se abrir.

Jane ficou calma. De repente, a noite lhe pareceu suave e cálida. Ela mergulhou a pena no tinteiro e ajeitou o papel.

Elas correram. Marianne começou na frente, mas um passo em falso levou-a subitamente ao chão, e Margaret, não conseguindo parar para ajudá-la, continuou correndo e chegou a seu destino em segurança.

Um cavalheiro com uma espingarda e dois cães de caça passava pela colina a poucos metros de Marianne quando o acidente aconteceu. Ele baixou a arma e correu para ampará-la. Ela já havia se levantado do chão, mas torcera o tornozelo na queda e mal conseguia se manter em pé. O cavalheiro ofereceu seus préstimos e, notando que a modéstia da moça recusaria o que sua situação tornava necessário, ergueu-a nos braços sem mais delongas e desceu a colina com ela no colo. Passando então pelo portão da horta, que Margaret deixara aberto, ele a carregou diretamente para a casa, onde a irmã mais nova havia acabado de chegar, e só soltou Marianne para sentá-la em uma poltrona da saleta.

Elinor e a mãe se levantaram assustadas com aquela entrada e, enquanto os olhos de ambas se fixavam sobre ele com evidente curiosidade e uma admiração secreta, ambas despertadas por sua aparência, o cavalheiro pediu desculpas pela intrusão e relatou o ocorrido de modo tão franco e gracioso que sua pessoa, que já era de uma beleza rara, ganhou mais encantos graças à sua voz e expressão.

Quando terminou e pousou cuidadosamente a pena na escrivaninha, as maçãs do rosto de Jane estavam quentes. Então era *esse* o caminho que Marianne tinha de seguir. Ela se apaixonou por um homem que sabia encantar a todos, alguém de boa aparência, animado e inteligente — mas como era seu coração? Ela riu baixinho, retomou a pena e prosseguiu escrevendo com tanta rapidez que quase perdeu o fôlego.

O protetor de Marianne, como Margaret apelidou Willoughby com mais graça do que precisão, apareceu no chalé logo cedo na manhã seguinte para ter notícias pessoalmente. Foi recebido pela Sra. Dashwood com mais do que simples cortesias; com a bondade que o relato de Sir John e sua própria gratidão de mãe ocasionara; e tudo o que se passou durante a visita levou-a a se assegurar do bom senso, da elegância, da afeição recíproca e do conforto doméstico daquela família à qual um acidente os apresentara. Ele não precisou de um segundo encontro para se convencer do encanto daquelas pessoas.

A Srta. Dashwood tinha a pele delicada, traços bem-feitos e uma beleza marcante. Marianne era ainda mais linda.

As formas, mesmo que não tão simétricas quanto as da irmã, pelo privilégio de altura, eram mais impressionantes; e seu rosto era tão adorável que, quando em arroubos de lisonjas era chamada de uma linda moça, a verdade era menos violentamente ultrajada do que em geral costuma acontecer. Tinha a pele bem morena, mas era tão translúcida que ganhava um brilho incomum; seus traços eram todos belos; o sorriso, doce e cativante; nos olhos, que eram muito escuros, havia uma vida, um espírito e uma avidez à qual dificilmente se reagia sem prazer. Diante de Willoughby, tal expressão a princípio foi contida, em virtude do constrangimento gerado pela recordação de seu socorro. Mas quando isso passou, quando ela recobrou seu ânimo, quando viu que ao berço perfeito o cavalheiro aliava a franqueza e a vivacidade, e, acima de tudo, quando o ouviu declarar que gostava apaixonadamente de cantar e de dançar, lançou-lhe tal olhar de aprovação que conquistou boa parte da atenção dele pelo resto do dia.

Jane fechou os olhos. Toda irritação, toda raiva tinham desaparecido. Ela também não se sentia mais insegura. Independentemente do que lhe acontecesse, havia um lugar onde se refugiar: seu mundo, aquele que ela podia mostrar aos outros ao descrever o que ouvia ali, o que via, o que as personagens sentiam. Às vezes ela tinha a impressão de que gostava mais desse mundo, pois a realidade parecia muito pesada e triste para concorrer com ele.

STEVENTON, CONDADO DE HAMPSHIRE
8 de janeiro de 1796

Embora a família Bigg-Wither possuísse menos recursos que os Chute, seu baile anual dispunha de tudo o que era possível arranjar, perto e longe. Os melhores músicos, os ingredientes mais selecionados para o jantar, centenas de velas de cera de abelha para iluminar a estufa. Harris ficava sempre tão orgulhoso disso que ele próprio parecia radiante — não devia haver muitas coisas prazerosas na vida do irmão de 14 anos de Alethea, Jane concluía. Ele gaguejava muito e, à exceção do fato de estar apaixonado pela ajudante francesa de cozinha, apenas a caça ao coelho lhe trazia alguma diversão. E iluminar a estufa no jardim.

Alethea já estava quase desmaiando, tamanho seu nervosismo. Um pouco mais calma, Jane relembrou a noite em The Vyne. Será que ela ainda era tema de conversas? E será que o desfalecimento já tinha aumentado para algo bem pior, por exemplo uma quase morte? Pior apenas seria se as más-línguas a chamassem de bêbada em vez de doente ou fraca.

Henry, que gostava de fofocas, teve de jurar que lhe diria tudo que lhe chegasse aos ouvidos. A cada noite, entretanto, ele balançava a cabeça, e assim Jane tinha começado a nutrir esperanças de que tinha sido simplesmente esquecida. Afinal, ela não era tão importante assim. E havia pouco assunto para fofocas à exceção do fato de ter dançado exatamente com aquele homem que era o centro das atenções antes de ela passar mal. Jane havia passado quase uma semana e meia reclusa — entretanto, não por vergonha, mas porque havia pouca coisa nova. Havia feito seus passeios, as visitas usuais em Steventon e Basingstoke e outra mais, no qual não queria nem pensar... Além disso, fizera tricô, crochê e escrevera para Cass, também se sentara à escrivaninha para prosseguir com *Elinor e Marianne*. Na noite após o baile na casa dos Chute, a escrita tinha saído com tanta facilidade; em seguida, porém, o caminho parecia pedregoso demais novamente.

A escrita era um martírio!

Que felicidade poder se distrair nesse dia. E independentemente do que as pessoas fossem dizer, Jane havia prometido a si mesma que iria dançar e flertar feito uma borboleta e um rinoceronte, e ninguém, nem mesmo a pessoa mais desdenhosa de toda Hampshire conseguiria estragar seu bom humor.

~

"Você está encantadora!"

Alethea olhou para o traje de Jane, admirada.

"Nunca vi você usando esse vestido antes."

Jane tinha chegado mais cedo do que os outros convidados a Manydown. Alethea e ela adoravam se aprontar juntas para as festas: ajeitar o cabelo uma da outra, passar batom ou trocar opiniões na hora de escolher a fita adequada. No quarto de vestir de Alethea, que podia rivalizar no tamanho com o salão dos Austen, elas começavam a dançar, bebiam os primeiros goles e, portanto, quando finalmente o evento começava, já estavam no clima muito antes daqueles que tinham acabado de sair, semicongelados, de suas carruagens.

"Eu o refiz ontem. Deixei mais largo em cima e mais justo embaixo." Jane riu. "Você gosta do azul? Fiquei com medo de a tintura não dar certo, mas deu. Ao menos, assim espero. Aliás, para hoje vocês não recobriram os sofás com tecidos claros, certo? Se sim, é melhor eu não me sentar neles."

"Ah, antes ele era vermelho, não? Eu gostava do corte, mas assim você fica ainda mais bonita nele!"

Jane agradeceu e começou a elogiar Alethea, que realmente merecia. Ela usava um rosa esmaecido, que ressaltava ainda mais a palidez da pele. Ao contrário de Jane, que precisava se conformar com o corpo mais magro, Alethea tinha maravilhosas formas femininas, algo que seu vestido de seda, ajustado ao corpo, só fazia ressaltar.

Na ala oeste da casa, ouvia-se cadeiras sendo empurradas, passos apressados, algo pesado caiu no chão e alguém xingou com vontade. Elas se entreolharam, sorrindo.

"Certamente a noite será memorável", disse Jane. Ela hesitou; Cass não havia respondido sua carta na qual ela havia relatado, com frases longas, em parte terrivelmente lamurientas, sobre ter sido apresentada ao Sr.

Lefroy. Agora ela estava com muita vontade de saber ao menos a opinião de Alethea sobre determinadas questões.

"Quando alguém a agrada, como você percebe?"

Alethea, que encarava o espelho com concentração, tentando arrumar uma mecha de cabelo da melhor maneira, atrás da orelha ou na frente do rosto, parou o que estava fazendo.

"Como assim?"

Jane hesitou. Agora que tinha falado, achou a pergunta especialmente boba.

"Ah, nada. Deixe para lá."

"Não, por favor, não esconda nada. Você está gostando de alguém?"

Jane afastou o olhar. Ao responder, sua voz estava um pouco estranha.

"É exatamente isso que não sei. Mas é bobagem. Ouvi umas coisas chatas a meu respeito no baile em The Vyne e tudo isso me deixa... insegura."

"Você?", Alethea riu alto. "Insegura, você — impossível, Jane."

Jane não retrucou. Ela desejava que a amiga a compreendesse. Mas talvez a culpa fosse sua. Será que às vezes ela não agia com muita soberba, de modo que Alethea não conseguisse imaginá-la sendo machucada?

Depois de Alethea ter se olhado pela segunda vez no espelho, ela suspirou e deu de ombros, desculpando-se. "Jane, eu não entendo dessas coisas. Você perguntou para sua mãe?"

"Minha mãe? Ela seria uma das últimas pessoas a quem eu poderia recorrer nesse caso."

"E a madame Lefroy? Ela tem experiência no assunto."

Jane apertou os lábios. Ela tinha imaginado que essa conversa fosse render mais, mas como repreender Alethea por causa disso? Quantas vezes ela tinha bocejado quando Alethea lhe contou sobre seus sonhos e perspectivas de casamento? Quantas vezes ela tinha fingido estar prestando atenção aos elogios de Alethea em relação a esse ou aquele homem, enquanto na verdade pensava sobre as próprias histórias...

Mas ela não podia se dirigir à madame Lefroy, isso era líquido e certo. Não porque Tom era sobrinho dela, visto que esse também fosse um detalhe importante. Mas é que Jane estava com a desagradável impressão de que madame Lefroy a estava evitando. Desde que partiu para Ashe, na tarde do dia anterior, Jane ficou matutando se isso era fruto de sua imaginação ou correspondia à realidade. Seu pai, que estava preocupado com o retraimento súbito da filha, havia convencido Jane a dar um passeio. Apenas quando ela enxergou a casa paroquial de Ashe a distância é que se deu conta para onde estavam indo.

"Você quer ir até os Lefroy?", perguntou ela, assustada.

"Eu queria apenas desejar-lhes um bom ano." Confuso, seu pai olhou para ela. "Você nunca deixa passar uma oportunidade de fazer uma visita. Hoje não está com vontade?"

"Estou", murmurou ela. "Claro."

No geral, foi menos terrível do que ela imaginara. De certa maneira, porém, seus temores foram confirmados. Jane e o pai souberam por intermédio do reverendo Lefroy que Tom havia partido de repente, assim que vira as visitas se aproximando. E madame Lefroy tinha se recolhido, a fim de descansar antes da hora do chá. Podia ser verdade. Mas até então ela nunca havia se furtado a receber visitas espontâneas com muita alegria, fazer as honras da casa, conversar com elas.

No trajeto de volta, caminhando lado a lado com seu pai, ele a olhou de esguelha algumas vezes, mas não perguntou nada. O que ela poderia lhe dizer? A verdade?

Não, melhor não.

Tudo isso levou a uma insegurança ainda maior, inédita para Jane. Até então, ela sempre se convencera de ser razoavelmente querida por todos e não se importar com quem não gostava dela. O fato de sua presença gerar retraimento ou até fuga era incomum, terrivelmente incomum e desagradável.

"Não!", exclamou Alethea de súbito, virando-se para a amiga. "Você está apaixonada por ele? Pelo Sr. Lefroy? Diga, Jane, é verdade?"

Jane escondeu o rosto com as mãos. Assim ela se sentia mais à vontade. Estava maravilhosamente escuro daquele jeito.

"Jane! Você gosta dele? Gosta de Tom Lefroy?"

"Mas eu nem o conheço", disse Jane baixinho, sem tirar as mãos do rosto.

"A questão não é conhecê-lo ou não, Jane! Você quer definir o amor em palavras, quer condicioná-lo a características que aprecia? Não, trata-se de algo diferente, você pode se apaixonar por um sorriso ou menos que isso. Um olhar, uma palavra, que entra na sua alma. Talvez a visão de nada menos que um ossinho do dedo."

Jane baixou os braços e olhou para sua amiga com sarcasmo. Uma felicidade. Nesse terreno, ela se sentia muito mais segura.

"Devo me apaixonar pelo ossinho de um dedo? Mas daí podia ser de qualquer um..."

"Não faça de conta que me entendeu errado", interrompeu-a Alethea. "Ao olhar o ossinho do dedo você pode ficar consciente da paixão."

"Até então sempre vi o Sr. Lefroy de luvas."

Alethea suspirou e olhou brava para ela.

"Você sabe do que estou falando."

"Não sei! Nunca estive apaixonada e também não estava pretendendo me apaixonar. Você sabe dos meus preconceitos em relação a casamento. Não acredito que duas pessoas possam ser felizes juntas, pelo menos não quando uma delas sou eu."

"Mas por que não?"

"Porque... Gosto de mim como sou", falou e, de repente, não conseguiu mais encarar a amiga. Ela esfregou o nariz. "Pelo menos, normalmente. E não quero mudar. Além disso, não quero morrer dando à luz ou de coração partido."

"Mas quem está dizendo que você teria de morrer? O amor é a felicidade suprema! Algo que realmente dá sentido à vida."

"Duvido."

"E por quê?"

"Porque amor não tem relação com felicidade. A felicidade no casamento é uma questão de pura sorte."

Alethea não retrucou, mantendo uma expressão irritada.

Depois de um tempo, porém, ela disse: "Acho que você só se recusa dessa maneira tão veemente porque *já* está apaixonada. Conheço você, Jane. Até então, você sempre tinha uma piada pronta quando o assunto era esse ou aquele homem. Dá para notar claramente que você não dava nenhuma atenção para os outros. Mas no caso do Sr. Lefroy... Há algo no ar, estou vendo."

Jane fez um muxoxo, mas ela podia quebrar a cabeça à vontade e não conseguia achar uma resposta adequada.

Depois de uma batida leve à porta, a camareira apareceu.

"Seu pai está chamando, senhorita Alethea."

"Está na hora." Alethea sorriu. "Hora de ver as coisas frente a frente."

Jane fez de conta de que não ouviu.

~

O revestimento de madeira do salão vermelho, que tinha quase a mesma altura do que o interior de uma nave de igreja, havia sido decorado por Alethea com inúmeras fitas brilhantes. As janelas, que durante o dia ofereciam uma vista maravilhosa das colinas da propriedade, estavam ocultadas por pesadas cortinas de veludo. Os assoalhos brilhavam como se estivessem recém-encerados e, nas paredes, inúmeras velas garantiam luminosidade.

Jane, entretanto, não prestou atenção em nada disso. Ela refletia. Era verdade, ela nunca tinha estado apaixonada e também não estava interessada. Quem quisesse chamar de flerte aquilo que na visão de Jane era uma conversa animada, uma dança intensa, duas pessoas rindo juntas, sim, então essa pessoa podia chamá-la de namoradeira. Jane, por sua vez, nunca havia encarado dessa maneira. Ela simplesmente gostava de estar entre pessoas, e daí se essas pessoas eram homens? Apaixonada? Ela não tinha mais do que uma suspeita de qual era esse sentimento. Mas a ideia de não pensar em nada além do escolhido lhe parecia trabalhosa e exaustiva. Ela tinha coisas melhores a fazer...

Dois homens entraram com uma harpa e a colocaram ao lado do piano. O ar parecia vibrar de alegria antecipada. Alegria antecipada que, diferentemente do usual, ela não estava sentindo. Jane estava pensando inclusive em procurar a mãe, que tinha sido uma das primeiras a chegar e, ladeada por Henry e James, bebericava um copinho de licor com uma expressão satisfeita.

Por volta das 21h começaram a chegar, pouco a pouco, mais convidados. Às 22h o jantar foi servido e Jane descobriu, animada, que se sentar diante de Tom Lefroy não tinha a menor importância, embora ele lhe lançasse vez ou outra um olhar nervoso. Jane ignorou-o, manteve as costas eretas e mesmo se o espartilho espetasse seus flancos nessa posição, ela conversou *animadamente*, perguntando-se às vezes se sua risada estava parecendo artificial.

Ah, seria melhor se ela não tivesse conversado com Alethea a respeito! Ela poderia deixar tudo para lá e aproveitar a noite, reservando as elucubrações para o dia seguinte; no dia seguinte, mas não naquela noite! Em vez disso, ela se sentia observada por Alethea, fugia do Sr. Lefroy e era inegável que seu tom de voz estava alto demais — e se sentia totalmente desconfortável.

Depois de um tempo, no qual ela ficou prestando atenção nas conversas da mesa, nas novidades que eram trocadas, nas palavras feias com as quais se comentavam os trajes desse ou de outro convidado, ela voltou a ficar mais tranquila. Ao menos ninguém estava falando sobre ela, chamando-a de borboleta ou de rinoceronte. A Sra. Mitford, que dali em diante Jane passaria a chamar apenas de "a malfeitora", não estava presente, algo que Jane não achou nem um pouco lamentável.

Em algum momento, ela se esqueceu do baile em The Vyne e se esqueceu até que estava se sentindo desajeitada e fora de lugar ali. Jane ignorou Tom com tanta habilidade que realmente não pensou mais nele e Alethea divertia-se com Jane, algo que — apesar de todas as restrições — também era uma bela visão. Sua mãe estava feliz. O cartão de danças de Jane foi sendo preenchido, e ao final de cada contradança ela voltava à mesa onde estava sentada, com a mãe e Martha Lloyd, cada vez mais ofegante e o rosto mais afogueado.

O estado de espírito de Jane nunca passava desapercebido por Martha. Ela possivelmente era a única que Jane nunca conseguiria enganar — Jane achava às vezes que nem Cass a conhecia tão bem quanto sua amiga de Ibthorpe.

Martha nunca a julgava. E naquele momento seu olhar sagaz estava focado em Jane, mas sem pressioná-la por algo que tinha dito ou confessar o que se passava em seu coração.

Contente e agradecida por isso, elas se sentavam juntas entre as danças. E Martha, que nunca dançava porque não gostava, simplesmente segurava a mão de Jane enquanto conversava algo com a Sra. Austen. Independentemente de onde estivesse, Martha sempre achava algo para refletir a respeito, fossem as ervas que havia visto no caminho até ali, fosse uma nova receita de sabão para cabelos. Na opinião de Jane, se Martha tivesse vindo ao mundo como menino ela facilitaria a vida das pessoas enquanto farmacêutica. Mas desse jeito também era possível. Jane aproveitava dos conhecimentos de Martha sobre ervas e pedia orientações para quaisquer dorzinhas. E o que Martha mais gostava era de distribuir conselhos bem fundamentados — algo que encantava sobremaneira a mãe de Jane, de modo que também esta, de olhos brilhantes, estava prestando muita atenção nas palavras da moça.

Jane ficou ouvindo as duas durante um tempo debaterem os prós e contras do láudano. A mãe de Jane achava que não havia nada melhor para uma noite agradável. Martha, por sua vez, dizia que um pouco de chá de lúpulo tinha efeito semelhante e talvez fosse menos perigoso.

"Ah, que bobagem", exclamou a Sra. Austen. "Só tomo o que me prescrevem."

"Sim, mas em quais quantidades?", sussurrou Martha no ouvido de Jane.

Jane sorriu e torceu para recuperar mais um pouco do fôlego antes de o Sr. Leary aparecer para a dança combinada. Ela estava com calor, algo de que geralmente gostava — pois quem passa frio num baile está fazendo algo de errado —, mas nessa noite a sensação era desconfortável. Ela tocou o pescoço, que estava fresco e sem qualquer colarinho apertado.

O que estava acontecendo com ela? Ela nunca tinha se sentido tão esquisita. E porque ela responsabilizava o Sr. Lefroy? Eles tinham se entendido bem no baile dos Chute, e não havia mais nada a acrescentar. Possivelmente foi um acaso total ele ter saído para passear bem no momento em que ela e o pai chegavam a Ashe. Talvez uma coisa não tivesse nenhuma relação com a outra.

Era hora de parar de ficar remoendo isso! Onde estava o Sr. Leary? Eles não tinham combinado essa dança?

Ela esperou, voltou a prestar atenção em Martha e na mãe, e em seguida se levantou.

"Volto logo."

Jane passou entre os homens e mulheres em pé fazendo movimentos simpáticos com a cabeça e distribuindo cumprimentos, avançou até a porta, abriu-a e, sem olhar à esquerda ou à direita, apressou-se a descer o longo corredor. Ela chegou ao jardim sem echarpe, sem sobretudo, sem chapéu.

Agradecida, inspirou profundamente. A neve cintilava à luz do luar e um silêncio absoluto flutuava sobre o extenso parque. Ao longe era possível ouvir apenas o chamado baixo de uma corujinha; de resto, à exceção das vozes que ecoavam de dentro da casa, estava tudo maravilhosamente tranquilo.

O coração de Jane começou a bater mais devagar. Ela não podia se esquecer de como a natureza lhe fazia bem. Apesar de gostar muito de se divertir, era raro sentir-se tão disposta quanto ao ar livre. Inconformada sobre si mesma, ela caminhou um pouco. Como eram belos os estalidos das solas de seus sapatos. E como era ridículo da sua parte se envolver tanto nessa coisa com Tom. Afinal, tratava-se de algo absolutamente normal alguém sem qualquer experiência com romances não confiar nos próprios sentimentos, certo?

Ela deveria sair do baile cedo. Sua mãe reclamaria, mas com certeza adormeceria no caminho de volta assim que as rodas da carruagem fossem postas em movimento.

Aliviada por essa decisão, Jane foi em direção do lago, ficou parada um tempo na margem observando a superfície da água, que refletia nuvens escuras e uma estrela aqui e acolá. Ela estava com frio, mas preferia o frio ao calor que havia acabado de sentir.

"Senhorita..." Ela escutou um pigarreio e uma voz grave, conhecida, falou uma segunda vez. "Senhorita Jane."

Assustada, ela se virou. Uma figura alta, magra, estava à sombra do salgueiro. Jane piscou os olhos, mas logo reconheceu quem era. Tratava-se do irmão mais novo de Alethea.

"Harris, o que você está fazendo aqui?"

"Eu..." Ele mordeu os lábios, inspirou profundamente e tentou de novo. No passado, Jane se esforçava em terminar as frases dele, mas ficava com a impressão de que isso o machucava ainda mais. Então ela esperou o que ele tinha a dizer.

"Eu queria... olhar... a estufa."

A estufa, claro! Jane havia observado rapidamente o lugar através da janela do quarto de Alethea durante a tarde, mas naquele momento o céu ainda não estava completamente escuro.

"Vamos juntos até lá?", perguntou Jane de repente. Qualquer distração viria muito bem.

Harris olhou para ela, incrédulo.

"Lembro-me de que no ano passado, ao olhar para a estufa lá de cima", ela apontou para a janela do quarto de Alethea, "fiquei com vontade de vê-la por dentro mais uma vez. Você iria comigo ou é muito atrevimento da minha parte eu lhe perguntar isso?"

"N... não. Claro que não."

Charmoso, ele lhe estendeu o braço.

Ela gostava de Harris, apesar de ele se comportar mal algumas vezes. Nos anos anteriores, ele havia entrado com uma frequência excessiva no salão exibindo uma arma ou apresentado, orgulhoso, um coelho abatido enquanto Jane ainda não tinha nem tomado seu café da manhã. Mas ela sabia que ele era um rapazote simpático, um pobre rapazote simpático, como às vezes pensava, que durante os bailes ficava só olhando, inseguro sobre como se comportar. Alethea contava que muitas vezes ele ia se deitar sem ter trocado nenhuma palavra com os presentes. Apesar disso, na condição de herdeiro de Manydown, algum dia as mulheres entre Oxford e Londres estariam a seus pés.

"Seu sapato esquerdo", disse ele, tímido, conseguindo falar a frase inteira, "você ainda vai perdê-lo."

Jane olhou para baixo e viu que seus belos sapatos de seda brancos estavam não apenas sujos como também a fita do tornozelo esquerdo tinha se soltado.

"Muito obrigada", falou ela, tentando não deixar transparecer o quanto estava constrangedoramente comovida.

"Dá para aguentar assim."

Porém, era desagradável escorregar com o calcanhar a cada passo e, além disso, as fitas também estavam ficando sujas, enquanto Jane as arrastava pelo jardim cheio de neve.

"Por que a senhorita está... aqui fora?", perguntou ele depois de algum tempo, quando já tinham quase completado uma volta na construção.

"Eu precisava de ar fresco. Entretanto, está bem mais fresco do que eu imaginava."

Tremendo, ela deu de ombros.

"Oh, perdão!"

Nuvenzinhas brancas de vapor saíram da boca de Harris quando ele tirou o sobretudo e colocou-o com cuidado ao redor dela.

Jane olhou para ele com gratidão e, embora ele fosse apenas um jovenzinho, apesar de alto, e ela a melhor amiga da irmã dele, eles pareceram se entender. A sensação era agradável, uma sensação que não nascia das palavras e que não precisava de explicação.

"Você é um bom amigo, não?"

Ele sorriu e encarou o chão, depois soltou um suspiro em vez de responder à pergunta. Um pouco mais tarde, ela estava diante da estufa, que sobressaía do céu noturno por sua iluminação verde. O tremeluzir das velas sob os vidros embaçados pelo calor e pela umidade parecia opressivo. Jane sentiu-se como num conto de fadas e não ficaria espantada caso elfos e gnomos resolvessem aparecer. Essa impressão ficou ainda mais forte quando Harris lhe abriu a porta e lhe deu passagem.

"Oh, Harris", murmurou ela. "É maravilhoso."

O ar no interior estava quente e úmido, tinha um gosto acre, por causa da terra e das folhas, e doce pelas flores noturnas. O silêncio era quase absoluto, só se ouvia o barulho dos pingos que caíam das paredes dos tanques na superfície da água.

Quando Alethea a trouxera pela primeira vez ali, Jane quase desmaiou tamanha sua reverência ao local. Tantas flores exóticas! Ela já se esquecera da metade dos seus nomes. Mas ainda se recordava de alguns, por exemplo da estrelícia, cuja flor laranja-vermelho-amarelo lembrava o bico de um papagaio. Também das trombetas-de-anjo, que se pareciam exatamente com o nome, e das suculentas.

"Gosto de estar aqui", afirmou ela.

Harris Bigg-Wither sorriu, tímido, e olhou ainda mais intensamente para uma ninfeia rosa.

"Você gosta da natureza, não é verdade?"

Ele assentiu, mas seu olhar permaneceu baixo.

"Não entendo como alguém pode querer viver numa cidade. Adoro Londres, mas apenas de visita, xeretar as vitrines e sonhar que poderia comprar tudo o que está exposto. Também gosto de frequentar o teatro. Quem não gosta? Mas quando me dou por satisfeita, e isso acontece via de regra depois de duas ou três semanas, só quero voltar para cá."

Harris — e ela nunca tinha percebido isso antes — era um ótimo ouvinte. Ele escutava e não tentava transformar o monólogo dela num diálogo. Jane não era daquelas pessoas que gostam de se ouvir falando bastante. Mas era bom às vezes ser a única a falar e não receber aplausos nem reprimendas por isso. Ela falava e, enquanto falava, crescia nela a sensação de se aproximar de si mesma um pouco.

Quando se deu conta, percebeu que Harris estava de costas para o tanque e a encarava. De repente, ficou consciente de como a cena poderia ser interpretada por um observador de fora — ela e ele, à noite.

"Seria melhor voltar para os outros", disse ela, notando como sua voz deixava transparecer insegurança. Ela deu um sorriso não muito verdadeiro.

Harris pareceu decepcionado e Jane se espantou. Será que ele apreciava a presença dela? Ele nunca passara essa impressão antes.

"Claro."

Ele foi até a porta e abriu-a, deixou que ela passasse na sua frente e, sem olhar para trás, afastou-se com passos largos. Ele tem apenas 14 anos, ela pensou, e podia se comportar como um rapazote, mesmo se ela estivesse se sentindo bastante idiota ao segui-lo com seus sapatos mal ajustados e o casaco dele às costas.

Harris a esperou diante da porta da casa. Ele parecia enregelado e, ao mesmo tempo, afogueado. Em silêncio, ele pegou o sobretudo, deixou-a entrar e depois desapareceu na escuridão da noite.

A súbita claridade do vestíbulo fez Jane piscar, surpresa. Ninguém exceto ela estava fora do salão. Quando baixou os olhos, soltou um grito assustado. A barra do vestido, mas também a anágua, carregavam uma considerável crosta de sujeira. A cor original de suas sapatilhas era quase irreconhecível. As fitas de seda do sapato esquerdo estavam totalmente pretas e molhadas, e melhor nem falar das meias.

Havia inúmeros corredores escuros em Manydown House, dezenas de cômodos ocultos, aos quais era possível Jane se retirar a fim de fugir dos olhares das pessoas no restante da noite e torcer para que em algum momento sua mãe passasse por ali à sua procura. Mas o local preferido de Jane era, naturalmente, a biblioteca com seus milhares de volumes, pelas lombadas dos quais ela às vezes passava os dedos. O pai de Alethea nunca ficava bravo de flagrá-la numa poltrona de leitura.

"Pelo menos uma pessoa nessa casa aprecia a boa literatura", ele costumava dizer, afastando-se sem pegar nenhum livro.

Ela podia se esconder ali e pelo menos esperar até que a terra do vestido e dos sapatos tivesse secado. Talvez então fosse possível salvar alguma coisa com a ajuda das unhas e um palitinho de madeira, usando-o como uma espécie de escova.

A porta da biblioteca rangeu um pouco. O ambiente grande, vazio, estava mais ou menos aquecido. Além do mais, maravilhosamente silencioso! As estantes iam até o teto e os livros do alto só podiam ser acessados com uma escada e um bom senso de equilíbrio. Que felicidade a letra C estar na altura do queixo. Analisando com cuidado as lombadas, ela passou devagar pela longa sequência de inúmeros autores de nomes com C e finalmente encontrou o que procurava: *The Task*, de William Cowper. Jane conhecia aqueles poemas quase de cor, pelo menos um grande número deles. A cada vez ela encontrava neles um encanto que havia lhe escapado na leitura anterior, reconhecia a elegância com a qual o poeta descrevia as coisas mais triviais, que ele era único em transformar a natureza em arte sem torná-la artificial.

Ela se aprofundou em *The winter evening*. O fogo da lareira perto da poltrona estalava baixinho, um cheiro de folhas de pinho impregnava o ar e Jane esqueceu que seu vestido devia estar seco há tempos, assim como os sapatos.

"Eu devia imaginar que poderia encontrá-la aqui", disse alguém de repente.

Assustada, ela ergueu a cabeça. Como pôde não ter ouvido a porta se abrir?

Bem, quando lia concentradamente, ela se esquecia de tudo e de todos. Era preciso tossir de maneira escandalosa ou lhe dizer algo para chamar sua atenção.

Tom Lefroy encarou-a com um olhar inseguro. Em seguida, apontou para o livro com a cabeça.

"Com quem você está passando seu tempo?"

"Com Cowper", respondeu ela, fechando o volume, sem não antes deixar um dedo entre as páginas.

Ele assentiu e sorriu.

"Onde", perguntou ele, deixando o olhar vagar sobre os sapatos dela, "a senhorita podia estar senão na biblioteca, com um título de poesia no colo? Entretanto, a terra do seu vestido não deve ter caído dos livros."

"Dei um passeio."

Seus olhares se encontraram. O ambiente parecia estar ficando mais escuro, mais quente e abafado, até o limite do suportável.

"O que o fez entrar aqui, Sr. Lefroy?"

Ele se aproximou.

"Hoje é meu aniversário", disse ele com a voz baixa, em vez de responder.

"Parabéns."

Ele baixou a cabeça. Seu olhar se manteve fixo nas sapatilhas de Jane.

"As fitas do seu sapato... Vão cair."

"Eu as amarro de novo."

"Permita-me", disse ele e já estava ajoelhado à sua frente; Tom tirou as luvas das mãos e tocou de maneira imperceptível nas fitas, enrolando-as nos tornozelos dela. Incapaz de se mexer, Jane ficou apenas observando. Sentir tamanha delicadeza das pontas dos dedos dele era maravilhoso. O sangue de Jane começou a circular mais rápido. Ela se curvou para frente lentamente e quando o Sr. Lefroy olhou para cima, menos de um palmo de distância os separavam.

Alguma coisa irrompeu dentro dela. Um desejo, infinitamente grande, profundo e escuro.

Em silêncio, eles ficaram se observando assim de perto. Ela enxergou carinho e afeto nos olhos ele.

Tom se ergueu repentinamente, alisou a jaqueta com as mãos e segurou no colarinho, como se algo o estivesse pinicando. Em seguida, foi embora. Jane ficou sentada, com o livro no colo e um dedo servindo de marcador de páginas. Ela sentiu o pé esquerdo. Viu a mão dele diante de si, os dedos sem as luvas, de ossinhos largos, a palma quadrada. Ela estava sentada e não sabia qual emoção deveria emergir.

STEVENTON, CONDADO DE HAMPSHIRE
9 de janeiro de 1796

Acima de tudo, espero que você viva mais 23 anos. Ontem foi o aniversário do Sr. Tom Lefroy, vocês têm idades muito próximas. Você me repreende tanto em sua bela e longa carta que acabei de perceber que quase não tenho coragem de contar como meu amigo irlandês e eu nos comportamos. Simplesmente imagine o comportamento mais licencioso e indecente que pode acontecer quando se dança e nos sentamos junto à mesa. Entretanto, terei a oportunidade de me comportar desse jeito tão errado assim apenas mais uma única vez; ele vai embora logo depois de sexta-feira, depois da noite em que haverá um baile em Ashe. Ele é um jovem muito atencioso, bem-apessoado, agradável — isso eu posso lhe assegurar.

Jane inspirou profundamente. Ela estava com a sensação de ser burra. Burra a cada palavra que escrevia para Cass. Burra em cada decisão que tomava: comportar-se frente à irmã como se Tom fosse apenas um flerte superficial, que seria esquecido num piscar de olhos, parecia absolutamente errado. Mas como ela deveria escrever a verdade? Afinal, ela não a conhecia, conhecia apenas a confusão, o furacão de emoções, acompanhado por um... um sentimento nublado, indiferente. Ela tinha a impressão de que estava se observando bem do alto, admirada pelo que se passava nessa pessoa, em seguida as emoções a tomavam de assalto novamente — luto e medo, alegria arrebatadora, a vontade de rir alto em alternância com uma inquietação enervante que a fazia ficar o tempo todo se levantando e caminhando até a janela e depois de volta à escrivaninha.

Ela suspirou. Ela *tinha* de mentir para Cass?

Por outro lado: o que ela tinha escrito era mesmo uma mentira? Ninguém negaria que eles haviam se comportado de maneira escandalosa. Era uma sorte ninguém os ter observado.

Pelo amor de Deus, primeiro sua visita à estufa ao lado do irmão de Alethea e depois isso. *Isso*! Ela havia sentido as pontas dos dedos do Sr.

Lefroy nas suas meias de seda! Tal proximidade só era permitida, se tanto, entre cônjuges, mesmo se ninguém falasse a respeito. Mas entre duas pessoas que tinham acabado de se conhecer? Tratava-se de um escândalo, algo condenável, e se sua mãe ficasse sabendo... Ou a tia de Tom? O coração de Jane disparou novamente.

A madame Lefroy ficaria brava com ela para sempre.

Exceto se Tom... Jane engoliu em seco. E se ele o fizesse? O que ela diria a ele? Sim? Ou ela teria de repensar? Até há alguns dias, Jane ainda se sentia jovem demais para apenas imaginar um casamento! Como ela ficava irritada quando a mãe falava a respeito; como ela ficava irritada com as palavras de sua vizinha, que havia acompanhado Jane durante um tempo no caminho à casa de Alethea. A conversa que se seguiu com a amiga parecia ter acontecido anos atrás. Ela, tão confusa e brava, porque não se livrava da sensação que sua mãe planejava, além do casamento de Cassandra, também o de sua caçula. Mas ela própria não estava querendo isso?

Jane fechou os olhos. Como sua vida pôde ter dado uma guinada tão inesperada? E muito pior: como ela conseguiria voltar a trabalhar no romance com essa inquietude? Será que Elinor e Marianne poderiam ajudá-la? Difícil de imaginar.

Ela piscou e descobriu que havia lágrimas em seus cílios. Estava confusa, precisava de sossego. O principal, ela não podia pensar na noite do dia anterior. Daí se lembraria novamente o quão perto esteve do rosto de Tom, tão perto que sentiu a respiração dele na pele. E o restante da noite? Ela havia se comportado de maneira exemplar. Terrivelmente exemplar, ela ainda pensou. Eles tinham dançado com outras pessoas, tinham se olhado, mas não conversado. Era como se não houvesse mais nada para falar, como se tudo estivesse resolvido.

Mas estava?

Ela suspirou. Nesse meio tempo, Jane tinha certeza de que não podia falar a verdade para Cass. Embora confiasse na irmã como em quase ninguém mais. Talvez até por isso. Ela não queria que alguém soubesse como ela estava se vendo pela primeira vez na vida: vulnerável. Ela achou muito mais fácil imitar a si mesma. Ela era a Jane reservada, inteligente, divertida. Nunca séria demais. Aquela que escolheria sempre a comédia no lugar do drama quando necessário.

Dancei duas vezes com Warren ontem à noite, uma vez com Charles Watkins e, para meu completo espanto, escapei totalmente de

*John Lyford. Mas não foi fácil, tive de lutar nesse sentido. A comida estava
excepcional e a estufa, iluminada de maneira encantadora. James dançou
com Alethea e trinchou o peru com maestria.*

Mais calma pelo fato de que os sentimentos talvez pudessem ser
escanteados à força, Jane colocou a pena sobre o tampo da mesa, mas depois
mudou de ideia, guardou a carta que queria terminar no dia seguinte e olhou
para o manuscrito cuja primeira página anunciava *Elinor e Marianne*.

Se ela empreendesse uma reescrita radical... Apagasse aquilo que
não estava de acordo e tentasse novamente, com mais profundidade; com
uma profundidade vinda do coração, com a porta escancarada.

Assim como a carta para Cass era prova da realidade que Jane queria apresentar à irmã, as cartas de Elinor e Marianne também eram falsi-
ficações. Elas mostravam mundos que haviam nascido de um querer, não
de um ser. Eis o problema, Jane imaginou. Tratava-se da forma? De que um
romance epistolar podia oferecer insights mais íntimos do que um romance com um narrador onisciente, mas ao mesmo tempo o conceito restringia
feito um espartilho? E, ainda por cima, um espartilho que não vestia bem.

Quase sem fôlego, ela pegou suas notas — exercícios de escrita, tentativas de se aproximar das irmãs. Mas e se ela, sem se dar conta, já tivesse
retrabalhado Elinor e Marianne? E se esse fosse o texto e não um rascunho?

Era isso, reconheceu ela ao passar os olhos pelos papéis. Jane havia
encontrado a solução para um problema sem ter conhecimento dele!

Dava vontade de gritar bem alto de alegria! Como seus pais não
ficariam muito satisfeitos, ela desistiu da manifestação, mas pegar de novo
na pena foi imperioso.

*Bastava mencionar qualquer distração interessante para ela come-
çar a falar. Marianne não conseguia se calar quando falavam sobre esses
assuntos, e não tinha timidez nem reserva ao discuti-los. Logo descobriram
que o gosto pela dança e pela música era compartilhado e advinha de uma
conformidade de juízos generalizada. Encorajada portanto a um exame mais
detalhado de suas opiniões, ela passou a questioná-lo sobre livros; os autores
favoritos dela foram trazidos à baila e abordados com um prazer tão enle-
vado que qualquer rapaz de 25 anos com alguma sensibilidade se renderia
imediatamente à excelência de tais obras, mesmo que nunca as tivesse lido
antes. O gosto de ambos era incrivelmente parecido. Os mesmos livros, os*

mesmos trechos eram idolatrados por ambos — ou, se surgia alguma diferença, uma objeção qualquer, só durava até a força dos argumentos e o brilho dos olhos dela entrarem em ação. Ele concordou com todas as decisões dela, captou todo seu entusiasmo; e, muito antes de encerrada a visita, os dois conversavam com a familiaridade de velhos conhecidos.

Ela foi tomada por uma calma cálida, aconchegante, ao mesmo tempo que a excitação arrepiava sua pele. A porta! Ela a abrira, assim como seu pai tinha profetizado.

"Jane", chamou a mãe lá de baixo. Sua voz soava alegre, apesar de um pouco mais aguda que de costume. "Por favor, querida, faça a gentileza de se juntar a nós, temos visitas!"

Jane preferiu fazer de conta que não tinha ouvido a mãe. Qualquer visita podia ficar muito bem sem sua presença.

"Jane!"

Jane suspirou. Escutou passos na escada, uma batida rápida, a porta foi aberta.

"Jane", falou brava a mãe. "Você não me escutou?"

"Estou trabalhando", disse Jane, sem se virar.

"Temos visitas."

"Então avise que estou fazendo um passeio. Na lua, para ser mais exata, parece que lá é muito bonito nessa época do ano."

"O Sr. Lefroy está aqui para ver *você*, acho. Ou será que você não o conhece? Veio na companhia de um primo. Não sei nem o que devo achar disso, Jane! Fala-se tanto dele, mas eu não escuto nada de bom. Ele parece que não tem um tostão furado e é absolutamente dependente dos favores do tio-avô. O que ele quer com você, Jane? Não será..."

Jane, cujas feições estavam congeladas desde que sua mãe começara a falar, se virou lentamente. Ela não se sentia bem, tudo pinicava e ardia e o coração chegava a doer de tão acelerado.

"Jane?", perguntou a mãe, a voz encharcada de preocupação. "Você parece doente."

Jane continuava muda, mas um olhar seu fez sua mãe se calar.

"Então vamos descer."

"Mas você não parece bem."

"Está tudo certo."

"Eu posso pedir que ele passe mais tarde."

"Obrigada, mamãe, mas está tudo certo, de verdade."

Sua mãe não falou nada. Jane notou que ela lutava com a curiosidade — provavelmente sua vontade era a de sacudir a filha. O que esse jovem irlandês queria aqui? E por que Jane parecia tão abalada de uma hora para outra?

Quando Jane se levantou, a tontura era tamanha que foi preciso se segurar no braço da cadeira.

O que ela devia lhe dizer? O que ele queria dizer a ela? Será que tinha vindo para fazer uma pergunta, *aquela* pergunta? E qual seria sua resposta?

Sua cabeça zunia. Além disso, sentia-se enjoada.

"Jane", ela ouviu como se alguém a chamasse bem de longe. "Não é educado deixá-lo esperar. Vou pedir para que ele se vá."

"Não."

Como sua boca estava seca.

Jane, ela falou a si mesma, *tome uma decisão. O que está sentindo? Você tem de saber!*

Mas ela não sabia. Estava apenas com medo.

Mais como uma formalidade e para checar se as mãos estavam calmas, Jane alisou o vestido, tocou rapidamente o ombro da mãe e desceu a escada, atravessou o corredor, passou pela porta aberta da cozinha e chegou ao salão.

De repente, ela enxergou a casa paroquial sob uma outra luz. Sempre gostara dali, mas naquele instante reconhecia o quão caro aquilo era para ela. Em nenhum outro lugar ela podia ser mais autêntica: impetuosa, falante. Em nenhum outro lugar seria amada sem restrições e apesar de todas suas esquisitices. Mesmo um marido nunca olharia para ela com a mesma suavidade que seu pai ao erguer os olhos de um livro, que equilibrava numa das mãos enquanto se sentava na cadeira de balanço, a outra segurando um cachimbo aceso. E as admoestações barulhentas da mãe... Mas elas eram aquilo que definiam a Sra. Austen e, apesar das estranhezas, sua mãe era uma pessoa querida.

Jane abriu a maçaneta. Tom Lefroy e o primo estavam sentados no sofá recoberto por um pano brocado creme. O filho de madame Lefroy, que em sua juventude desengonçada se assemelhava a um potro, ergueu-se quando a viu e fez uma reverência atrapalhada.

"Oi, George", disse ela, aliviada por soar tranquila e calma. Ela ainda se sentia nervosa e não sabia o que pensar, muito menos o que sentir.

Mas seu medo e seu nervosismo tinham desaparecido. Um pensamento havia se instalado em sua cabeça no caminho do quarto até a sala: independentemente do que estivesse para acontecer, a escolha era dela.

Se ele realmente a quisesse, ela podia dizer sim ou não. Ela tinha tempo, ninguém a apressaria. E em algum momento, ela imaginava, o coração falaria de maneira clara e inteligível.

Jane se voltou para Tom, que parecia tão torturado que ela quase se arrependeu. Mesmo assim, ela o cumprimentou e ele fez um movimento com a cabeça, sem retribuir o olhar. A pele do seu rosto estava opaca. Seus olhos, que haviam brilhado travessos, estavam muito diferentes. Ele havia se erguido, mas parecia tão esgotado e dava a impressão de que qualquer pé de vento poderia jogá-lo de volta ao sofá.

O pai de Jane estava em pé também e, com o rosto sério, pensativo, olhava para sua filha e Tom Lefroy. Quando a esposa entrou e se sentou ruborizada, sob o olhar de todos, ele acendeu o cachimbo e retomou seu lugar na poltrona perto do fogo da lareira.

Quando Jane também tinha se sentado na beirada de uma poltrona que estava entre seu pai e George Lefroy, um silêncio desconfortável tomou conta do grupo e que era interrompido apenas por um eventual tilintar das xícaras de chá. Todos faziam de conta estar agradavelmente surpresos, exceto Tom, cujas feições se tornaram ainda mais sombrias.

"Ouvi dizer", disse o pai de Jane depois de um tempo, "que vai estudar em Londres, Sr. Lefroy. Como imagina seu futuro?"

"Ninguém deveria se preocupar a respeito", retrucou Tom. Mas acabou acrescentando: "Não que eu tenha achado essa sua intenção, Sr. Austen."

Apesar disso, suas palavras deixaram Jane irritada. Bem, era visível que ele não tinha vindo por esse motivo específico. Mesmo sem qualquer experiência em receber propostas de casamento, ela intuía que o processo não se desenrolava dessa maneira. Mas então o que ele queria ali?

Quando lentamente se convenceu dessa ideia, Jane aguardou a decepção — que não tardou. Precisou se esforçar para manter o semblante simpático. Tudo dentro dela se retorcia e o coração estava doendo.

O Sr. Austen, por sua vez, sorriu feito um sábio, mas não parecia com vontade de retomar o fio da conversa. Insegura, Jane olhou para Tom, que estoicamente ignorava seu olhar.

"E você, meu garoto", seu pai se voltou para o jovem George Lefroy, após um longo e torturante silêncio. "Diga, como vão seus pais?"

"Tudo bem, estão saudáveis e alegres", respondeu George tão rápido que engasgou. Ele parecia estar absolutamente desconfortável e não era o único nessa situação.

"Muito obrigado por nos receber de maneira tão cordial", disse Tom subitamente, levantando-se. "Temos de ir. Um bom dia."

Seu primo murmurou, desajeitado, uma saudação e já tinha saído pela porta enquanto os outros ainda se levantavam.

"Sr. Lefroy, George, foi uma satisfação receber sua visita."

Era pequena a saleta onde os quatro se encontravam — Tom Lefroy com seus trajes completos, chapéu, casaco e um olhar tão frio quanto decidido — e George, que subitamente parecia indeciso se eles podiam ir embora assim sem mais.

Jane olhou apenas para o jovem George quando disse, controlada: "Fiquei contente em ver vocês dois."

"A recíproca é verdadeira", respondeu ele e ficou vermelhíssimo. Pobre rapaz, não recebeu ajuda do primo nem por um segundo.

"Mande saudações muito cordiais minhas a sua mãe e a seu pai."

"Com prazer."

"Então até logo."

"Até."

A porta da casa se abriu e George foi apressado até a carruagem. Tom fez um movimento vago com a cabeça na direção de Jane e ela retribuiu com uma reverência tão mínima que um piscar de olhos naquele momento teria escondido seu gesto. Quando o rataplã das rodas soou mais e mais distante, o Sr. Austen se voltou à filha:

"Vocês não se gostam exatamente, certo?"

Em vez de responder, Jane disse: "Vou dar um passeio".

"Mas Jane!", exclamou sua mãe, que apenas então parecia ter percebido a real situação. "Você tem de me dizer o que acha dele! Você..."

"Vá", sussurrou seu pai, entregando-lhe rapidamente o sobretudo e o chapéu. "Vou tentar distrair sua mãe."

~

A neve estava alta e estalava a cada passo de Jane — vestida com sua capa, sapatos quentes e um chapéu de feltro na cabeça. O dia estava frio, o sol aparecia no céu de maneira intermitente, fazendo com que o branco nas árvores e colinas reluzisse. Jane voltou a olhar para os sapatos e se perguntou por que o encontro a tinha abalado daquele jeito. O que ele quis mostrar além de sua rejeição? Mas isso ensejava a outra pergunta: *Como assim?* Ele poderia nem ter vindo. Ninguém o teria levado a mal, afinal ninguém o estava esperando.

Será que ele temia que ela aparecesse mais uma vez, de supetão, em Ashe, a casa paroquial de seu tio? Ao pensar nisso, a vergonha fez Jane sentir calor. Claro que ela não tinha essa intenção, nem mesmo havia pensado em coisa parecida. Entretanto, dizer-lhe isso era quase impossível.

Ela queria mesmo é parar de pensar a respeito! O passeio não trouxe o efeito desejado. Seus pensamentos não se acalmaram. A alguns passos de distância, um salgueiro erguia-se diante do céu cinzento. Quando estava quente, Jane gostava de se encostar no seu tronco e olhar para o laguinho. Naquele dia estava frio e, apesar do chão úmido, ela se sentou e pegou um lápis, que na verdade guardava para Cass, pois a irmã esquecia os seus com frequência.

Jane não carregava papel consigo. Mas no bolso de seu sobretudo ela encontrou um bilhete que sua mãe havia lhe passado há tempos, com uma lista de compras. Jane podia fazer uma letra pequena quando queria e uma minúscula, quando precisava.

Enquanto caminhavam juntas na manhã seguinte, Marianne comunicou uma notícia a Elinor que, apesar de tudo o que ela conhecia da imprudência e da falta de reflexão da irmã, surpreendeu-a pela extravagante comprovação de ambas. Marianne lhe contou, com o maior deleite, que Willoughby lhe dera um cavalo, uma égua que ele mesmo criara em sua propriedade em Somersetshire, e que era apropriada para ser montada por uma mulher. Sem considerar que não estava nos planos da mãe sustentar um cavalo, que, caso ela mudasse de ideia depois desse presente, precisaria comprar outro para o cavalariço e contratar um empregado só para montá-lo, e, por fim, construir um estábulo para acolhê-los, ela aceitou o presente sem hesitação e contou com euforia a novidade à irmã.

Mais uma vez a conhecida sensação, mas longamente ausente, de tranquilidade e paz se apossou dela. Quando as palavras fluíam dessa maneira tão fácil de sua pena era como se ela estivesse ligada a uma fonte. Suas dúvidas desapareciam. Ela estava totalmente presente, era só energia, palavras, e essa era a melhor sensação do mundo.

Consolada, ela olhou para o céu, cujo branco passava diretamente para o branco das colinas. Diante dela havia uma lagoa, na qual os sapos coaxavam no verão e o ar ficava cheio de nuvens de mosquitos. Agora estava recoberta por uma fina camada de neve. Quem estivesse atravessando a região sem conhecê-la bem tinha grandes chances de cair e ficar ensopado. Jane sorriu, sonhadora, e voltou a baixar o olhar.

"Você está muito enganada, Elinor", respondeu ela exaltada, "se pensa que mal conheço Willoughby. Não o conheço há muito tempo, de fato, mas o conheço melhor do que qualquer outra criatura deste mundo, com exceção de você e de mamãe. Não vem ao caso no momento determinar o tamanho da intimidade; é uma questão de disposição, apenas. Sete anos seriam pouco para algumas pessoas se conhecerem, e sete dias são mais do que suficientes para outras. Eu me consideraria culpada de uma deselegância muito maior se aceitasse um cavalo de meu irmão do que de Willoughby. Pois John eu conheço muito pouco, embora tenhamos vivido juntos durante anos; mas, quanto a Willoughby, meu juízo já se formou há muito tempo."

"Jane."

Ela levantou a cabeça. Demorou um instante até se acalmar, mas conseguiu. Fazer o que ela mais sabia — erguer um muro entre si e o ambiente ao seu redor — era a única coisa que lhe parecia possível no momento.

"Você de novo, Sr. Lefroy?" Ela sorriu. "O senhor não estava há pouco dentro de uma carruagem?"

Ele também sorriu, embora parecesse triste. Seu olhar dizia que estava lutando consigo mesmo.

"Espero que não tenha me comportado muito mal", falou em voz baixa. "Seus pais me devem ter em péssima conta."

"É isso que o preocupa? Então pode ser chamado de vaidoso, ainda que minha opinião fosse bem outra."

O rosto dele mostrou espanto, depois uma expressão de dor.

Ele a encarou fixamente, apertou a boca e suspirou.

"O que você está fazendo?"

"Escrevendo."

"Escrevendo o quê?"

"Um romance."

Ela gostava de falar essa palavra. Um romance, isso soava... especial. Valioso. Era como se estivesse formando um tesouro. O muro entre os dois se tornava cada vez mais alto.

Ele não falou mais nada, ficou apenas em pé com o olhar torturado. Será que ela era cruel e estava gostando um tantinho da situação? Qualquer outra pessoa abriria o coração com facilidade, confessaria ao admirador — caso ele fosse seu admirador — que com seu vaivém imprudente era doloroso. Mas Jane nunca havia se aproximado tanto de alguém quanto de Tom Lefroy. Ela tinha a impressão de que havia lhe mostrado um pedaço da alma e ele se afastara com a testa franzida.

"Perdoe minha franqueza, Sr. Lefroy, mas está frio sob sua sombra."

"Eu estava querendo vê-la mais uma vez. Por isso estive na sua casa", disse ele com uma voz pesarosa, sem maiores explicações.

"Teríamos nos encontrado na sexta-feira. Em Ashe. Ou será que você estava com a intenção de sair correndo de novo assim que me visse aparecendo ao longe?"

Ele apertou os olhos.

"Você ficou com uma má impressão minha? Se sim, sinto muito."

Ela não disse nada. Sua garganta estava fechada. Jane sentia-se como prisioneira de si mesma. Será que deveria dizer a ele o que realmente sentia? Mas apesar de seus esforços, nenhum som saiu de seus lábios.

"Viajo amanhã cedo."

Ela ergueu a cabeça.

"Queria me despedir de você."

Ela não conseguia falar, era impossível.

"Fique bem, Jane."

"Adeus, Tom." Sua voz era apenas um sussurro.

Ele se virou, hesitou, depois começou a caminhar. Foi em direção à lagoa que, coberta com a grossa camada de neve, mal era visível. Se ele cair lá dentro!, ela pensou de repente, porém ainda incapaz de dizer uma palavra.

A profundidade da lagoa, entretanto, chegava no máximo até os quadris. Ele não se afogaria. E talvez ela então conseguisse falar alguma coisa, confessar-lhe tudo; ao menos não parecer tão fria e intocável como naquele momento.

O Sr. Lefroy fez um desvio e passou ao longo da lagoa. Nenhum gelo quebrou sob suas botas. Ele caminhou sem se virar nem mais uma vez.

SOUTHAMPTON
Abril de 1809

Dias como esse aconteciam exclusivamente em abril. Chuvoso e cinzento, o que combinava com o outono e às vezes tinha até seu encanto. Na primavera, porém, Jane ansiava pelas rosas brilhantes, coloridas, pelo aroma suave das tílias, pelo sol e pelos trinados dos pássaros. Na primavera, ela costuma nutrir um sentimento de esperança... Entretanto, havia pouca expectativa em sua casa em Castle Square, Southampton, onde a família vivia há quase três anos — sua mãe, Cass, Martha e ela, juntamente com o irmão caçula Francis e a esposa Mary. Essa vida em comum tinha todas as desvantagens. Enquanto os primeiros formavam um quarteto que havia se acomodado aos poucos e Francis estava quase o tempo todo no mar, Mary achava confusão sempre e em todos os lugares. Ela se sentia incomodada com Jane, que acordava cedo e acabava despertando-a sem querer. Ela reclamava das refeições, de Jane tocando piano, das tintas de Cassandra que ficavam largadas sobre a mesa na qual Mary queria tomar chá, das ervas que Martha colhia e que a faziam espirrar. Jane tentava ser compreensiva — claro que Mary estava preocupada com o marido, que, não se sabia bem ao certo, possivelmente navegava de encontro à esquadra de Napoleão. Mas ela tinha de transformar sua ansiedade em raiva e descarregá-la nas cunhadas e na sogra?

Furiosa, Jane olhou pela janela da cozinha. Se pelo menos o sol aparecesse! Mas gotas de chuva escorriam pelos galhos do lilás, o céu estava pesado e cinza-chumbo. Os anos anteriores haviam sido tristes, mesmo se ela tivesse feito de tudo para não perder nem a confiança nem a alegria nas pequenas coisas. Aos poucos, porém, sentia que estava perdendo o fôlego. Que não conseguia mais ser feliz, mas, à semelhança de Mary, sentia basicamente raiva. Raiva de todos e de ninguém em especial.

Ou...?

Na noite anterior, ela sonhara com *Susan*. Por quê? Ela havia vendido o romance há seis anos e, desde então, aguardava seu lançamento.

Pacientemente, como era esperado de uma dama. Mas ela não tinha mais vontade de ser paciente e elegante.

Além disso, não havia nada com que se consolar. A porta ao mundo de sua criatividade estava totalmente fechada. Caso houvesse uma chave, essa havia se perdido — e há anos. Triste, Jane encarou a escrivaninha que a acompanhara por todos os desvios até ali. Escrever uma linha sequer era impossível. Ela se esforçava, mas tudo o que escrevia acabava no fogo. Não prestava. Ela não conseguia se concentrar, não achava o fio da meada, nenhuma personagem saía do papel e ganhava vida, pelo contrário: permanecia imóvel e rígida ali mesmo.

Jane esfregou os olhos. Ela estava tão cansada.

Talvez se tivesse um lugar apenas para si... Se encontrasse a paz para finalmente voltar a escrever. Daí ela não precisaria ser brava. E *Susan* deixaria de ser tão importante. Ela poderia se lançar a um novo projeto. Mas não havia nenhum indício nesse sentido.

Mesmo assim, ela ergueu a escrivaninha com mais força do que o necessário e colocou-a sobre a mesa da cozinha, pegou tinta, pena e o papel de carta do armário na sala e sentou-se. O cômodo era pequeno e baixo, o ar rescendia à comida dos dias anteriores e em menos de meia hora, Dora, sua empregada, começaria seu trabalho. Para Jane, manter a concentração entre panelas batendo, pedidos de desculpas murmurados e simpáticos, porém curiosos, olhares de esguelha era simplesmente impossível. Ela podia tentar trabalhar ao menos nas ideias que havia tido tempos atrás. Delinear uma personagem com mais precisão aqui, revisar uma cena acolá que lhe parecia redundante.

Entretanto, era doloroso mexer naquilo. Quando ela pensava no que havia sentido ao escrever *Elinor e Marianne*! Ou no caso das *Primeiras Impressões*. Lágrimas brotaram de seus olhos e ela as limpou, chateada. Ainda havia *Os Elliot*, mas ela não mexia nisso, ah, não, pois senão ficaria apenas soluçando no quarto, com o rosto enterrado no travesseiro.

Então, e *Susan*, afinal de contas?

Esse era o manuscrito diante do qual ela sentia menos decepções, algo espantoso devido ao fato de já ter sido comprado por um editor — por um curto espaço de tempo, Jane foi a pessoa mais feliz do mundo —, mas contrariando todas as promessas e anúncios, não tinha sido publicado até o momento.

E já haviam se passado seis anos.

Quantos livros podiam ser publicados nesse tempo? Uma porção, ela achava. O que havia de errado no seu? Se os irmãos Crosby — que haviam pago cerca de 10 libras por *Susan* à época — achassem o texto ruim, então não o teriam comprado. E por que eles anunciaram o romance no outono de 1803 e nada aconteceu?

Seis anos!

Ela não queria mais ser paciente! Jane inspirou profundamente, mergulhou a pena no tinteiro e escreveu com tamanha raiva que as letras se pareciam com aquelas das mensagens que são talhadas nos troncos das árvores.

Quarta-feira, 5 de abril de 1809

Prezados senhores,

No início de 1803, os senhores adquiriram ao preço de 10 libras um romance de duas partes intitulado Susan, vendido por um senhor chamado Seymour. Desde então, seis anos se passaram e essa obra, cuja autoria reclamo para mim, pelo que sei nunca foi publicada, embora no momento da venda a promessa de um lançamento em breve tivesse sido feita. Minha única explicação a respeito é que o manuscrito tenha se perdido por falta de atenção. Em se tratando do caso, estou disposta a lhes enviar uma cópia. Nessas circunstâncias, espero que os senhores se decidam a trabalhá-la de imediato. Infelizmente não consigo entregar-lhe a cópia antes de agosto, mas, caso aceitem minha oferta, a entrega está garantida. Aguardo uma rápida resposta, visto que estarei neste endereço apenas por mais alguns dias. Na ocasião de uma não manifestação de sua parte, sentir-me-ei livre para buscar alternativas de edição.

Atenciosamente etc. pp
Sra. Ashton Dennis
Agência postal
Southampton

Sra. Ashton Dennis, ela gostou disso! No começo, Jane pensou em assinar com seu próprio nome, mas daí percebeu que seu nome carregava uma consoante a mais: sr - t - a. O fantasma da *solteirona*, da tia virgem. Mas não que *ela* tivesse algum problema nesse sentido. O resto do mundo, sim. Mulheres que viviam sozinhas, que nunca haviam sido casadas, eram inevitavelmente alvo de compadecimento. Aos olhos da sociedade, elas não eram seres humanos, nem estavam verdadeiramente vivas, mas eram pobres, tristes e literalmente moribundas.

E havia mais uma coisa a se pensar. Se ela informasse seu nome, a resposta fatalmente seria endereçada para casa. No pior dos casos, sua mãe teria oportunidade de olhar o remetente. Mas Jane não queria dar explicações. Ela queria ouvir sozinha seja lá o que os irmãos Crosby tinham a dizer. E ela só queria comunicar isso aos outros se estivesse com muita vontade, e não apenas para satisfazer o anseio dos outros.

A *Sra. Ashton Dennis* era seu segredo. E ela amava o nome, a começar porque as iniciais refletiam seu estado de espírito.

Mad.*

Ela estava radiante quando fechou o envelope e guardou a carta para entregá-la no correio.

Jane não contava com uma resposta rápida, pelo menos tentava se convencer disso. Na verdade, ela passava todas as manhãs pelo correio — casualmente ou não — e não conseguia deixar de verificar se havia chegado correspondência para a Sra. Ashton Dennis.

Ela pensava muito sobre *Susan*. Tinham se passado mais de dez anos desde que terminara o romance e que lera um trecho do manuscrito para os outros. Seu pai tinha chorado de rir. "Jane", dissera-lhe ele, "a personagem principal não é você mesma?"

Será que ela era Catherine Morland? Será que tinha sido? Não havia uma resposta inequívoca a respeito, mesmo se Jane tivesse de admitir que muito da heroína lhe era familiar.

Efetivamente, ela não tinha nenhum gosto pelos jardins, e, se colhia flores, era principalmente pelo prazer de estragá-las, pelo menos assim se conjecturava ao vê-la sempre escolher aquelas que lhe proibiam de tirar.

O dia em que despediram o professor de música foi um dos mais felizes da vida de Catherine. Seu gosto pelo desenho era medíocre. Todavia, quando metia a mão em qualquer pedaço de papel, desenhava nele casas e árvores, galinhas e pintinhos. Não conseguia, é verdade, diferenciar essas imagens. A escrita e o cálculo lhe eram ensinados por seu

---

* No original, Mrs. Ashton Davis, MAD: furiosa. [N. da T.]

pai; o francês, por sua mãe. Seus progressos em nenhuma dessas matérias eram notáveis, e ela fazia o possível para fugir das lições.

Que estranha e inconcebível natureza! Isso porque, com todos esses aflitivos sintomas, aos dez anos não tinha nem mau coração, nem mau caráter, era raramente teimosa, quase nunca levada, muito gentil para com os irmãos menores, com raros momentos de tirania. Ela era, aliás, turbulenta e despótica, detestava a reclusão e a limpeza, e a coisa de que mais gostava no mundo era rolar de cima para baixo do declive relvado de detrás da casa.

*Assim era Catherine Morland aos 10 anos. Aos 15, as aparências melhoraram. Ela começou a frisar os cabelos e sonhava em ir aos bailes. Sua tez tomava brilho, seus traços se suavizavam em curvas e cores, seus olhos ganhavam em animação e sua pessoa, em importância. Como antes gostava de se sujar, gostava agora de enfeitar-se, e sentia prazer em ouvir algumas vezes seu pai e sua mãe notarem essas transformações. "Catherine ficou realmente uma menina bonita, hoje ela está quase bela", eram palavras que escutava de tempos em tempos, e como eram bem-vindas! Parecer quase bela para uma menina que parecera bastante feia durante seus 15 primeiros anos é mais delicioso que todos os elogios que uma moça bonita possa receber desde o berço.**

Gargalhando, seu pai havia até fechado os olhos.

"E como ela passeia com o Sr. Tilney e a irmã dele. Essas conversas são tão deliciosas, não me diga que você nunca conversou dessa maneira sobre romances com alguém!"

Jane não retrucou nada. Já naquela época, em 1789, pensar no Sr. Lefroy não lhe causava mais nenhum estremecimento, mas uma saudade irracional aparecia vez ou outra quando ela se lembrava das suas conversas. Sim, ela tinha de confessar, que havia colocado em Henry Tilney a razão atilada dele e seu amor em comum pelos romances.

"Leia novamente esse trecho, por favor, Jane, só para mim."

Seu pai, naquela época enfermo, tinha puxado o cobertor até o queixo e fechado os olhos, aproveitando o momento.

---

* Tradução de Ledo Ivo, assim como de outros trechos de *A abadia de Northanger*. Rio de Janeiro: Nova Fronteira, 2019. 2ª edição. [N. da T.]

Eles decidiram ir a Beechen Cliff — um dos lugares mais aprazíveis de Bath, com a sua majestosa colina e sua bela verdura e arvoredo — e puseram-se a caminho.

"Nunca olhei esta colina sem pensar no sul da França", disse Catherine. Henry disse, um pouco surpreendido: "Esteve no continente?"

"Oh, não! É uma lembrança de leitura. Penso muito frequentemente no país em que viajaram Emília e seu pai nos Mistérios de Udolfo. Mas, sem dúvida, não lê romances."

"Por que não?"

"Porque não é uma leitura muito séria. Os senhores leem livros mais graves."

"Deleitar-se em um bom romance não é senão dar uma prova de espírito."

"Mas, asseguro-lhe, eu pensava que os rapazes desprezavam bastante os romances."

"O desprezo dos rapazes pelos romances é talvez excessivo. Eles os leem tanto quanto as mulheres. Pela minha parte, eu os li às centenas. Não imagine que pode rivalizar comigo no conhecimento das Júlias e das Luísas. Considere que tenho sobre a senhorita muitos anos a mais. Eu fazia meus estudos em Oxford quando a senhorita era uma boa menina que se afligia com seu marcador de roupas."

"Não muito boa, é meu temor. Mas diga-me, realmente, não acha Udolfo o livro mais belo que existe?"

"O mais belo? Porque a senhorita o julga, eu suponho, o mais belamente encadernado."

"Eu não pensava dizer algo de incorreto. É um belo livro. E por que não empregaria essa palavra?"

"Muito bem", disse Henry, "e o dia é muito belo, e fazemos um belo passeio, e são, ambas, moças belas. Oh! É uma bela palavra, realmente. Serve para todas as coisas. Hoje em dia, não importa que elogio, não importa que motivo, as pessoas se exprimem com essa palavra."

"Venha, Srta. Morland. Deixemos que ele medite sobre nossas faltas do alto de sua erudição enquanto louvaremos Udolfo nos termos que nos agradarem. É um livro dos mais interessantes. Gosta muito das leituras desse gênero?"

"Para dizer a verdade, não gosto nada das outras."

"Realmente?"

"Gosto muito de poesia, peças de teatro, coisas assim, e os livros de viagens me agradam bastante. Mas a História, a solene e real História, não me interessa. E você?"

"Eu adoro a História."

"Como a invejo! Li um pouco disso, por obrigação. Mas não vejo lá nada que me irrite ou me desgoste: as brigas entre papas e reis, guerras ou pestes em cada página, homens que não valem grande coisa, e quase nada de mulheres — é muito enfadonho. E, algumas vezes, eu me digo que é extraordinário que seja tão aborrecido, pois uma grande parte de tudo isso deve ser obra de imaginação."

"Ah, Jane", murmurou o pai. "Você escreve maravilhosamente."

Ah, papai, ela pensou, enquanto se apressava novamente até os correios. Por que você não está mais entre nós? Tudo — *tudo* — seria mais fácil com você ao meu lado.

O sr. Vanderbuilt olhou-a com espanto.

"Sim, há uma correspondência aqui para a sra. Ashton Dennis."

Ele a conhecia e sabia exatamente que ela se chamava Jane Austen. Apesar disso, ele lhe entregou a carta, sem mais.

"Obrigada", murmurou ela. Suas mãos tremiam. A carta parecia tão... importante. E também fria. Ou será que a aparência enganava?

Do lado de fora, ela pegou o caminho para casa, mas depois pensou diferente. Afinal, não havia nenhum canto reservado por lá. Além disso, nada melhor para superar o luto ou a decepção do que a possibilidade de sentir o vento no cabelo, vento no rosto, algumas gotas de chuva, que embora não fossem tão belas quanto raios de sol, transmitiam a Jane a sensação de não estar absolutamente sozinha. A natureza estava sempre presente e a recebia de braços abertos.

Atrás do porto havia um lugar do qual ela podia olhar para o mar. Ao mesmo tempo, era relativamente protegido do vento, de modo que não era preciso temer que a resposta do Sr. Crosby lhe seria arrancada das mãos. Ela se encostou no tronco de uma faia, a sensação da casca antiga, craquelada, sob as pontas dos dedos era muito consoladora; em seguida, abriu a carta.

Sábado, 8 de abril de 1809

Madame,

Servimo-nos da presente para informá-la do recebimento de sua carta do dia 5 do corrente mês. É verdade que adquirimos do Sr. Seymor, na época citada, um manuscrito de romance intitulado Susan, pagando a soma de 10 libras por ele. Dispomos de um recibo carimbado do pagamento; entretanto, um prazo para publicação nunca foi aventado e nem somos obrigados a tanto. Caso a senhora ou um terceiro vierem a fazê-lo, seremos obrigados a recorrer a medidas judiciais. Contudo, está franqueado à senhora a possibilidade de recomprar o manuscrito pelo mesmo valor de sua venda.

Com votos de estimas e consideração etc.

Richard Crosby

Jane deixou a carta cair e encostou a face no tronco. Ela estava com a sensação de já ter tropeçado, caído e se levantado demais.

Quantas vezes? A cada vez ela se ergueu. Mas nesse momento... Nesse momento sua força começava a desaparecer. Assim como a crença em si mesma e seu amor pelas palavras. Ela fechou os olhos e sentiu lágrimas quentes escorrendo pelo rosto.

STEVENTON, CONDADO DE HAMPSHIRE
18 de janeiro de 1796

"Venha logo, senão o que deve ser quente vai esfriar e o que deve ser frio vai esquentar."

A voz de Henry soou abafada, embora ele não estivesse longe de Jane, no pé da escada, abanando com a cesta. Sua mãe a havia preparado para a vizinha, que sempre foi chamada pelos Austen de "a pobre Sra. Jenkins". Regularmente a família lhe trazia cestas com conservas, pão recém-assado e até luvas tricotadas em casa, pois a Sra. Jenkins tinha sete filhos e era paupérrima.

Normalmente Jane gostava de ir à cidade. A sensação de poder prestar alguma ajuda, a mínima que fosse, deixava-a feliz. Hoje, entretanto, ela se sentia triste e angustiada, e não era preciso ficar se perguntando pelo motivo.

"Jane, o que aconteceu com você?", perguntou Henry, preocupado. "Fiquei longe alguns dias e Jane, o rinoceronte-borboleta, se transforma num salgueiro-chorão. Confesso que a comparação não foi muito feliz, mas, para minha desculpa, digo que não tive muito tempo para pensar nela. O que aconteceu?"

"Nada, Henry."

"Estou preocupado com você."

"Não precisa", retrucou ela, seca, vestindo o casaco. Um olhar no espelho lhe informou que sua aparência não era especialmente alegre. O resultado não a agradou nem um pouco: faces opacas, um olhar baço, cantos da boca murchos.

"Chega", falou ela para o próprio reflexo, com a cabeça erguida.

Henry observava a cena franzindo as sobrancelhas. O cabelo escuro caía cacheado na sua testa e ela o invejava — o irmão parecia mais jovem do que ela, embora fosse mais velho. Bem, se ela estivesse em seu lugar, também não iria querer envelhecer precocemente. Henry sabia usar suas habilidades, principalmente seu charme. Ele era benquisto em todos os lugares, antes mesmo de ter dito um "a". Jane admirava esse talento, ao mesmo tempo em que ficava furiosa às vezes. O irmão era inteligente, articulado, tinha um bom instinto — mas por que empregava tudo isso de maneira apenas superficial? Se Jane estivesse em seu lugar, e daí seria um rapaz, então teria feito a melhor formação possível em Oxford, teria terminado os estudos com distinção e agora trabalharia num jornal. Henry, por sua vez, não sabia o que esperar do futuro. Depois de ter recusado a carreira religiosa, resolveu entrar no exército. Apesar disso, era e continuava sendo alguém em busca da felicidade e sabia apenas que, no presente, queria se divertir.

"Chega do quê?", perguntou ele.

Jane se afastou do espelho.

"Ficar com essa cara de angustiada."

"E por que você está angustiada?"

"Porque passei muito tempo escondida."

Era verdade. Há mais de uma semana ela estava novamente trancada em casa, saindo do quarto apenas para um rápido passeio.

"Vamos?" Henry ergueu o cesto e Jane assentiu.

Ela havia esperado dia após dia. Na parte da manhã, antes do almoço, na hora do almoço, à tarde. Ela não sabia bem o quê, mas alguma notícia, algumas linhas, uma explicação... Tom, porém, não se manifestou e agora era tempo de tirá-lo da mente. Esquecer aquela proximidade, o sussurrar das vozes na biblioteca de Manydown, a maneira como ele a tinha encarado, tão desejoso por algo que Jane não sabia bem definir.

Henry colocou o sobretudo sobre seus ombros, entregou-lhe as luvas e meteu o chapéu na cabeça dela.

Eles caminharam até a cidade em silêncio. De vez em quando, Henry lançava um olhar curioso para a irmã, mas não dizia nada; isso continuou assim até eles chegarem à rua principal. Ela era estreita e toda pisoteada por inúmeros cascos e solas de sapatos; nessa época do ano, enlameada, não havia nenhuma neve à vista. Em outros momentos, Jane gostava de passear por essa rua, dando uma espiada na loja de Molly Richards, onde era possível comprar botões de qualquer tipo ou cor, ou na do Sr. Henrichs sênior, que vendia mercadorias para o uso diário. Com sorte, era possível garantir na loja do Sr. Worthington a melhor parte de uma vaca e não apenas alguns coelhos exaustos de tanto correr. Naquele dia, porém, ela simplesmente olhava para a frente e sentia apenas uma alegria discreta em descobrir um rosto conhecido.

A parte final da rua parecia sempre desolada, independentemente da estação do ano ou hora do dia. As casas transmitiam um ar de opressão, tristeza. Raramente aparecia alguém; no máximo, uma criança com as roupas esfarrapadas e o nariz remelento.

Quando eles chegaram na casa baixa da família Jenkins, Henry bateu à porta, deu um passo para trás e deixou a irmã entrar na casa com um aceno de cabeça. O combinado era que sempre os membros femininos da família Austen fariam as visitas; os irmãos de Jane ou seu pai aguardavam do lado de fora.

Era preciso se acostumar com o cheiro que ela sentiu logo na entrada do cômodo estreito. Não havia janelas pelas quais o ar fresco pudesse alcançar o interior.

"Bom dia, Sra. Jenkins", exclamou Jane em voz alta, tentando superar os choramingos de uma criança. "Sou eu, Jane."

"Ah, Srta. Jane, por favor, entre", ela ouviu.

Como sempre, a voz da Sra. Jenkins era de uma exaustão profunda, e como sempre o lamento de seu sofrimento causava um abalo na mente de Jane. Embora ela achasse ruim comparar o próprio sofrimento com o sofrimento alheio, naquele instante ela se conscientizou mais uma vez da sorte grande que havia tirado.

Ela vivia numa casa grande, limpa, na qual entrava ar puro quando se desejava, e com colchas grossas sobre as camas e roupas suficientes. Lá havia comida que saciava a todos, inclusive chá indiano num armário trancado e mais um açucareiro. Nesse lugar, por sua vez, o piso rangia com os passos, não apenas porque era velho, mas pela camada de sujeira que o recobria e na qual as solas de couro dos sapatos grudavam. Porém o mais triste era quando Jane olhava para o rosto das crianças. Elas pareciam tão famintas, doentes e geladas que era difícil manter o sorriso no rosto.

"Por favor, Sra. Jenkins, uma lembrancinha, com os cumprimentos da minha mãe."

"Sua mãe é uma pessoa muito amável, querida senhorita Jane. Por favor, diga a ela que agradeço muitíssimo."

A Sra. Jenkins ergueu-se da cama e, com as pernas esquálidas, veio ao encontro de Jane. O cômodo, que servia de sala e dormitório para toda a família, estava escuro. Uma janela diminuta dava vista para o pátio, onde ficavam todos as instalações sanitárias.

Ela recebeu o cesto de Jane com as mãos trêmulas e, aos poucos, foi tirando tudo de dentro. Jane sorriu para uma das crianças, da qual ela não sabia dizer se era um menino ou uma menina. Um bebê estava deitado no chão, sobre um cobertor, chorando baixinho.

"Obrigada. Muitíssimo obrigada."

Lágrimas de gratidão brilhavam nos olhos da Sra. Jenkins e Jane tinha certeza de que ela não queria mais gastar nem um minuto pensando no Sr. Lefroy. Veja esta vida, disse ela a si mesma, e você que fica pensando em bailes, nas mãos dele, na voz dele!

Mesmo assim, ela teve de fechar os olhos por um instante, pois sabia que estava frágil. Nas outras vezes, ela sempre se esquecera da Sra. Jenkins depois de alguns minutos fora de sua casa, de volta à Main Street. Mas não dessa vez, ela se prometeu.

"Ouvi dizer que você tem um admirador, senhorita Jane", falou a Sra. Jenkins, secando, constrangida, o rosto. "Sempre achei que merecia alguém especial e dizem que esse jovem é especial."

Desconcertada, Jane olhou para ela. Daí pegou o cesto de volta, fez uma reverência e saiu da casa com uma sensação muito difícil de ser descrita. As últimas noites tinham sido solitárias. O sentimento de solidão estava começando a se desfazer e quando voltou novamente à rua e sentiu a luz branda do sol no rosto, ela recomeçou a criar coragem. Tom *tinha* de se sentir como ela. Suas palavras, seus olhares... Era impossível ele ter agido apenas por um capricho. Será que ele retornaria a Steventon? Escreveria a ela? E, se sim, o que ele lhe diria? Mas ela havia se decidido a não pensar mais nele!

Henry pegou o cesto e depois tomou sua mão, com delicadeza, e eles ficaram de braços dados. Mais uma vez, não havia nada a conversar enquanto eles desciam Main Street e entraram na alameda que atravessava os gramados e chegava à casa paroquial. Chapins saltavam entre os galhos secos e Jane estava lutando consigo mesma. Afinal, ela queria ser uma pessoa melhor e pensar na família Jenkins, e não apenas em si mesma.

Quando iniciaram a última grande curva, de cujo final era possível vislumbrar o telhado da casa paroquial e apostar que as nuvens cinza-claro vinham da chaminé dos Austen, Jane começou a sentir um incômodo.

85

Quanto mais se aproximavam, maior sua inquietude. Ela não era dada a pressentimentos, mas quando percebeu qual veículo estava estacionado perto da casa sob o grande carvalho, soube que tinha razão.

"Temos visitas", concluiu Henry.

"Dos Lefroy", disse Jane, visto que Henry estava fora com frequência e por isso não tinha memorizado os carros de cada família. Ele também não conhecia os cavalos, nem mesmo o cocheiro Sr. Richardson, que há anos servia os Lefroy.

Ela desejou que o coração não disparasse daquele jeito. E que o mal-estar súbito desaparecesse de novo.

Um esquilo cruzou o caminho dos irmãos e escalou, célere, o tronco de uma bétula. O céu pendurado sobre as copas das árvores era de um cinza leitoso, e o animalzinho pulando de galho em galho os balançava suavemente. Jane também desejou conseguir desaparecer com tão tamanha rapidez. Ela não queria entrar na casa. Quem esperava por ela — e quem ela desejava ardentemente encontrar ali?

"Você está me espantando, irmãzinha", constatou Henry. "Nunca a vi assim, e honestamente achei que você não era dada a tais sentimentos."

Pensativa, ela olhou para ele.

"Talvez ele nem tenha ido viajar", falou baixinho.

"Quem?"

"Tom. Ele queria ter partido no fim de semana passado, mas talvez ainda esteja aqui."

"Mas por quê?", perguntou Henry incrédulo.

Ela deu de ombros. No momento em que Jane abriu o portão, a porta da casa também foi aberta. Madame Lefroy saiu e o susto estava estampado em seu rosto ao ver Jane. Ela se acalmou rapidamente. Com o habitual sorriso amável no belo rosto, ela veio em direção de Jane e tomou-lhe ambas as mãos.

"Que maravilha que ainda consegui vê-la!"

Jane sorriu, mas ambas se conheciam bem demais para esconder inverdades. Uma profunda decepção tomou conta dela.

"Trouxe seu cachecol de volta", explicou a madame Lefroy. "Você deve tê-lo esquecido durante sua visita a nossa casa. Que bom que já está recuperada novamente, querida; ouvi dizer que você esteve doente."

Confusa, ela olhou da madame Lefroy para a mãe, cujo semblante dizia que Jane tinha de estar doente.

"Melhoras, Jane", disse madame Lefroy, apertando suavemente a mão de Jane. Seu olhar, contudo, não era tão carinhoso como de costume. Foi difícil para Jane fazer de conta que não tinha notado nada.

"Seu sobrinho", apartou Henry, "ele prosseguiu viagem? Eu queria ainda me despedir dele, mesmo confessando que mal tivemos oportunidade de nos conhecer."

"Ele já está em Londres", disse a madame Lefroy. De repente, seu sorriso pareceu absolutamente artificial.

"Que pena", murmurou Henry, quebrando a cabeça para descobrir o que mais podia dizer em relação a Tom Lefroy.

"Temo que ele não volte tão cedo. E se voltar, então apenas no verão depois do próximo. Ele terá de se dedicar integralmente à sua formação. E se ele se sentir tentado a viajar para longe, então será para Dublin, onde moram o pai e a irmã."

"Ele está voltado à advocacia?", perguntou Henry.

"Sim, exatamente. Temos grandes expectativas em relação a ele."

Henry não sabia mais o que dizer. Com um gesto consolador, ele pousou a mão no ombro de Jane e eles se despediram da madame Lefroy.

No corredor estreito e aquecido da casa paroquial, era possível ouvir o tilintar de panelas de cobre e frigideira de ferro. O aroma delicioso de ensopado chegou até o nariz de Jane, mas ela mal o notou. Sem prestar atenção nem à mãe nem a Henry, ainda vestida com o sobretudo e o chapéu, subiu as escadas até seu quarto, largou as roupas de qualquer jeito no chão e puxou a cadeira para se sentar. Seus dedos estavam gelados demais para escrever de maneira legível, mas isso não foi impedimento.

Nada aconteceu durante os três ou quatro dias seguintes que fizesse Elinor se arrepender de seu procedimento de recorrer à mãe; pois Willoughby não viera nem escrevera. Elas haviam se comprometido, ao final desse período, a acompanhar lady Middleton a uma festa, à qual a Sra. Jennings ficara impedida de ir devido a uma indisposição da filha mais nova; e para tal festa, Marianne, inteiramente desmotivada, negligente com a aparência e parecendo igualmente indiferente a ir ou ficar, preparou-se sem um único olhar de esperança, sem uma expressão de prazer. Ficou sentada junto à lareira na sala de jogos até a hora em que lady Middleton chegou, sem se mover da poltrona ou alterar sua atitude, perdida nos próprios pensamentos e insensível à presença da irmã; e, quando finalmente lhe disseram que lady Middleton estava esperando na porta, ela se espantou como se houvesse esquecido que esperava alguém.

Chegaram a tempo ao local de destino e, assim que a fila de carruagens diante delas permitiu, desembarcaram, subiram as escadas, ouviram seus nomes anunciados da escadaria em voz alta e entraram em uma sala esplendidamente iluminada, cheia de gente e insuportavelmente quente. Pago o tributo da cortesia com uma reverência à dona da casa, puderam mesclar-se à multidão e tiveram sua cota de calor e inconveniência, que sua chegada necessariamente fizera aumentar. Após algum tempo sem dizer quase nada e fazendo menos ainda, lady Middleton sentou-se para jogar cassino, e, como Marianne não estava disposta a caminhar, ela e Elinor, por sorte conseguindo poltronas vazias, sentaram-se a pouca distância da mesa de jogo.

Não fazia muito que estavam ali sentadas quando Elinor viu Willoughby, de pé a alguns metros delas, entretido em uma conversa com uma moça de aparência muito elegante. Logo cruzaram olhares, e ele imediatamente fez uma mesura, mas sem esboçar tentativa de falar com ela ou de se aproximar de Marianne, embora fosse impossível que não a tivesse visto; e então retomou sua conversa com a mesma dama. Elinor virou-se involuntariamente para Marianne, para ver se ele havia lhe passado despercebido. Nesse momento, ela o viu pela primeira vez, e toda a sua expressão iluminou-se de súbito deleite; ela teria ido até ele naquele mesmo instante, caso a irmã não a tivesse detido.

"Santo Deus!", exclamou Marianne, "ele está ali — ele está ali. — Oh! Por que ele não olha para mim? Por que não posso falar com ele?"

"Mas Jane... Em algum momento você tem de deixar essa pena de lado e comer alguma coisa."

Jane estremeceu ao ouvir a voz de Henry. Ela piscou e foi difícil sair da Londres das irmãs Dashwood e voltar à realidade.

"Mamãe está preocupada, acha que você pode estar doente."

"Sei disso. Mas não estou doente", disse ela e se virou novamente. A pena corria sobre o papel como se estivesse disputando uma competição. "Você está me distraindo, Henry. Posso ficar sozinha?"

"Mas..."

Ela se virou uma segunda vez e seu olhar foi suficiente para Henry dar um passo para trás e fechar a porta suavemente. Jane mirou novamente seus escritos; concentrada, leu o texto, não ajustou nada e prosseguiu.

Por fim, ele se virou novamente e olhou para as duas; ela se levantou, pronunciou o nome dele em tom afetuoso, estendeu-lhe a mão. Ele se aproximou, e, dirigindo-se antes a Elinor do que a Marianne, como se tentasse evitar seu olhar, e decidido a não notar sua atitude, perguntou apressadamente pela Sra. Dashwood e quanto tempo havia que elas estavam na cidade. Elinor se viu privada de toda presença de espírito com aquela abordagem, e foi incapaz de dizer uma palavra. Mas os sentimentos da irmã foram expressos no mesmo instante. Seu rosto enrubesceu intensamente, e ela exclamou com a voz muito emocionada: "Santo Deus, Willoughby! O que significa isto? Você não recebeu minhas cartas? Não vai me dar a mão?"

Ele, então, não pôde mais evitá-la, mas o toque pareceu doloroso para ele, que reteve sua mão apenas por um momento. Durante todo esse tempo, Willoughby evidentemente se esforçava para manter o controle. Elinor observou sua expressão e viu seu rosto ficar mais tranquilo. Após uma breve pausa, ele falou serenamente.

"Tive a honra de visitá-las em Berkeley Street terça-feira passada e lamentei muito não ter a sorte de encontrá-las, nem a senhora Jennings, em casa. Espero que meu cartão não tenha se perdido."

"Mas você não recebeu meus recados?", exclamou Marianne na mais incontrolável ansiedade. "Tenho certeza de que houve algum mal-entendido — algum terrível engano. O que significa tudo isso? Diga-me, Willoughby, por tudo o que é mais sagrado, diga-me, qual o problema?"

Jane baixou a pena e inspirou e expirou profundamente. Ela estava exausta, terrivelmente exausta, como se tivesse chorado todos os dias e não houvesse restado nem mais uma lágrima.

Estava terminado. Essa era sua intuição. Ela não reveria Tom Lefroy. E também não receberia uma carta dele. Juntou todas as folhas, arrumou-as cuidadosamente e não as guardou como sempre na escrivaninha, mas na gaveta da cômoda.

Ela teria de recomeçar. Era preciso achar um novo assunto, novas heroínas, alegria, brilho. Pois por mais que ela amasse Elinor e Marianne de coração, a história de ambas fazia com que ela se recordasse da sua própria. Será que sempre que pensasse no manuscrito, ela veria diante de si seu quarto escuro e vazio, além de se recordar de madame Lefroy observando-a com uma frieza surpreendente e devastadora, quando imaginou que Jane não estava prestando atenção?

STEVENTON, CONDADO DE HAMPSHIRE
Maio de 1797

De repente, ela pareceu como que do nada: Elizabeth Bennet. Jane a via diante de si com tamanha clareza que às vezes erguia a cabeça e olhava ao redor do quarto para checar se Cass também estava percebendo a sua presença. Jane adorava ficar prestando atenção na voz de Lizzy, que era mais grave do que a da maioria das mulheres, e naquilo que ela dizia, tão preciso e inteligente, que Jane às vezes desejava ser um pouquinho mais como ela. Com frequência elas tomavam chá juntas, conversando sobre Deus e o mundo. Ela se dirigia também ao pai de Lizzy para determinadas questões, essa cabeça teimosa, porém sagaz, cuja razão suplantava até a de Cassandra.

Os meses nos quais Jane tinha lutado consigo mesma começaram a ficar para trás. Ao acordar, ela não pensava mais em Tom Lefroy, nem quando ia dormir. De vez em quando, ele voltava por intermédio de outras pessoas — por exemplo madame Lefroy, que, entretanto, nunca citava o sobrinho na presença de Jane. Mesmo assim, a lembrança dele se tornava cada vez mais opaca e frágil e um novo homem entrou na vida de Jane, alguém que não apareceu de repente como Lizzy Bennet, mas cujos contornos foram ficando cada vez mais nítidos quanto mais ela se ocupava do assunto. Mas Jane tinha dificuldade de enxergar o Sr. Darcy diante de si. Ela ainda não sabia o que pensar dele e era isso que contava à amiga Martha durante seus passeios.

"Esses personagens parecem... *reais* para você?", perguntou Martha.

Jane, que estava andando com os olhos semicerrados a fim de aproveitar o sol no rosto, precisou de um tempo para responder.

"Às vezes, até mais reais do que as pessoas ao meu redor. É difícil de explicar... Quando escrevo, é como se eu tivesse trocado de mundo. E compreendo melhor esse novo mundo do que aquele no qual eu e você estamos caminhando aqui." Ela sorriu, constrangida. "Talvez eu apenas esteja facilitando as coisas. Fujo da realidade e moldo a vida de outra pessoa. Como se eu tivesse mais uma identidade — embora então fosse preciso falar de pelo menos cinco outras identidades, e a cada manuscrito outras se juntam ao todo."

Balançando a cabeça, Martha encarou a amiga. Nessa primavera, Martha tinha ganhado um leve bronzeado. Ela ficava bem assim, quebrando um pouco sua seriedade e rigidez interna, enfatizadas pelo cabelo impecavelmente preso. Ela era mais baixa que Jane, muito magra e tinha o talento de parecer *invisível*. Ela não se importava com isso — pelo menos, é o que dizia —, mas Jane não tinha tanta certeza. Mais de uma vez ela havia notado um traço de tristeza no rosto de Martha, quando essa se sentiu, uma vez mais, não notada pelas outras pessoas.

Jane não compreendia como Martha podia ser ignorada — ela a achava tão inteligente e eloquente. A começar pelos olhos sagazes, escuros!

"Quando estou fazendo coisas bem banais, como por exemplo, chá, converso com Lizzy e suas irmãs. E topo com o Sr. Darcy em momentos casuais, cada vez mais bizarros; sabe, quando Lizzy Pemberly recebeu visitas, na propriedade da família Darcy, em..."

"Pemberley?" Martha franziu a testa. "Achei que ela se chamasse Netherfield."

"Netherfield é o nome da propriedade do Sr. Bingley."

"E esse Darcy", perguntou Martha, insegura, "ele é o marido de Jane Bennet, a irmã de Lizzy?"

"Não." Jane sorriu. "Lizzy se apaixona por ele. Jane está interessada no Sr. Bingley. O Sr. Bingley de Netherfield."

"Como você consegue guardar tudo isso na cabeça?"

"Passo mais tempo com eles do que com você ou com minha família. Claro que consigo lembrar quem gosta de quem e quem odeia quem."

"E por que o nome Jane?", perguntou Martha depois de um tempo. "Por que você a chamou com o seu nome?"

Jane teve de refletir um pouco sobre isso também.

"Não lhe dei esse nome", disse ela, por fim. "Jane se apresentou a mim desse jeito."

Martha olhou para a amiga, incrédula.

"É verdade", jurou Jane. Naquele instante, com um vento de primavera soprando pelo seu cabelo e o ar exalando o aroma adocicado das flores das tílias, Jane se sentia feliz de novo, depois de um longo tempo. Além disso, ela mal podia esperar para voltar à escrivaninha. Por isso, não ficou muito triste quando Martha se despediu depois do chá, mesmo que em outros tempos ela nunca gostasse de vê-la partir. Mas, durante o passeio, a senhorita Bingley havia sussurrado algo em seu ouvido e Jane precisava registrar aquilo no papel. Jane gostava de deixar a senhorita Bingley, irmã do senhor Bingley, aparecer. Ela era adoravelmente ardilosa, fria e arrogante!

"Não me perturbem!", pediu ela, depois de ter se despedido de Martha, subindo as escadas, sem nem olhar para o salão. Fazendo barulho, ela puxou a cadeira, pegou o manuscrito e folheou-o. Ela voltou para um trecho que já tinha imaginado. A família Bennet havia sido convidada para um baile em Netherfield e ali Lizzy encontraria o Sr. Fitzwilliam Darcy pela primeira vez. Havia algumas correções a fazer, Jane achou, e pôs mãos à obra:

O senhor Bingley tinha boa aparência e modos cavalheirescos; semblante agradável, comportamento tranquilo e sem afetação. Suas irmãs eram belas mulheres e estavam vestidas com bom gosto, na última moda, e sem dúvida devem ser contadas entre as belezas da sociedade londrina. O cunhado, o senhor Hurst, tinha um bom aspecto de homem de família, porém, nada além disso; mas o amigo, senhor Darcy, logo chamou a atenção por seu porte distinto, alto e bonito de nobre; e o que corria entre todos ali, cinco minutos após sua chegada, era que dispunha de uma renda de 10 mil libras por ano. Os cavalheiros diziam que era um homem e tanto, as damas acharam-no muito mais bonito que o senhor Bingley e ele passou a ser visto com grande admiração até quase a metade da noite, quando seus modos despertaram um mal-estar que mudou a maré de sua popularidade; pois se descobriu que era orgulhoso, achava-se superior aos do grupo, e impossível de agradar; e nem toda sua vasta propriedade em Derbyshire foi capaz então de salvá-lo de ter um semblante hostil e desagradável, indigno de ser comparado ao amigo.

Ela fechou os olhos e gostou de ver o salão à sua frente, sentir o calor, ouvir o ruído das solas no parquê.

Elizabeth Bennet fora obrigada, devido à escassez de pares, a ficar duas danças sentada; e, durante parte desse tempo, o senhor Darcy estivera de pé perto o bastante para que ela entreouvisse uma conversa dele com o senhor Bingley, que deixou seu par por alguns minutos para convencer o amigo a dançar.

"Venha, Darcy", disse ele, "tenho que fazer você dançar. Odeio vê-lo parado sozinho feito um idiota. Seria muito melhor se você dançasse."

"Seguramente que não. Você sabe como detesto isso, a não ser que eu conheça bem minha parceira. Em uma reunião como esta, seria insuportável. Suas irmãs já têm par, e não há no salão nenhuma mulher cuja companhia não fosse um castigo."

"Eu não seria tão exigente assim", exclamou Bingley. "Santo Deus! Juro pela minha honra que nunca vi tantas garotas bonitas na vida como esta noite; muitas delas são de uma beleza rara."

"Você está dançando com a única garota bonita do baile", disse o senhor Darcy, olhando para a mais velha das irmãs Bennet.

"Oh! É a criatura mais bela que já vi! Mas uma das irmãs dela está sentada logo atrás de você, e é muito bonita, e, ouso dizer, muito simpática. Deixe que eu peça a ela que o apresente à irmã."

"De quem você está falando?", e virando-se, olhando para Elizabeth por um momento até cruzarem o olhar, ele baixou a vista e disse com frieza: "É razoável; mas não é bonita o bastante para me tentar."

Ah! se não fosse tão ridículo, ela daria um tapinha no próprio ombro. As características ruins que ela havia juntado no Sr. Darcy não eram de ninguém em especial, mesmo assim, quando escrevia assim sobre ele, ela sentia dentro de si tanto a antiga ira como uma maravilhosa grandeza. Tom Lefroy já não ocupava mais sua mente. Apesar disso, ela às vezes se sentia maltratada por ele, e sentia raiva por nunca ter recebido uma linha sequer de explicação de sua parte.

Bem, ele podia ser orgulhoso demais para se explicar, mas ela também tinha orgulho e fazia uso dele para colocar o Sr. Darcy sob a pior luz possível.

Além disso, ela percebeu que era ótimo que as palavras estivessem jorrando dela naquele dia. Nesses momentos, sua vida também parecia novamente leve e solar, e nem mesmo as queixas da mãe ou a desorientação de Cassandra por estar há tanto tempo sem notícias do noivo conseguiam mudar alguma coisa nesse sentido.

Por algum tempo, ela ficou observando um pica-pau bicando o tronco do carvalho de James, até que ela se deu conta do silêncio. O pássaro era o único a produzir algum ruído e isso era raro. Mesmo que seu pai tivesse decidido no ano anterior a não aceitar mais rapazes, pois não estava mais em condições de aguentar o esforço, a casa dos Austen nunca ficava tão silenciosa. Do seu quarto, sempre era possível ouvir as panelas sendo manuseadas; e se a mãe de Jane não estivesse dormindo, estava se lamentando ou contando, com uma risada rouca, uma história divertida da cidade que havia chegado aos seus ouvidos. O pai de Jane também desatava a falar às vezes, com sua voz grave como o bramir do mar ou Cass repetia o que havia lido no jornal.

Jane afiou os ouvidos. Nada. Nada além do silêncio.

Com um último olhar animado em direção à sua escrivaninha, ela se dirigiu à porta. No corredor reinava um silêncio total. Ela desceu a escada. Também a cozinha estava muda. Será que não havia ninguém em casa? Mas quando ela abriu a porta da sala, viu Cass e os pais. Eles estavam sentados frente a frente, os rostos brancos feito cera; quando Jane entrou, ninguém falou nada, ninguém sorriu.

Havia uma carta no colo de Cass. O coração de Jane disparou. Notícias do seu irmão? Francis e Charles estavam na Marinha, há anos navegando por mares de todo o mundo, principalmente onde a Inglaterra estava envolvida em batalhas de guerras.

Sua boca estava seca ao perguntar: "O que aconteceu?".

Não houve resposta. Cass parecia nem se dar conta de sua presença. Depois de um tempo, o pai pigarreou e fez um sinal para ela se sentar.

"É Thomas." Ele pigarreou de novo. "Thomas Fowle."

Quando ela olhou para Cass, viu que a irmã parecia totalmente controlada, mas não propriamente presente. Cass era magra, de cabelos castanhos feito Jane, mas com traços mais duros, dos quais não se adivinhava nada.

Sua mãe soluçou alto e secou os olhos com um lenço.

"Ele se foi", disse ela, sob lágrimas. "Tom se foi, Jane. Ele está... ele está..."

Confusa, Jane se virou para o pai, que se levantou, abraçou-a e tirou-a da sala. No vestíbulo estreito e escuro, ele se curvou diante dela e disse: "Recebemos correspondência dos Fowle. Cass", ele se corrigiu imediatamente, "recebeu correspondência. Thomas ficou doente, muito doente. Ele... ele morreu, Jane. Em algum lugar no mar. Foi em fevereiro. Os pais também só souberam agora."

Jane não acreditou no que ele estava dizendo, embora seu pai nunca mentisse. Mas Tom, o noivo de Cass, não podia estar morto, era impossível!

"Mas... Quando? Você disse já em fevereiro?"

Há meses Cass imaginava seu casamento, sofria com dúvidas sobre o enxoval necessário, o vestido, se era adequado ter opiniões divergentes vez ou outra ou se o marido sempre tinha de ter razão. Jane sempre se esforçou para dar as melhores respostas, apesar de se achar a pessoa menos adequada para tanto. E agora... Ela engoliu em seco. O Tom de Cass estava morto há três meses e ninguém, nem seus pais, mas principalmente nem a mulher que queria passar o resto de sua vida ao seu lado, sabiam disso.

Desesperados, o pai e ela se entreolharam. Com um aceno da cabeça, ela indicou que era hora de voltar para a sala.

"Não devemos... Não devemos deixar Cass por muito tempo sozinha."

Jane assentiu. Sua cabeça girava. Juntos, eles voltaram à sala, Jane sentou-se ao lado da irmã e quis puxá-la delicadamente para junto de si, mas Cass balançou a cabeça com o rosto pálido.

"Quero ficar sozinha."

Ela se levantou de repente e saiu correndo da sala, enquanto Jane ficou para trás, juntamente com a mãe em prantos e o pai calado. Ela colocou a mão em uma das faces — um gesto que lhe parecia confortador, e sentiu o calor da própria pele.

Jane sentia-se muito mal principalmente porque não sabia como consolar a irmã. Quando algo dessa dimensão acontecia, como um consolo podia ser o bastante? Tom havia se mudado para a casa deles quando Cass ainda era uma criança e, desde o começo, um gostou do outro. Ele, oito anos mais velho do que ela, era um adolescente à época e deixara a casa paroquial novamente como um rapaz. Cass tinha 16 anos.

Dezesseis anos e apaixonada, apaixonada de uma maneira tranquila, bonita, sem maiores preocupações e temores que o escolhido pudesse não retribuir seu afeto. Nesse sentido, eles se conheciam bem demais, tinham confiança um no outro.

"Ah, Jane!", falou a mãe. "Jane, o que faremos agora?"

Jane viu a mãe triste e não soube o que responder.

~

Depois de maio, veio junho; e depois, julho. No verão, Cass e Jane adoravam dar longos passeios. Cass carregava seus utensílios de desenho e, quando encontravam um lugar bonito e escondido, Jane se deitava na grama enquanto Cass começava a pintar. Nesse verão, porém, parecia que o mundo havia parado. A casa paroquial estava escura e silenciosa como nunca. Nada de risadas, nada de conversas em voz alta. Jane e os pais aprenderam a se comunicar por meio de olhares, enquanto Cass parecia estar num lugar qualquer, só não lá com eles. A família fez o possível para animá-la, mas de que adiantavam tortas deliciosas, jogos de tabuleiro montados rapidamente, a compra de um novo piano, danças, se o coração de Cass tinha se estilhaçado em milhares de pequenos pedaços? Jane quase não tinha tempo para escrever, mas aproveitava o pouco que havia, e esses momentos eram como fugazes raios de sol que a esquentavam de vez em quando.

Às 17 horas, as duas damas se retiraram para se trocar, e às 18h30 Elizabeth foi chamada para o jantar. Às perguntas de praxe que sobrevieram, entre as quais percebeu com grande prazer a elevada solicitude do senhor Bingley, ela não teve como responder de modo favorável. Jane não estava nem um pouco melhor. As irmãs, ao ouvirem isso, repetiram três ou quatro vezes o quanto estavam tristes, como era terrível pegar um resfriado grave e como elas próprias detestavam ficar resfriadas; e então pararam de pensar no assunto — essa indiferença para com Jane quando não estava presente restituiu a Elizabeth sua antipatia original por elas. [...]

Terminado o jantar, Elizabeth voltou diretamente para Jane, e a senhorita Bingley começou a criticá-la assim que ela saiu da sala. Seus modos foram considerados de fato muito repreensíveis, um misto de orgulho e impertinência; não sabia conversar, não tinha estilo, bom gostou ou beleza. A senhora Hurst achou o mesmo, e acrescentou:

"Ela não tem nada, em suma, que a recomende, além de ter uma excelente disposição para caminhar. Nunca vou me esquecer de sua aparência esta manhã. Realmente parecia quase selvagem."

"De fato, Louisa. Mal consegui me conter. Que absurdo aparecer assim! Por que sair correndo pelo campo, só porque a irmã ficou resfriada? E aquele cabelo todo desgrenhado, desmazelado!"

"Sim, e aquela anágua? Espero que você tenha visto a anágua, toda enlameada, tenho absoluta certeza; e o vestido que devia disfarçar a combinação não cumpria esse papel."

"O seu retrato parece bastante preciso, Louisa", disse Bingley; "mas não percebi nada disso. A senhorita Elizabeth Bennet me parecia

incrivelmente bem ao entrar na sala hoje cedo. Sua anágua enlameada me escapou completamente."

"Você há de ter reparado, senhor Darcy, tenho certeza", disse a senhorita Bingley; "e tendo a pensar que não gostaria de ver sua própria irmã fazendo uma aparição dessas."

"Certamente que não."

"Caminhar 4 ou 6km, até 8, ou o que seja, com os pés enfiados na lama, e sozinha, totalmente só! O que ela queria com isso? Parece revelar um tipo abominável e arrogante de independência, uma indiferença provinciana para com o decoro."

"Revela um carinho pela irmã que eu acho bastante apreciável", rebateu Bingley.

"Receio, senhor Darcy", observou a senhorita Bingley, como que sussurrando, "que esta aventura afetou de alguma forma sua admiração por aqueles belos olhos."

"De modo algum", respondeu ele. "Ficaram ainda mais brilhantes com o exercício."

O mundo que Jane criava era cheio de luz, alegria, sentimentos transbordantes e também frieza emocional. Um mundo antagônico ao seu próprio mundo, que era bem diferente: mais uniforme e, principalmente, mais triste. Quando acordava e virava para o lado, enxergava o rosto pálido de Cass encarando o teto com os olhos arregalados.

Apenas quando Jane se sentava à sua escrivaninha e despertava Lizzy para a vida — que (Jane tinha certeza disso) também se virava muitíssimo bem sem ela —, escutava as gargalhadas aveludadas e graves das irmãs Bennet e fazia com que Lizzy desse longas caminhadas pelas paisagens mais vistosas; quando observava como os corações de Jane e de Elizabeth trincavam e depois saravam finalmente, ela ganhava força suficiente para apoiar Cass. Daí, ela conseguia, noite após noite, ficar sentada ao seu lado no sofá, muda. Somente o estalar das agulhas de tricô interrompia o silêncio, e por vezes uma mariposa entrava pela janela. Fora isso, só havia tristeza, luto e o medo de Cassandra em relação ao presente e ao futuro; esse medo era contagioso.

Jane tonteava ao olhar para o que havia à sua frente. Logo completaria 22 anos de idade — era impossível não dizer que ela estava no caminho de se tornar uma solteirona. Ela nunca mais conheceria ninguém que desejasse se casar com ela e também não podia imaginar se interessando por alguém algum dia.

Era mais ou menos assim: Tom Lefroy havia despertado seus sentimentos e depois quebrado seu coração. O dela nunca mais sararia, pelo menos não para amar de novo. Nos bailes, Jane ficava cada vez mais sentada a sós, os homens tiravam moças mais novas para dançar, e ela se dizia que isso era bom, era o curso natural das coisas.

Entretanto, era preciso ser realista. Seus pais estavam ficando velhos. E se eles morressem? O que seria de Cass e dela?

Numa tarde de outono, na qual as folhas úmidas das árvores forravam o chão e um silêncio deprimente reinava na casa dos Austen, um silêncio ao qual Jane já tinha se acostumado, ela tomou uma decisão. Era algo incomum, quase revolucionário e muito provavelmente fadado ao fracasso. Mas se tratava da única coisa que ela conseguia imaginar fazer.

Jane foi bater à porta do quarto do pai.

"Você conhece o célebre Sr. Caldell, certo?", perguntou ela, com o coração batendo na boca.

Surpreso, seu pai ergueu a cabeça. Mais uma vez, ela notou como ele parecia envelhecido. Não havia mais nenhum traço da leveza juvenil que, durante tantas décadas, o acompanhara.

"Sim", respondeu ele, erguendo as sobrancelhas. "Mesmo se, para ser sincero, deva dizer que conheço um conhecido do conhecido Sr. Caldell. Por quê?"

"Eu ficaria muito contente se você pudesse fazer chegar um manuscrito até ele."

As sobrancelhas dele se ergueram mais um pouco, mas ele parecia feliz.

"Qual deles, Jane?"

"*Primeiras impressões*."

Ele assentiu, concordando. "Bom título. Primeiras impressões... Posso lê-lo antes de enviar para o editor que, sem exagero, pode ser considerado um dos mais exitosos da Inglaterra?"

Jane franziu a testa. Até então ela não havia escrito quase nenhuma linha que sua família *não* conhecesse. Tratava-se de uma tradição antiga dos Austen que todos os filhos mostrassem o que sabiam ou achavam que sabiam fazer — desde libélulas feitas a partir de folhas secas, que desmanchavam apenas ao olhá-las, às primeiras tentativas de desenho de

Cassandra, onde se via um círculo exterior com um círculo dentro ("um porco com umbigo", ela havia explicado à época), até peças de teatro que Jane havia criado e desenvolvido com James e cujos papéis eram preenchidos com prazer pelos outros irmãos. As apresentações aconteciam todas as sextas-feiras e aos precoces 11 anos Jane estava num palco improvisado com uma caixa, apresentando seus esboços. Tudo, sem exceção, que as crianças fabricavam era bem-vindo pelos pais, que evitavam elogiá-las de maneira excessiva. Portanto, um porco com umbigo era um belo tema de desenho, dizia o pai, mas Cass devia trabalhar mais na técnica e não deixar olhos, orelhas e pernas de fora.

Apesar disso, Jane falou após pensar um pouco: "Não. Dessa vez, quero que apenas eu o conheça. Quero tomar sozinha a decisão de achar que é bom, independentemente da opinião de vocês. Não quero me proteger na segurança. Quero ter a coragem de confiar exclusivamente no meu julgamento."

Ele tombou um pouco a cabeça e riu de modo tão sábio e suave como sempre.

"Uma boa decisão. Muito adulta, se me permite o comentário."

~

Da manhã seguinte em diante, Jane sentia um ligeiro comichão ao acordar. Ela ainda observava Cass encarando o teto, mas agora ela tinha forças novas para se sentar ao seu lado. Assim, ambas ficavam horas no quarto que se aquecia apenas lentamente, tomavam chá, faziam silêncio. E Jane pensava em Lizzy e no Sr. Darcy, em Jane e no Sr. Bingley, ela fechava os olhos e participava das refeições da família Bennet, tão barulhentos à mesa que nem o tilintar dos talheres era possível ouvir. Constantemente havia alguém gritando uma descoberta enquanto comiam, e quando todos faziam silêncio, exaustos pelo baile da noite anterior, Mary — das cinco irmãs Bennet, a do meio — sentava-se ao piano, tocando tão animadamente quanto mal.

Jane não parava de achar que era muito bom existir algo que a deixasse esperançosa. Esperando dia após dia pela novidade. E assim os dias iam se passando.

Até que certo dia seu pai a chamou de seu estúdio de leitura: "Jane! Recebemos correspondência de Londres!"

Jane, que estava ocupada dividindo em porções o chá da semana seguinte, fechou a lata de maneira apressada e deixou a chave cair no bolso de seu casaco.

Sorrindo, o Sr. Austen segurava o envelope no alto.

"Carta do Sr. Cadell", disse ele, incrédulo. "De um editor!" Ele riu, feliz. "Por favor, abra você, que é a destinatária, afinal."

Jane fixou o olhar no envelope, sem conseguir se mover.

"Ele é pequeno", falou ela por fim. "Pequeno demais."

Admirado, o pai olhou para ela.

"Muito pequeno para ele ter devolvido o manuscrito com um agradecimento frio."

"O que é bom", disse o pai, franzindo a testa.

"Sim", concordou ela depois de um tempo, "é bom."

Eles ficaram em silêncio a fim de se encorajarem mutuamente. Havia se passado apenas uma semana desde que seu pai enviara o romance para Londres. O Sr. Cadell era um homem importante, um dos editores mais prestigiados do império. Será que ele tinha mesmo conseguido ler *Primeiras impressões*?

Depois de um tempo, Jane esticou a mão. Seu pai entregou-lhe a carta e Jane a sopesou, uma folha, avaliou, uma única. Uma recusa? Ou palavras de satisfação, uma sugestão de publicação, talvez com uma oferta incrível?

Um escritor ganhava quanto dinheiro? Será que ela poderia comprar algumas luvas com o valor? Afinal, ela era totalmente desconhecida! Mas se fosse um começo... Se ela pudesse alimentar com isso sua esperança por independência para Cass e para si mesma!

"Jane?", perguntou seu pai, com suavidade.

Ela fez que sim com a cabeça e começou a rasgar o envelope.

A carta era curtíssima. E não continha nem uma oferta de compra ou outra coisa que pudesse alimentar seus sonhos.

Recusa e devolução já foram postadas.

"O que está escrito, Jane?", perguntou o pai. Seu olhar tremia de nervoso.

Ela ergueu o queixo.

"O manuscrito chega com a próxima charrete dos correios."

"Não estou entendendo."

"Acho que ele nem olhou."

O pai franziu a testa.

"Como ele teria lido?", perguntou Jane. "Em tão pouco tempo?"

"Sim, mas ele nem deu uma folheada? Os editores vivem recebendo romances pelo correio? Não consigo imaginar isso. E o negócio dele não é editar livros? Muito bons, por sinal."

"Você está falando sem saber, papai."

"Saber do que um editor faz?"

"Não. Se o romance é bom. Talvez não seja."

Ele olhou longa e inquisidoramente para ela, depois se levantou, aproximou-se e colocou as mãos sobre os ombros dela.

"Você disse que queria correr o risco. Você achou que o romance era bom, senão nunca o teria enviado. Você não é do tipo que acha alguma coisa perfeita sendo apenas razoável. Você quer sempre melhorar o que está bom, até que todas suas facetas estejam brilhando."

Dessa vez, ela pensou, sua própria impressão a tivesse enganado. Dessa vez, que era tão importante.

"Está tudo bem", disse ela e quis ir embora, mas o pai a segurou.

"Não desista, Jane. Não ouse desistir!"

Ela sorriu, mas o sorriso era triste.

~

"Jane?", perguntou sua irmã da cama.

"Hum?" Jane não ergueu o olhar. Ela mantinha a cabeça curvada sobre a folha, mas percebeu, nesse instante, que os ombros, a mão direita, o braço estavam doendo. Há quanto tempo ela estava sentada assim, escrevendo, reescrevendo, cortando e acrescentando o que uma nova leitura havia achado necessário ajeitar na antiga versão? Há horas, pelo menos. Quando começou, ainda estava escuro.

"Você dorme em algum momento?", perguntou Cass, que tinha se sentado e olhava, cansada, para Jane.

"Sim."

"Mas não o suficiente."

"Às vezes dá para dormir mais da metade do dia", murmurou Jane, mas seus pensamentos já estavam longe de novo, "às vezes não dá."

"Espero que você não esteja se referindo a mim."

"Como assim?"

"Será que você acha que estou dormindo demais?", perguntou Cass.

"Não. Você dorme o tanto que é bom para você. Eu, por minha vez, tenho de me manter acordada. E em algum momento eu durmo."

"Acho preocupante o que você está fazendo", continuou falando Cass. "Antigamente você escrevia porque lhe dava prazer. Mas agora, veja só você, Jane. Passa o dia inteiro e metade da noite com as costas curvadas. Não parece que ainda está tendo prazer em escrever."

"Mas e se fosse trabalho, Cass? Como ficaria?"

Incrédula, sua irmã olhou para ela.

Como explicar? No momento anterior à abertura do envelope, Jane tinha enxergado todas as possibilidades diante de si. E mesmo que elas não se concretizaram, Jane sabia que esse era o caminho e que dele não sairia mais.

Escrever era tudo o que queria. E publicar era a única maneira de alcançar autonomia.

"Amo o que faço, Cass. Mesmo que pareça algo exaustivo e que traga dificuldade. E se o preço for noites insones, coração disparado, dedos sujos de tinta e doloridos, então estou disposta a pagá-lo. Para mim, a escrita não é apenas lazer, e eu também não escrevo mais para divertir minha família. Tornou-se algo maior, Cass. Bem maior. E agora não consigo mais parar."

Cass, que havia aberto a boca para falar alguma coisa, fechou-a novamente. Em seguida, assentiu.

"Você não quer me repreender?", perguntou Jane, sorrindo de maneira desafiadora. "Me lembrar que sou uma mulher e que algo assim não é próprio das mulheres?"

"Não". Posteriormente, Cass deitou-se novamente sobre seus travesseiros.

~

Duas semanas mais tarde, pouco depois do Ano-Novo e passados quase dois anos de seu último encontro com Tom Lefroy, Jane levantou-se da mesa do café.

"Encontro com vocês às 17h no celeiro. Vistam roupas quentes, a apresentação será longa. De preferência, chapéu, echarpe e luvas, e quem quiser pode levar algo quente para beber também."

Seus irmãos, James e Henry, que tinham vindo de visita nos feriados, assentiram. A nova mulher de James, Mary Lloyd — irmã de Martha; mas por que não podia ter sido a própria Martha? — fez uma expressão indecisa, mas não ousou falar nada. Anna, de quatro anos, bateu palmas, ansiosa, mas ao mesmo tempo parecia querer se esconder debaixo da mesa sem ser vista.

"Papai, mamãe?"

"Claro que vamos", disse a mãe de Jane e seu alívio era nítido por pelo menos uma das filhas se comportar de maneira normal de novo.

"Cass?"

"Hein?"

Durante o Natal e a festa de Ano-Novo, Cass tinha voltado a ficar deprimida. Vestida toda de preto, ela estava parecendo com um corvo famélico, cujas penas perderam todo o brilho.

"Você também vai?"

"Para onde?"

"Ao celeiro. Vou fazer uma leitura de *Primeiras impressões*."

O pai de Jane ergueu as sobrancelhas. Seu rosto estampava uma surpreendente alegria.

"Claro que vou", disse Cass, sem maior animação.

Jane torceu para que a irmã não passasse novamente a tarde inteira na cama, chorando. Mas, pouco antes das 17h, quando Jane entrou no celeiro — tão gelado que sua respiração formava pequenas nuvens —, seu coração ficou mais leve. No antiquíssimo banco de jardim, já um pouco bambo, que ficava ali protegido da chuva e da neve, ela enxergou a mãe, Cass e Mary. O Sr. Austen estava de pé, as mãos cruzadas atrás das costas, e transferindo o peso do corpo dos calcanhares para as pontas dos pés. Henry deu uma piscadinha para Jane, enquanto James desfilava sua habitual mistura de arrogância simpática e rejeição curiosa.

"Olá", disse Jane, que notou, admirada, que o timbre de sua voz estava claro e animado. Ela tinha experiência em apresentar seus textos para a família, mas aquele dia era especial. Ela adorava *Primeiras impressões* com todo coração, pensava no romance quando ia dormir, sonhava com ele, descobria Lizzy e Darcy à sua frente ao despertar, e durante todo o dia ela falava com eles e os enxergava. Ao mesmo tempo, nunca teve tanto medo de um julgamento. Nem mesmo a recusa do Sr. Cadell era tão terrível quanto imaginar que, no decorrer da próxima meia hora, ninguém sorriria, ninguém mostraria sinais de contentamento. E se as pessoas se entediassem? Se elas começassem a aplaudir logo após o término da leitura, levantando-se com rostos constrangidos, querendo sair do celeiro o mais rapidamente possível?

Para ela, era como se a opinião da família fosse decidir o futuro do romance — da família, não a do Sr. Cadell. Pelo fato de eles escutarem antes de fazer um comentário, mas também por terem muito respeito por Jane para não a soterrar com elogios fingidos. Os Austen não escondiam sua opinião caso não gostassem de alguma coisa.

Esse era o combinado.

Ela pigarreou e descreveu em poucas palavras as personagens que apareceriam: as irmãs Bennet, Darcy, Bingley e o Sr. Collins.

"Ele é o primo do Sr. Bennet e, como os Bennet tiveram a infelicidade de não ter filhos, herdará Longbourn, a propriedade da família, assim que o Sr. Bennet der o último suspiro. Como quer o acaso, o Sr. Collins considera Jane Bennet extremamente atraente. Mas como ela entregou o coração a outro (informação que ele recebe da Sra. Bennet), ele acaba tendo de se voltar para a segunda filha, Lizzy, que, como ele também acaba notando, não é totalmente feia."

Jane ergueu o olhar. Seu público estava mais ou menos atento e ainda não parecia totalmente congelado. Seria melhor ter organizado a leitura na sala? Mas meter seis pessoas adultas, uma criança e mais Jane ali teria sido difícil, além de o calor deixar todos sonolentos depois de pouco tempo. Jane precisava da família muito alerta e, por isso, tudo bem se era preciso que passassem frio.

"Vou ler um trecho do capítulo 19." Ela pigarreou mais uma vez e começou.

O dia seguinte descortinou uma nova cena em Longbourn. O senhor Collins declarou-se formalmente. Resolvido a fazê-lo sem perda de tempo, uma vez que sua licença ia só até o sábado seguinte, e não sentindo nenhum acanhamento que o pusesse aflito mesmo na hora, procedeu de modo bastante apropriado, segundo todos os costumes que supunha fazer parte da regra do negócio. Ao encontrar a senhora Bennet, Elizabeth e uma das meninas, logo após o desjejum, dirigiu-se à mãe com as seguintes palavras:

"Posso contar, senhora, com a sua influência sobre sua bela filha Elizabeth quando solicito a honra de uma audiência privada com ela ainda esta manhã?"

Antes que Elizabeth tivesse tempo para qualquer coisa além de corar de surpresa, a senhora Bennet instantaneamente respondeu:

"Oh, meu caro, sim, certamente que sim. Tenho certeza de que Lizzy ficará muito feliz, tenho certeza de que não fará nenhuma objeção. Venha, Kitty, quero que você suba já." E, recolhendo seu bordado, apressava-se para sair, quando Elizabeth chamou:

"Minha senhora, não vá. Eu lhe peço que fique. O senhor Colllins há de me perdoar. Mas ele não tem nada para me dizer que não possa ser ouvido por todas. Eu vou com vocês."

"Não, que bobagem, Lizzy. Quero que você fique aí onde está." E como Elizabeth parecia muito contrariada e constrangida, prestes a ir embora, ela acrescentou: "Lizzy, insisto que fique e escute o senhor Collins."

Elizabeth não podia se opor a tal injunção — e, após atentar brevemente para o fato de que seria melhor passar logo e sem alarde por aquilo, sentou-se de novo e tentou disfarçar seus sentimentos, que se dividiam entre a aflição e a distração. A senhora Bennet e Kitty continuaram andando, e quando não estavam mais à vista o senhor Collins começou.

"Creia, minha cara senhorita Elizabeth, que sua modéstia, longe de lhe fazer um desserviço, antes se agrega a suas outras tantas perfeições. Você seria menos agradável aos meus olhos sem essa sua pequena relutância; mas quero deixar claro que tenho a permissão de sua mãe para falar. Você não deve ter dúvidas sobre o propósito do que vou dizer, ainda que sua delicadeza natural o dissimule; minhas intenções foram muito claras para serem mal interpretadas. Praticamente no mesmo instante em que entrei na sua casa, vi em você a companheira para o resto da minha vida. Mas, antes que me deixe levar pelos sentimentos nesse assunto, talvez fosse aconselhável declarar meus motivos para me casar — mais que isso, para vir de Hertfordshire com o desígnio de escolher uma esposa, como certamente fiz."

A ideia do senhor Collins, com toda sua solene compostura, deixando-se levar por sentimentos quase provocou risos em Elizabeth, que, desconcertada, perdeu a chance de usar uma breve pausa concedida por ele para impedi-lo de ir adiante, e, portanto, ele continuou: "Meus motivos para casar são, em primeiro lugar, que um clérigo em boa posição (como *eu) deve dar o exemplo do casamento na paróquia. Em segundo, que estou convencido de que aumentará enormemente a minha felicidade; e em terceiro — o que talvez devesse ter mencionado antes — a indicação e os conselhos da nobre dama a quem tenho a honra de chamar de minha protetora. Duas vezes ela se dignou a me dizer sua opinião (jamais solicitada!) sobre o caso; e foi justamente no sábado anterior à minha partida de Hunsford — em meio aos nossos pares na quadrilha, enquanto a senhora Jenkinson arrumava o escabelo da senhorita de Bourgh, que ela me disse: 'Senhor Collins, o senhor deve se casar. Um clérigo deve se casar. Escolha bem, escolha uma dama em minha honra; e, para a sua própria, deixe que ela seja um tipo de pessoa ativa, útil, não uma criada no luxo, mas alguém capaz de usar bem uma pequena renda.*

Esse é o conselho que lhe dou. Encontre essa mulher o quanto antes, traga-a a Hunsford, e irei visitá-la'. Permita-me, por falar nisso, observar, minha bela prima, que não considero o favor e a generosidade entre as menores das vantagens que estão em meu poder oferecer. Você verá como são os seus modos indescritíveis; e creio que sua presença de espírito e vivacidade serão aceitáveis aos olhos dela, especialmente quando temperadas com o silêncio e o respeito que a posição dela inevitavelmente suscita. Era isso, em suma, que eu tinha a dizer em linhas gerais a favor do casamento; resta dizer por que minha visão foi atraída para Longbourn em vez de ficar na minha própria região, onde posso garantir que existem muitas moças simpáticas. O fato é que sendo eu, como sou, o próximo herdeiro desta propriedade depois da morte de seu estimado pai (que, não obstante, ele possa viver bem ainda muitos anos), não me dei por satisfeito enquanto não escolhi uma de suas filhas como esposa, para que seu prejuízo fosse o menor possível quando o melancólico acontecimento sobrevier — o qual, contudo, conforme já disse, pode ser que só ocorra daqui a muitos anos. Esses são meus motivos, minha bela prima, e confio que não me façam cair em sua estima. E agora nada mais me resta senão lhe garantir na linguagem mais entusiasmada a intensidade da minha afeição. À fortuna sou perfeitamente indiferente, e não farei exigências dessa natureza a seu pai, uma vez que sei muito bem que isso não poderia ser fornecido; e que quatro por cento de mil libras, que só serão seus depois do falecimento de sua mãe, são tudo a que você tem direito. Quanto a isso, portanto, manterei total silêncio; e você pode estar certa de que jamais um comentário mesquinho sairá dos meus lábios depois que estivermos casados."

Jane havia feito várias pausas durante a leitura, lançando olhares para os pais e irmãos. Até aquele instante, ninguém parecia estar dormindo por tédio e apenas Anna bocejava com a boca bem aberta. Os outros rostos mantinham-se impassíveis. Nervosa, Jane mordeu os lábios, mas prosseguiu.

Era absolutamente necessário interrompê-lo agora.

"O senhor é muito afobado", exclamou ela. "Está se esquecendo de que não respondi ainda. Deixe-me fazê-lo sem mais perda de tempo. Aceite o meu agradecimento pelo elogio que o senhor fez a mim. Entendo muito bem a honra da sua proposta, mas para mim é impossível fazer outra coisa senão declinar."

"Você não precisa me dizer", respondeu o senhor Collins, com um meneio formal, "que é comum entre as jovens damas sempre rejeitar o homem que secretamente desejam aceitar quando ele a aborda na primeira vez; e que às vezes a recusa se repete ainda uma segunda ou até uma terceira vez. Não estou, portanto, nem um pouco desestimulado pelo que você acabou de dizer, e espero levá-la em breve para o altar."

"Posso jurar, senhor", exclamou Elizabeth, "que sua esperança me parece extraordinária diante da minha declaração. Garanto que não sou dessas moças (se é que existem essas tais moças) tão ousadas que arriscam sua felicidade na eventualidade de uma segunda proposta. Estou sendo absolutamente séria em minha recusa. O senhor não poderia me fazer feliz, e estou convencida de que sou a última mulher no mundo capaz de fazê-lo feliz. Não, se a sua amiga Lady Catherine me conhecesse, tenho certeza de que me acharia, sob todos os aspectos, desqualificada para a posição."

Como ninguém ainda tinha dado nem um pio, Jane saltou alguns parágrafos. Nesse momento, sua voz não parecia mais tão autoconfiante e cheia, mas ela se recusava a admitir que sua impressão estava errada. Se ninguém estava rindo...

Não, ela prosseguiu. O Sr. Collins, Lizzy, a Sra. Bennet eram todos seres adoráveis e os diálogos eram ácidos e engraçados, mesmo se ninguém além dela percebesse isso. Pelo amor de Deus, será que ela era tão teimosa quanto o Sr. Collins? Será que ela errou ao se imaginar na pele de Lizzy?

Bem, ela tinha de prosseguir com a cena até o fim; afinal, o que mais lhe restava?

"Você é inteiramente encantadora!", exclamou ele, com um ar de galanteria enviesada. "E estou convencido de que, quando sancionada pela autoridade expressa de seus excelentes pais, minha proposta não deixará de ser aceita."

Jane ergueu mais uma vez o olhar e abaixou o manuscrito.

"Então?"

"Jane", disse Cass depois de um tempo no celeiro silencioso e gelado. "Jane", repetiu ela com uma voz cadavérica, caindo de repente na maior gargalhada. "Foi incrível!"

Em seguida, foi a vez da sua mãe começar a rir e pegar um lenço para secar os olhos. James tinha feito uma careta cortês e Henry acompanhou as risadas da irmã.

"O quê?", perguntou a pequena Anna. "Qual foi a graça?"

O pai de Jane passou a mão sobre a cabeça da neta, não falou nada, mas olhou fixamente para Jane. Em seu olhar havia afeição e respeito. Ele assentiu com a cabeça e ela retribuiu o gesto, cheia de esperança.

CHAWTON, CONDADO DE HAMPSHIRE
Agosto de 1809

"Jane, temos visitas!"

Jane estava ocupada.

"Jane, venha cumprimentar a senhorita Benn. Eu a convidei para o chá."

"Mais tarde, mamãe."

"Jane, mas você..." Ela não terminou a frase, mas os 33 anos que ela era filha da Sra. Austen já haviam ensinado Jane a ouvir também aquilo que sua mãe não dizia.

Mas você precisa, pois não consigo sozinha.

Estranho, pensou Jane, que apertou os lábios e rosqueou o tinteiro com um suspiro irritado. A Sra. Austen parecia sempre tão decidida com seu nariz pronunciadamente aquilino. Se quisesse, podia dar ordens para meio vilarejo. Em vez disso, depois da morte do marido ela passou a desempenhar o papel de sofredora e necessitada.

Sua vizinha, a senhorita Benn, vinha toda semana para o chá. Cinco anos mais velha do que Jane, era pequena e quase transparente. Logo tomou assento na sala e seus olhos baços, mas amistosos, demonstravam gratidão.

"Que bom que você nos dá o prazer de sua companhia, senhorita Jane. Vem mais alguém ou somos apenas nós? Nenhuma quarta xícara?"

Jane negou. Cass e Martha tinham saído para passear; ambas disseram — com algum constrangimento — que era difícil olhar para a senhorita Benn. Sua vizinha refletia o futuro que as aguardava em algum momento. Ela vivia sozinha e retraída, e quando caminhava pelas ruas com o sobretudo fino demais, fechado, as crianças riam às suas costas, algumas atirando pedras nela.

Jane serviu as xícaras. Como tantas vezes nos últimos tempos, ela derramou um pouco e limpou apressadamente. Quando a mãe testemunhava o ocorrido, ela afirmava que Jane padecia do mesmo mal que ela, supostamente, dizia ter. Entretanto, Jane percebia cada vez mais as mãos trêmulas. Além disso, a frequência das inflamações oculares também tinha aumentado. Ela não sabia o que era pior: o esforço para segurar a pena sobre o papel e alcançar um resultado legível ou mal reconhecer o que havia escrito, visto que os olhos inchados ardiam demais.

Jane notou o olhar preocupado da senhorita Benn. Ela torceu para que a vizinha não contasse nada à sua mãe.

"Aceita uma bolachinha?", perguntou Jane.

Às vezes, Cass e ela achavam que a senhorita Benn se alimentava unicamente daquilo que lhe era oferecido no chá dos Austen. Pelo menos, ela vivia *em razão* dessas visitas — não havia dúvidas a esse respeito.

"Fiquei com vontade de ouvir mais sobre as irmãs Bennet", disse a senhorita Benn, tímida. "Achei tão divertido da última vez. Que triste, pensei, ao voltar para casa, você não conseguir me emprestar o livro. Eu adoraria ler em voz alta para mim mesma, sabe? Mas já que você não o acha mais..." Ela encarou Jane com um olhar de súplica.

"Deve ter se perdido em uma das mudanças", desculpou-se Jane e sorriu. "Eu também acho muito trágico, gostaria muito de reler o livro, principalmente ler em voz alta para você. Mas felizmente guardei muita coisa na cabeça."

"Você deve ter lido inúmeras vezes para conseguir recitar diálogos inteiros."

Jane só conseguia abafar com dificuldade a alegria infantil que sentia quando se tratava de *Primeiras Impressões*. Ela se sentou e checou, uma vez mais, se ainda havia marcas do chá derramado.

"Tenho uma boa memória", falou ela por fim.

"Sim", suspirou a senhorita Benn, "o que é uma sorte para mim."

A senhorita Benn achava que o romance que Jane lhe contava às tardes, durante o chá e as bolachinhas, tinha sido escrito há anos por uma senhora que queria permanecer anônima e que se intitulava *A Lady*. Depois, Jane se divertiu pensando que não conseguiria ter arrumado um pseudônimo melhor que aquele que arranjou na hora. Para responder à senhorita Benn, ela poderia ter chamado a autora de Melissa Applethon ou Catherine Vanderbilt. Mas se tratava de *A Lady*, e quanto mais tempo a autora se chamava assim, mais ela gostava da solução.

Quem sabe, ela pensou, divertida, se um dia talvez eu não me chame realmente assim?

Mas ela estava muito distante de uma publicação, e enquanto não houvesse um editor, ela também não precisaria de pseudônimo. No momento, Jane estava mudando febrilmente os capítulos de ordem, trocava palavras de que não gostava, formulava diálogos ou cortava parágrafos inteiros, de modo que muitas vezes o que estava à sua frente era uma grande confusão.

Esse trabalho não era exatamente recompensador. Ela preferia escrever do que analisar o escrito com o olhar frio de um editor, vendo qual personagem era crível ou qual deveria ser banida da história. Na realidade, ela queria manter tudo. Cada ponto ou cada letra, mesmo os mais insignificantes. Mas ela percebia que, com a revisão, o texto ia amadurecendo, mais curto, enxuto, transbordando energia.

A boa senhorita Benn a ajudava involuntariamente nesse sentido.

"Da última vez", falou ela, mexendo com o rosto animado no seu chá, "você me contou que Elizabeth não consegue se decidir pelo amor. Ela é orgulhosa, se tem em altíssima conta para uma dama e não é modesta..."

"Você tem toda razão." Ah, as palavras da senhorita Benn, possivelmente em tom de crítica, eram música nos ouvidos de Jane.

"Mas por que ela não se apaixona logo de pronto pelo Sr. Darcy? É isso que não entendo. Um homem tão elegante, rico — qualquer mulher ficaria encantada. Ele é, pelo menos como o imagino, também muito atraente."

"Porque ela é orgulhosa demais. Algo que, ironicamente, ela o acusa de ser."

A senhorita Benn tombou a cabeça de lado, numa pose de dúvida.

"Eu entenderia se ela estivesse apaixonada por outro. Por um homem que lhe parecesse mais adequado. Se ficasse provado, por outros meios, que ela não deveria se casar com ele, embora ache que ele mereça totalmente seu afeto."

Pensativa, Jane encarou-a.

"Mas", a senhorita Benn deu de ombros, "claro que não sou escritora, Deus me livre. Minha opinião não conta. É melhor eu não falar nada a respeito."

Jane se levantou tão rapidamente que a cadeira quase caiu para trás.

"Perdoe-me, senhorita Benn, você ficaria muito brava se mamãe lhe fizesse companhia agora? Acabei de me lembrar que... Tenho de resolver um assunto com urgência."

Desapontada, a senhorita Benn olhou para ela.

"Não, claro que não, senhorita Austen. Até mais."

Jane saiu correndo da sala e quase trombou com a mãe no corredor.

"Desculpe, mamãe, volto logo."

"Mas Jane..."

Jane, porém, já tinha vestido o casaco, o gorro e colocado os sapatos. Ela tinha de sair, precisava de ar fresco para pensar.

Do lado de fora, soprava um vento leve espalhando o aroma de maçãs e feno. Jane tomou o caminho para Chawton House. Não para visitar o irmão, mas porque o parque lhe oferecia a oportunidade de caminhar sem qualquer tipo de perturbação.

Um outro homem, ela pensou, um outro homem pelo qual Lizzy se apaixonaria. E imediatamente ela o viu diante de si, falando baixinho para não esquecer as palavras:

"Mas a atenção de todas as senhoritas foi despertada por um rapaz que nunca tinham visto antes, de aparência muito distinta, caminhando com um oficial do outro lado da rua. O oficial era o próprio senhor Denny, cujo retorno Lydia fora apurar, e fez uma mesura ao passar por elas. O senhor Denny dirigiu-se diretamente a elas e pediu permissão para apresentar o amigo, senhor Wickham, que voltara da cidade com ela um dia antes e estava feliz em anunciar que ele assumiria um posto na corporação. Era só o que faltava; pois o rapaz só precisava de um uniforme."

Satisfeita, ela caminhou mais rápido, sorrindo. Quem a visse naquele momento, imaginaria estar diante de uma louca. Como ela estava grata à senhorita Benn! Ela havia apontado a incongruência com a qual Jane havia lutado e depois a pobre boa vizinha tinha até lhe apontado uma saída!

Sr. Wickham... Ela o delineou grosseiramente. Do que gostava, o que queria? Como conseguiu agradar Lizzy, que nunca se deixava enganar? Bem, ele tinha o costume de fingir ser outra pessoa, mas isso era suficiente? Será que a senhorita Benn não perguntaria, brava, como Elizabeth não enxergava algo que até ela — a leitora — enxergava?

Era possível resolver, mas tinha de haver um estratagema, algo como... "Eles se conhecem", disse Jane em voz baixa, parando subitamente.

"O Sr. Darcy e ele se conhecem. Já se cruzaram anteriormente e o Sr. Wickham lhe pediu dinheiro emprestado... Não." Ela balançou a cabeça e continuou caminhando. Os pássaros nas copas das árvores trinavam, o sol iluminava suavemente o caminho arenoso à sua frente, mas Jane não percebia nada disso.

"Não se tratava de dinheiro, isso é muito indigno, e além do mais o Sr. Darcy tem bastante." Qual seria o calcanhar de Aquiles de Darcy?, pensou Jane. Qual seu ponto fraco?

Um sorriso tomou conta de seu rosto. Mais uma vez ela parou, dessa vez tombando a cabeça para trás e sentindo o sol, o vento nas faces, o calor e a felicidade que sempre a acompanhavam quando tudo se esclarecia, quando todos os fios soltos se juntavam e a história finalmente tomava sua forma definitiva.

"Georgiana", sussurrou ela.

A irmã de Darcy. Seu ponto mais fraco era seu amor por ela. E quanto mais Darcy falava mal de Wickham, mais facilmente Elizabeth — que era não apenas inteligente, mas também teimosa — se enganava.

~

SEGUNDA PARTE

*"Eu também quero ser feliz como todo mundo;
mas, como todo mundo,
apenas se fora à minha maneira."*

JANE AUSTEN EM *RAZÃO E SENSIBILIDADE*

STEVENTON, CONDADO DE HAMPSHIRE
16 de dezembro de 1800

"Jane! Jane, querida, finalmente você chegou! Vamos, desça rápido, se apresse!"

Espantada, Jane colocou a cabeça para fora da janela da carruagem. Eles ainda não tinham parado e, portanto, agilizar o desembarque não era uma boa ideia.

Sua mãe estava no cruzamento da Main Street com a rua da casa paroquial, acenando vigorosamente. Não era comum ela ser buscada pelos pais; afinal, às vezes esperava-se horas por uma carruagem. Talvez tenha sido um feliz acaso de eles terem percebido a filha atrás de si no caminho de volta para casa. De todo modo, o fato era que fazia tempo que Jane não via a sra. Austen tão feliz. O pai de Jane estava ao seu lado, ele também ergueu a mão e acenou, alegre, mas claramente menos animado do que a esposa.

"Só fiquei fora por apenas duas semanas", disse Jane pela janela aberta. As rodas estalavam no chão gelado. Jane tinha passado tanto frio que mal conseguia levantar a mão.

"Mas hoje é seu aniversário, querida", exclamou a mãe, radiante, "como não abraçar você bem forte, de um jeito que você nem consiga respirar?"

Quando a charrete foi diminuindo a velocidade e, por fim, acabou parando, Jane abriu a porta antes de o cocheiro vir, despediu-se dos outros passageiros e tentou descer da maneira mais elegante possível, sem vacilar.

Apesar da idade avançada, sua mãe veio correndo ao seu encontro e abriu os braços.

"Parabéns, minha querida, tudo de bom para você! Vamos para casa. Temos novidades, novidades extraordinárias, não é, Sr. Austen? Vamos, Jane, apresse-se!"

Com sua pequena mala, que continha o indispensável para sua visita a Martha Lloyd em Ibhtorpe, Jane foi para perto do pai, que a beijou no rosto e sussurrou: "Não se deixe contagiar pela sua mãe. Há dias que ela está assim. É um pouco exaustivo, mas espero que você se acostume."

"O que aconteceu? Que novidades são essas?", perguntou Jane em voz baixa.

"Vamos logo, vocês dois", falou a sra. Austen, já quase chegando na curva de onde era possível avistar a casa paroquial. "Não temos tempo a perder."

"Você logo vai descobrir", sussurrou o pai em resposta, acelerando um pouco o passo.

Quando Jane chegou à casa paterna, notou como seu rosto estava sujo. Janelas abertas de charrete tinham suas vantagens em dias quentes e abafados de verão, mas no inverno eram uma catástrofe. Pedacinhos de lama seca caíram no chão quando ela tocou as bochechas. Com um pano úmido, que Susanna havia lhe entregado, Jane se limpou e tirou o sobretudo; a mãe literalmente arrancou-lhe o gorro das mãos, tamanha sua impaciência. Espantada consigo mesma, ela olhou para baixo e ralhou com Susanna.

"Por que você não ajuda a senhorita Jane, mocinha? Aqui, pegue isso. E leve um copo de vinho até o quarto de estudos do Sr. Austen. Para festejar o dia. Além disso, nossa Jane está congelada."

"Mamãe", disse Jane, tentando alertá-la. Ela não gostava quando a Sra. Austen ficava tão agitada que começava a maltratar Susanna ou a cozinheira. Quando estava equilibrada mentalmente, isso nunca acontecia.

De todo modo, o copo de vinho apareceu em ótima hora. A bebida aquecia; além disso, Jane estava com a impressão de que precisava se armar com alguma coisa — contra o que era um mistério, mas a Sra. Austen não ficava tão agitada assim todos os dias. Ela ainda nem mencionara suas enfermidades. Havia algo no ar, sem dúvida. Mas o que era?

Assim que Jane entrou no quarto de estudos do pai com o copo de vinho, ele se sentou à escrivaninha. Ele parecia estar se protegendo de algo, embora parecesse excessivamente animado.

"Bom, bom", ele disse, "que você está de volta, querida filha! E meus parabéns! Completando um quarto de século, não é maravilhoso?"

Jane olhou para ele, desconfiada. Uma idade avançada assim não era algo que uma moça festejasse, principalmente se não tivesse uma porção de filhos na barra da saia nem um marido por perto. E, ainda por cima — o que era mais doloroso para Jane —, o sucesso não estava em vias de acontecer. Depois do primeiro revés de *Primeiras Impressões* e o sucesso discreto que se seguiu, no celeiro doméstico, Jane não passou nenhum dia sem escrever ou editar o que havia escrito. Ela começou a se considerar uma verdadeira artista por conta do uso da tesoura e da cola para fazer as emendas necessárias. Seus manuscritos, consequentemente, pareciam assustadores — quase não havia palavra que não tivesse recebido várias emendas, com outra palavra que lhe parecia melhor colada por cima, até que, na leitura seguinte, era substituída por *mais outra* palavra...

Apesar disso, ela ainda não tinha tido coragem de iniciar uma nova tentativa de publicação. O que era bom, pois a protegia da decepção. Mas também era terrível, porque pouco a pouco ela era tomada pela sensação de estar parada no lugar. Havia dois manuscritos que ela tinha retrabalhado diversas vezes, *Elinor e Marianne* e *Primeiras Impressões*. Além disso, também havia *Susan*, uma viagem àquilo que lhe proporcionava um prazer diabólico: o mundo das histórias comoventes. O assunto havia lhe trazido de volta a leveza que tinha sido perdida nas inúmeras edições dos dois romances citados. Tinha sido delicioso satirizar tudo aquilo que ela adorava ler, mas que nunca podia levar muito à série.

Três manuscritos. Nenhuma publicação. E 25 anos de idade. Podia ser pior, mas também podia ser melhor.

O que os seus pais estavam tramando? Ou, melhor dizendo: o que era que os transformava em crianças pequenas, agitadas, que quase não conseguiam ficar quietas e de boca fechada?

Ela se lembrava muito bem da última conversa naquele lugar com o pai. Tinha acontecido há apenas seis semanas e Jane fazia de tudo para não pensar muito no assunto de novo. Sem encará-la, seu pai havia lhe contado que conversara com madame Lefroy.

"Ela me disse que o sobrinho, bem..." Ele tinha pigarreado várias vezes. "O Sr. Lefroy, o Sr. Tom Lefroy se casou." Mais um pigarro.

Jane se manteve imóvel, perguntando-se se devia sentir alguma coisa. Mas apesar de ter prestado muita atenção em si mesma, não notou nada nesse sentido.

Por que não?

Ela havia debatido o tema com Martha em Ibthorpe e nem juntas elas conseguiram chegar a uma explicação. Mas na noite anterior, um dia antes do seu aniversário, Jane começou a chorar e assim ficou nos braços de Martha por tanto tempo até que seus olhos começaram a arder e o nó na garganta se dissolveu.

Mas seu pai não lhe falaria nada semelhante nesse momento, ou... sim?

"A viagem foi agradável?", perguntou a mãe, curvando-se para frente, ansiosa.

"Sim", disse Jane. "Obrigada."

Ela passou a mão pelos cabelos úmidos e frios. Suas mãos estavam bem vermelhas, principalmente nos lugares onde as luvas eram furadas.

"Jane", começou a mãe mais uma vez, mas depois fechou a boca e olhou, sem saber como continuar, para o pai de Jane, que parecia estar querendo sumir dali.

Depois de um tempo, no qual a Sra. Austen o esteve encarando, ele abriu a boca. Mas não lhe foi possível nem repetir os votos de felicidades, pois já estava sendo novamente interrompido por Mary e James, que entravam com os olhos brilhantes.

"Olá, Jane", exclamou Mary, que, como os pais de Jane, estava animada demais com um simples aniversário.

Jane retribuiu o cumprimento e também acenou para James. Depois, a troca de amenidades com Mary — que perguntou como ia a irmã em Ibhtorpe. "Muitíssimo bem", respondeu Jane. "Ela não sabia que eu veria você já hoje, mas pediu que eu lhe transmitisse lembranças carinhosas" — desviou Jane por um segundo da pergunta sobre o que esses dois estavam fazendo na casa paroquial naquele momento. Afinal, os feriados natalinos aconteceriam apenas na semana seguinte.

"Onde está Cass?", perguntou Jane.

Sua mãe baixou tão rapidamente o olhar que Jane se sentiu mal. Ela olhou para o pai, que se dedicava a encher meticulosamente o cachimbo, e depois para James. O rosto do irmão, porém, estava como sempre indecifrável e frio. Jane ainda não sabia interpretar com precisão as feições de Mary, por isso não se fixou nela e voltou a se dirigir à mãe. Daí ela notou algo.

"Anna e William vão ganhar uma irmãzinha?", perguntou ela com a expectativa de ter chegado perto. Claro, qual outro motivo poderia haver para aparecer sem mais na casa paroquial? Eles traziam boas novas, um terceiro filho, e Jane não invejava Mary nem um pouco por isso.

Os dois se entreolharam, confusos.

"Ou um irmãozinho?", prosseguiu Jane, mas estava claro: a novidade, seja qual fosse, não tinha nada que ver com o aumento da família.

"Vamos nos mudar!", exclamou a mãe.

Jane não acreditou no que estava ouvindo.

"Vamos nos mudar para Bath. Cass, você, eu e papai. Vamos nos mudar para Bath, filha, não é maravilhoso?"

Jane ficou paralisada. Era como se tudo dentro dela tivesse sido sugado para fora, todos os pensamentos, todos os sentimentos. E, como se estivesse bem longe de si mesma, ela escutou novamente a voz da mãe.

"Você não está contente? Você gosta de Bath."

Ela gostava de Bath?, perguntou-se Jane, enquanto tentava se concentrar numa porção de outras coisas — em respirar e ficar em pé, embora estivesse prestes a cair.

Para Bath.

Sair de Steventon. Sair da sua casa. Afastar-se das amigas, dos vizinhos, das colinas, dos gramados, dos campos, das bétulas, dos carvalhos, dos pântanos. Ela conhecia cada curral dali e conseguia até distinguir a maioria das ovelhas umas das outras.

Para Bath.

Bath era grande, era impessoal, as pessoas tinham de estar sempre arrumadas — algo que dava prazer nas férias, mas sempre? Nada de barras de saias com crostas de sujeira. Nada de longos passeios a sós pela natureza. Possivelmente nada de luz matinal no quarto, algo de que ela tanto gostava. Quando ela se sentava à escrivaninha banhada pelos raios do sol nascente e daí começava a escrever...

Jane tinha estado algumas vezes em Bath, pois seu tio morava lá. Das visitas, ela se lembrava das ruas animadas, do barulho das carruagens e dos garotos que vendiam jornais, mas também do barulho dos turistas, pois não dava para descrever de outro jeito: justamente aqueles que queriam descansar em Bath eram o responsáveis pelo exato oposto de descanso.

À época, Jane tinha absorvido todas as impressões, divertiu-se, mas ficou felicíssima em voltar para casa. Agora ela teria de viver por lá? E, o mais importante, o que seria da paróquia?

Ela virou o rosto devagar e encarou Mary, depois o irmão. Foi então que ela percebeu o motivo da presença deles ali — todos já sabiam que a sua vida seria colocada de ponta-cabeça, que Jane perderia tudo de que gostava.

"Vocês estão mudando para cá?", perguntou ela em voz baixa, tentando disfarçar seu crescente desespero. "A paróquia em Deane não é grande o suficiente para vocês?"

James era educado o suficiente para baixar o olhar. A alegria também havia desaparecido do rosto de Mary, que mantinha os lábios pressionados e, de repente, pareceu querer estar tão longe dali quanto Jane logo estaria.

Jane assentiu. O silêncio já bastava como resposta. O quarto de Cassandra e dela não seria mais de Cassandra e dela. Ela amava cada canto daquela casa. Ela conhecia cada marca na madeira das janelas, cada prego torto no assoalho. Ela conseguia adivinhar a origem de cada som, de cada estalido. E os campos ao redor! Não podia haver vista mais bonita do que uma manhã de primavera com o sereno sobre a grama e a neblina se dissipando lentamente. E o celeiro, onde ela apresentava seus trabalhos ou onde se fantasiava com os irmãos para fazer teatro e imaginar que estavam num dos palcos de Londres.

"Vamos vender tudo, Jane", disse sua mãe, apressada e com as faces vermelhíssimas. "Principalmente a biblioteca do seu pai. Afinal, quem consegue carregar tantos livros, ainda mais para Bath?" Ela soltou uma risada, mas que não pareceu de felicidade. "Também os móveis. Pelo menos, a maioria deles. Ainda não sabemos o tamanho da nossa casa por lá. Primeiro ficaremos com meu irmão. Em seguida, veremos como prosseguir. Oh, Bath. Seu pai e eu estamos tão animados."

Seu pai queria mesmo ir para Bath ou tinha apenas concordado com a mulher? Estoico, ele ainda desviava do olhar de Jane.

O que Cass havia dito àquilo? Ela já estava informada? Mas de que adiantava a pergunta? Se Cass ainda não soubesse, certamente estaria presente ali. É provável que não quisesse ser testemunha de uma cena feia, mesmo se o que Jane mais queria naquele instante fosse a irmã ao seu lado.

Ela pigarreou e percebeu como atraiu a atenção de todos.

"E vocês gostariam de saber minha opinião a respeito?"

"Como assim?", perguntou a mãe, confusa.

Seu pai deu uma tossidinha leve e, com isso, acabou pondo fogo no conteúdo de seu cachimbo. Em seguida, depois de uma baforada, tossiu de novo. Dessa vez, mais alto.

"Não quero ir para Bath."

"Entendo, mas, filha, você não está em condições de decidir", explicou a mãe num misto de indignação e desânimo.

Jane piscou. Ela não queria chorar, não agora, não ali, não diante da Mary idiota e do não menos idiota James.

"Não quero me mudar. Esta é minha casa. Nasci aqui. Quero ficar até morrer."

Ninguém contestou.

"Em Bath..." Ela hesitou. "Em Bath", começou de novo, "vou trabalhar como? Como vou escrever? Preciso de um vilarejo, uma porção de gente com suas predileções e segredos, é suficiente. Não quero nenhuma cidade, nada de bailes barulhentos, nada de chás das cinco."

"O piano", prosseguiu a mãe, como se Jane não tivesse dito nada, "claro que também vamos vender o piano. Ele é muito grande, muito desajeitado. Nós... eu... Sr. Austen, diga alguma coisa."

Mas ele apenas olhou com preocupação para Jane.

"E..." Agora era a vez da Sra. Austen pigarrear. "Acho, penso, nós pensamos que você deveria vender também sua escrivaninha. Tenho certeza de que você conseguirá um bom dinheiro por ela. O que você fará com ela em Bath, Jane? Tanta coisa emocionante a aguarda por lá. E o fato de justamente hoje ser seu aniversário de 25 anos, bem, queremos chamar isso de feliz acaso, de início de um novo futuro. Os senhores em Bath, Jane, a oferta, você..."

Ela fechou a boca e olhou para Jane com crescente irritação.

"Ah, não seja tão teimosa! Todos nós estamos contentes e o clima será benéfico para a saúde de seu pai."

"Querida, por favor", disse o pai de Jane, em voz baixa.

"Não, vamos chamar as coisas pelo nome! Você não está mais saudável, meu caro, e o que há de melhor para se fazer do que nos mudarmos para uma região procurada por gente de todo o mundo em busca de recuperação e convalescença? Quem tem essa possibilidade? Ninguém além de nós, pois ninguém tem um irmão lá como eu e..."

"Tenho certeza de que existe um ou outro irmão em Bath que não possa chamar de seu", disse o Sr. Austen, ainda sem erguer a voz. "Mas, Jane, é verdade. Não sou mais o mesmo, é horrível ter de dizer. Sua mãe e eu somos da opinião que merecemos um pouco de tranquilidade e paz num lugar bonito."

"E não há paz", disse Jane, "e tranquilidade por aqui também? Vocês querem tranquilidade justo em Bath?"

Mais uma vez, todos fizeram silêncio.

"Ou não é bem assim como mamãe falou? Talvez vocês tenham esperanças de ainda arranjar um marido para mim, e visto que todos os vizinhos estão comprometidos e simplesmente ninguém se muda para cá ou ao menos visita o vilarejo, porque há muito já se espalhou a notícia de que em Steventon as duas moças da família Austen estão passando por uma terrível carência de maridos? Vocês acreditam mesmo que podem nos empurrar para um baile qualquer e os homens vão cair aos nossos pés?"

"Jane", balbuciou a mãe, "você está perdendo a compostura."

"Sim", disse Jane com convicção, "é o que está acontecendo. Perdi a compostura e meu respeito por vocês caso resolvam mesmo fazer isso comigo e com Cass."

"Agora chega." Seu pai ergueu-se lentamente, mas de maneira digna. Severo, olhou para ela. "Está decidido. Vamos nos mudar em maio para Bath e o que você pensa ou diz a respeito não importa, gostaria apenas que você estivesse tão contente como sua mãe e eu. Agora vá. Você está certamente exausta da viagem. Descanse."

Jane olhou para a mãe com os olhos apertados, depois se virou para Mary e James, que continuavam ali com os semblantes constrangidos.

"Não vou acompanhá-los", afirmou Jane, virando-se mais uma vez. "Não vou me mudar para Bath."

BATH, CONDADO DE SOMERSET
17 de maio de 1801

"Uma mulher sozinha na idade dela dificilmente terá a felicidade de contrair um casamento."

Mesmo que a mulher com o chapéu amarelo-limão tentasse falar com um tom de voz baixo, seu intento era em vão. Jane fez de conta que não estava escutando, mas se sentiu muito idiota agindo assim. Desde que saíra da igreja para o ar livre e o sol ardente, ela se sentia observada. E não se tratava de sua imaginação.

"Ouvi dizer que já está com 25 anos", opinou uma jovem num traje exageradamente armado, cuja cor não era muito diferente da primeira palpiteira, e que se escondeu rapidamente atrás de seu leque assim que Jane encarou-a, consternada.

"Vinte e cinco?", ecoou a terceira no grupo, como se não existisse infelicidade maior.

"Pelo que ouvi dizer, sim."

"Pelo amor de Deus. Pobres dos pais!"

A Sra. Austen, que estava cantarolando ao lado de Jane, não parecia alguém que precisasse receber compaixão. Naquele instante, excepcionalmente, Jane estava contente por sua mãe se ocupar apenas de si mesma. Pelo menos ela não parecia ter notado as três mulheres que continuavam a encarar Jane com constrangedora curiosidade.

"Vinte e cinco?", repetiu a primeira. "Isso é mesmo... inacreditável!"

O que ela podia dizer a respeito?

Sinto muito por representar tamanho atrevimento para vocês. Caso lhes console, eu asseguro que a situação é ainda mais terrível para meus pais.

Sim, ela poderia dizer isso, mas não o fez. Não porque o sentimento de educação a impediu. Jane não sentia necessidade de se tornar assunto da cidade logo duas semanas após sua chegada e esse seria o resultado inevitável caso soltasse a língua.

Por essa razão, ela apenas riu, comedida, e se afastou, para imediatamente encarar duas outras mulheres que supostamente estavam falando do mesmo assunto que o trio de amarelo-limão. Ao se virar um pouco, ela ficaria frente a frente com a porta da igreja, que, achava, seria a melhor companhia naquele lugar. Entretanto, começar uma conversa com uma edificação seria muito estranho. Visto que não teve ideia melhor, ela olhou para as pontas dos pés, que brilhavam. Sua mãe pedira pela manhã que ela encerasse os sapatos, pois sapatos não encerados eram malvistos em Bath. Na opinião de Jane, ir à igreja com sapatos recém-encerados era o mais puro desperdício. Afinal, a escuridão não era total debaixo dos bancos?

"E a irmã dela", aquela do vestido armado amarelo-claro voltou a sussurrar alto demais.

Jane fechou os olhos e se esforçou em ouvir com a máxima atenção. As patas-chocas podiam falar mal de Jane, ela era orgulhosa o suficiente para não se machucar muito com isso. Mas quem queria reclamar de Cass tinha de ter cuidado.

"Sim, ouvi falar da tragédia", retrucou a amiga novamente alto. "Ela já tem *vinte e oito*, não é verdade? Viúva antes mesmo de ter se casado! E agora ninguém mais a quer. Ou será que ninguém ainda a quer *mesmo*?"

Com a cabeça erguida, Jane se aproximou das três. Ela falou baixo, mas de maneira extremamente clara. "A verdade não é bem essa, querida, se me permite a intromissão. Quem nunca se casou não pode ser tocado pelo destino trágico da viuvez, algo que é um maravilhoso consolo para todas *solteironas*. De todo modo, uma coisa a menos para se preocupar, vocês também não acham?"

Todas as três sumiram atrás de seus leques.

"Acreditem em mim quando lhes asseguro que minha irmã não precisa de sua compaixão. Mais fácil ela sentir pena de algumas mulheres da sociedade cujos maridos não fazem outra coisa durante o prezado chá da tarde do que ficar bebericando seus licores e correndo atrás das cunhadas."

Era difícil que esse seu palpite correspondesse à verdade, mas parecia que ela não tinha errado tanto assim. A senhora à sua frente empalideceu e, com o leque trêmulo, rapidamente se virou e foi embora.

Pela primeira vez desde que tinha chegado a Bath, Jane sentiu satisfação. Sua mãe, que ainda estava onde Jane a deixara pouco antes, continuava cantarolando. Jane pensou que a mãe não devia ser tão surda e cega como fazia de conta, mas preferia apenas notar aquilo que lhe interessava, ignorando todo o resto com estoica indiferença. Jane pensou que deveria exercitar também a arte de passar por cima dos incômodos cantarolando! Certamente seria algo muito útil em sua nova cidade.

A Sra. Austen observava a igreja, feliz. Ali, em St. Swithin, ela havia se casado com o pai de Jane; uma visita ao lugar era como tomar uma poção rejuvenescedora. Bath como um todo exercia tal efeito sobre ela. Nunca antes Jane havia testemunhado a mãe tão bem-humorada. Havia dias em que ela não se queixava nem uma vez da gota. Em que aparecia com ótima disposição na mesa do café e ia se deitar com igual animação, consumindo apenas metade da dose de tintura de ópio.

"Ah, Jane", suspirou a Sra. Austen, radiante. "Aqui não é simplesmente maravilhoso?"

"É", respondeu Jane e sorriu, constrangida. "Tão maravilhoso que não tenho palavras para descrever minha felicidade."

Feliz, a mãe tocou no rosto da filha, oferecendo-lhe o braço e dizendo: "Eu sabia que você ia gostar."

≈

Ao acordar, Jane se lembrou daquele dia em que o futuro estava diante dela como uma folha em branco: os dias de Natal de 1795. Naquela época, Cass estava fazendo uma visita na casa dos Fowle, eram os últimos dias em companhia do noivo.

Agora elas contavam seis anos a mais. O ponto em comum com o passado era que ela precisava novamente abrir mão de Cass. A irmã inventava inúmeros compromissos para não ir a Bath e ajudar a mãe a encontrar uma casa adequada. Então, a Jane restava apenas se sentir tão desconfortável na casa do tio como uma intrusa.

Quando seu olhar recaiu sobre a escrivaninha, Jane fechou os olhos, resmungando. Pelo menos isso ela tinha salvado do destino de ser liquidado. Mas foi sua única ação valorosa. As próprias palavras, de que não se mudaria para Bath, soavam agora como mera ironia aos seus ouvidos.

Ela não se mudaria!

Para onde ela iria então? Viveria do que, se não do dinheiro dos pais? Ela não tinha nada. Apenas alguns vestidos feitos por ela mesma, que ela reformava um pouco a cada início de estação; costurando um laço aqui, retirando um bordado dali. Seu sonho de ganhar o próprio dinheiro, mesmo se a entrada fosse muito pequena, parecia tão risível que ela não conseguia mais olhar para a escrivaninha com alegria.

Ela estava em Bath. A cidade era barulhenta, havia muita gente metendo o nariz pela porta durante todas as horas do dia, inclusive as mais improváveis, e que exigiam saber como Jane passava o tempo. Diante da janela, turistas animados cantavam, conversavam, davam risadas sem parar. Não havia pica-paus, não havia esquilos que ela podia seguir com o olhar, não havia o farfalhar das folhas de um carvalho, que ela podia ouvir para tentar se concentrar. Nada além de paralelepípedos, sujeira, ruídos. E tudo isso coroado pelo céu de um azul zombeteiramente reluzente.

"Cass", murmurou ela, levantou-se, sentou-se à escrivaninha e pegou sua pena. "Você me deve uma explicação."

Ela poderia perguntar à irmã por que decidira de uma hora para outra se tornar a tia mais querida do mundo — era flagrante como sua irmã ficava viajando de um irmão para outro. Jane não tinha certeza, mas era provável que Cass estivesse apenas fazendo de conta ter de ajudar as cunhadas. Essas sempre estavam em estado interessante, embora, depois do décimo filho, o *interesse* já devesse ter desaparecido. Desse modo, Cass tinha como protelar a ida a Bath, algo que Jane não conseguia, pois ninguém procurava seus talentos de tia.

Quarta-feira, ela prosseguiu a carta que tinha começado no dia anterior, *outra festa idiota à noite; ela talvez tivesse sido menos insuportável caso houvesse mais convidados presentes, mas eles só eram suficientes para uma mesa de carteado com seis jogadores, que ficaram sentados, conversando bobagens. Eu simplesmente não consigo mais achar pessoas aceitáveis; respeito a Sra. Chamberlayne por se pentear lindamente, mas não consigo ter maior afeição por ela. A Sra. Langley é uma jovem senhora como qualquer outra, de nariz chato e boca grande, vestido da moda e peitos grandes.*

Ah, esse mau humor terrível que a acometia! Bem fazia Cass de se manter a distância. Onde ela estaria no momento? Em Godmersham, na casa de Edward? Céus, aos poucos ela não conseguia acompanhá-la mais e isso a deixava brava, sim, ela ficava muito brava em ficar presa ali sozinha com a mãe e, além disso, com outras seis pessoas idiotas ao redor da mesa de carteado, das quais uma era muito peituda e a outra usava um penteado bem armado.

Pelo menos seu pai se juntaria a elas dali a alguns dias. Ele queria ajudá-las na procura pela casa, pois por mais quanto tempo elas teriam de ficar na casa dos tios de Jane? Jane tinha um quarto próprio, porém isso era mais ou menos tudo o que havia de conforto.

Era difícil achar uma casa boa; as exigências que a Sra. Austen colocava para seu futuro lar eram altas. Eles tinham preferência pela New King Street, mas lá as casas eram pequenas demais, Jane gostava da Seymour Street, mas os preços... E junto ao rio, os andares de baixo sempre inundavam, algo também nada agradável.

Jane torcia para que seu pai soubesse o que fazer. Mas quando ele se juntou à família, mais uma semana havia se passado, e ela levou um susto. Ele não tinha reiterado várias vezes que queria sair de Steventon exatamente para conseguir se recuperar? Mas ele não parecia nada recuperado; ao contrário, estava magro, grisalho e velho, muito mais velho do que estaria em Steventon.

"Você vai nos acompanhar hoje?", perguntou Jane.

Ele encarou-a de seu lugar perto da lareira. Havia um cobertor sobre os joelhos dele, embora no final de maio estivesse fazendo um calor quase de verão.

"Vou à casa da Srta. Winston", explicou-lhe ela. "E depois do chá combinamos de ir ao baile em Upper Room."

Só de pensar nisso, Jane bocejava. Seu pai também teve dificuldade em mostrar alguma animação.

"À casa da Sra. Winston", repetiu ele, hesitante.

Era complicado descrever a Srta. Winston. Nem seu rosto nem seu corpo tinham alguma característica marcante. Mas compará-la a um ratinho cinzento era insuficiente e injusto em relação ao rato. Sua estatura era mediana, o nariz era mediano e os olhos, castanhos médios; cabelo loiro acinzentado. Jane repreendia-se por esquecer no minuto seguinte tudo o que a Sra. Winston lhe dizia.

No fim da tarde, quando eles entraram no salão dos Winston, onde havia mulheres mais ou menos arrumadas (embora Jane não fizesse mais qualquer esforço nesse sentido e ficava aliviada quando passava despercebida), Jane ficou ainda mais desanimada. Também os outros três presentes passavam a impressão de conseguir falar algo de interessante apenas uma vez, no ponto alto de suas vidas. Jane sentou-se numa cadeira ao lado da mãe e ficou contente quando essa recomeçou a cantarolar.

Depois do chá, eles foram a pé a Upper Hall, que ficava apenas a algumas casas de distância dos Winston. A senhorita Winston tinha dado o braço para Jane e falava sem parar.

"...e no pensionado da Sra. Tilton aprendemos a erguer a mão de maneira certa. Você sabia que acenar é uma arte? A postura de cada um dos dedos, como mexer cada articulação, sempre discretamente. Nunca pensei que pudesse ser tão difícil. Você também aprendeu?"

Jane olhou para ela, distraída.

"Não entendi."

"A acenar. Você chegou a aprender?"

"Temo que não, não. Acenar, você disse?" Ela não conseguiu disfarçar uma expressão de consternação. Por fim, deu um sorriso. "Tenho um problema na mão desde a mais tenra infância, por isso não tive oportunidade de aprender. Para minha grande infelicidade, quero acrescentar."

A Srta. Winston levou um susto. "Sinto muitíssimo, senhorita Jane. Não fazia ideia... Se soubesse, nunca teria iniciado esse tema!"

"Não se preocupe." Os cantos da boca de Jane estavam um pouquinho doloridos por ficar tanto tempo com um sorriso congelado. "Aprendi a conviver."

"Que nobre da sua parte", sussurrou a srta. Winston, impressionada. "Caso acontecesse comigo, não saberia o que fazer."

Constrangidas e em silêncio, as duas subiram as escadas e entraram no salão de festa. Jane estava aguardando o usual — ar carregado, barulho de passos, apesar de esse já ter sido audível de longe, além de rostos suados, vermelhíssimos. Em vez disso, o salão estava bastante cheio, mas uma minoria dançava. Quando Jane seguiu em direção do meio da pista de dança, ao lado da Srta. Winston, ela enxergou três casais de rostos entediados numa contradança. Ao seu redor, havia umas cinquenta pessoas. Cinquenta pessoas que não estavam mexendo os pés nem pareciam sem fôlego.

Entendi, pensou Jane. Em Bath os bailes não eram feitos para dançar, mas para as moças desaparecerem, coquetes, por detrás de seus leques ou para se lamentar de antemão dos banhos programados para o dia seguinte.

O lugar, ao menos, era imponente. Grande e alto, decorado de maneira festiva, e a luz de inúmeros castiçais e candelabros mergulhava o rosto dos presentes num brilho dourado. Se estivesse sozinha por lá, certamente Jane poderia fazer cem acrobacias, como estrelas e rodantes, para chegar de um lado ao outro. Antes, entretanto, era preciso relembrar como se dava uma estrela; a última vez que ela havia tentado esse movimento tinha sido, talvez, há dezoito anos.

"Posso entrar na longa fila de seus admiradores para lhe pedir uma dança?"

Quando Jane se virou, porque teve a impressão de ser com ela que falavam, enxergou um homem que fez uma reverência profunda. Seu cabelo escuro era mais ralo e, quando ele se ergueu novamente, ela percebeu que a cabeça era estreita e alongada, assemelhada a de um cavalo.

"Sr. Evelyn", constatou ela, surpresa.

Eles haviam sido apresentados alguns dias antes. Ela não sabia muito a respeito dele além do fato de ser casado e de que andava num fáeton, algo que em Bath era motivo para falatórios — pelo menos, o proprietário também o dirigia, o que também era quase um desatino.

Ele olhou para ela com um sorriso largo.

"Se eu danço com o senhor?", perguntou ela, confusa. Em seguida, Jane notou os olhares de esguelha da mãe, tão indignada quanto decepcionada.

"Claro", disse ela, radiante. "Com muitíssimo prazer."

"Jane", sibilou a mãe assim que o Sr. Evelyn se afastou. "Ele é mulherengo e casado!"

Por um breve momento, Jane pensou que acaso feliz seria se sua esposa fosse uma das três damas em amarelo-limão. Mas depois se lembrou que já tinha conhecido a Sra. Evelyn. Ela preferia usar marrom no lugar de amarelo e também não podia ser chamada de bonita nem de elegante, mas também não parecia especialmente ardilosa.

Jane torceu para que a esposa a perdoasse. Será que a situação ficaria melhor caso explicasse que tinha aceitado o convite apenas para magoar a própria mãe?

"Pensei", disse ela, olhando com simpatia para a mãe "que você gostaria de me ver nos braços de um homem."

A Sra. Austen inspirou e expirou de um jeito muito indignado. Ela estava suada, não por causa da dança, visto que tinha ficado o tempo todo ao lado de Jane, mas porque exagerara no licor.

"Não nos braços de qualquer um! Não nos braços de um homem casado!"

"Mas então nos de quem? Por favor, mamãe, estou aberta para suas sugestões. O que você acha do senhor Holms? Oh, me esqueci de que ele gosta de jogos de azar, se não estou enganada; mas pelo menos poderíamos ter certeza de que não se casaria comigo por causa do dinheiro. Acho que a venda do meu pianoforte não rendeu nem vinte libras e meus livros quase nada a mais."

Era doloroso para Jane pensar nisso, mas ela superou a emoção ao deixar a voz um pouco mais aguda. "Será que ele também venderia minha escrivaninha para o jogo? O que você acha, mamãe? Afinal, ela ainda está comigo."

A mãe encarou-a com os olhos bravos e cerrou os lábios.

"Ou o Sr. Henderson? É esse o seu nome?", prosseguiu Jane. "Não sei bem se acertei o nome, mas acho que me lembro que ele tem uma amante. Devo tentar ser a segunda? Ou o Sr. Badcock? O Sr. Badcock! Acho que está bêbado de novo. Ele também é casado, sei disso, mamãe, mas talvez ele se esqueça de seu estado civil às vezes e, num momento de embriaguez, esteja disposto a se casar com sua pobre filhinha. Daí você poderia se orgulhar de mim por algumas horas."

"Jane!"

A mãe tinha falado tão alto que as conversas próximas emudeceram de repente.

"Jane", repetiu ela, mais baixo. "Você está se comportando como uma criança teimosa. Pare com isso, imediatamente."

Jane sentiu um prazer selvagem, obstinado, em prosseguir. Mas quando percebeu os olhares amedrontados da senhorita Winston, fechou a boca e sorriu, desculpando-se.

Quando chegou a hora da dança e não havia mais nada a fazer senão assumir o prometido, ela não abriu a boca enquanto o Sr. Evelyn tentava conversar. Na sua opinião, ela já tinha falado o suficiente durante a noite; além do mais, o que havia a comentar, já que o Sr. Evelyn só discorria, sem exceção, sobre cavalos?

No caminho de casa, a mãe não falou com ela, nem no dia seguinte. Jane não se preocupou com isso. Pela janela, ela vislumbrou a movimentada rua The Paragon, que fazia uma curva leve, com uma casa colada na outra. Em seguida, fechou os olhos e tentou pensar em Elizabeth Bennet — Lizzy, ela se corrigiu. Por que havia deixado de chamá-la pelo apelido que sempre tinha usado?

A sensação era semelhante àquela em Bath. Jane sentiu-se com o coração trancado, a chave perdida, portas e janelas fechadas. Assim como antes, exatamente como antes.

Como ela estava furiosa! Nos anos anteriores, trabalhara tanto. Ela havia lutado consigo mesma, mexendo em palavras e em frases, esmerilhando cada ideia até os mínimos detalhes, descartado algumas, observado a próxima como sob uma lupa. E agora estava tudo perdido. Ela não queria soar patética, mas sua inação e absoluta falta de criatividade apontavam para uma única conclusão: ela estava no mesmíssimo lugar de há cinco anos, quando batalhara por abrir um caminho para a luz.

Era frustrante, tão frustrante, que Jane duvidou que teria forças novamente. Ou será que sua produção se limitaria a três manuscritos, legando ao mundo apenas *Elinor e Marianne, Primeiras Impressões* e *Susan*?

"Correspondência para a senhorita", anunciou uma vozinha fina atrás da porta fechada de seu quarto.

A ideia de ler uma carta de Cass, que lhe traria um pouco de satisfação, animou-a um pouco.

Ela foi até a porta e pegou o envelope que a empregada de seu tio havia colocado sobre uma bandeja de prata.

"Obrigada", murmurou ela, decepcionada. A letra não era de Cass, mas era maior e mais irregular do que a da irmã. Na realidade, ela se espantou como alguém pudesse ter decifrado o destinatário, *Srta. Jane Austen*.

Ela rasgou o envelope ainda enquanto caminhava e retirou de dentro uma folha de papel finíssimo, dobrada várias vezes, no qual letras igualmente desordenadas numa ortografia não muito correta anunciavam um convite para um passeio na carruagem do Sr. Evelyn.

Pensativa, ela baixou a carta. Ela e o Sr. Evelyn, a sós? Isso era igual a um escândalo. Sua mãe certamente traria de volta, por correio expresso, todas as doenças deixadas em Steventon e sofreria durante semanas, como uma punição. Cass e o pai de Jane também não aplaudiriam com satisfação. Mas as consequências iam mais além. As probabilidades de Jane encontrar um admirador aceitável acabariam por se reduzir ainda mais — ah, reduzir, que conversa era essa? Depois disso, elas teriam desaparecido.

Ela se sentou à escrivaninha, formulou uma resposta breve e foi generosa ao incluir também alguns errinhos de ortografia.

Depois, tocou o sino.

"Seria possível levar isso ao Sr. Evelyn?"

Satisfeita, fechou a porta.

Se não havia alternativa, ela queria fechar tudo atrás de si, excluir qualquer tipo de possibilidade e se dedicar integralmente à infelicidade. Também para irritar sua mãe, no entanto, mais ainda porque qualquer esperança, mesmo a mais mínima, lhe dava medo. Ela queria, ela *tinha* de se conformar com o fato de que encerraria a vida em Bath como uma *solteirona*. Ela ainda tinha algumas dezenas de anos pela frente, sem dúvida, mas alegria, uma vida completa, não era algo a que teria direito.

Aceitar isso parecia lhe trazer um alívio. Mesmo se igualmente deprimente.

SIDMOUTH, CONDADO DE DEVON
Julho de 1801

"Terrível esse calor!"

A Sra. Austen tentava, em vão, usar a mão para proteger o rosto do sol. Com um olhar de súplica, ela se dirigiu ao marido e pediu-lhe para fazer alguma coisa contra o calor inconcebível desse dia de julho no litoral. E lançou um olhar breve e sinistro para Jane. Ainda naquele momento, cinco semanas após o passeio da filha com o Sr. Evelyn, ela prosseguia brava e não queria mudar de opinião.

Muito menos durante um passeio ao mar que não tinha sido, de modo algum, ideia sua!

O pai de Jane riu, bondoso, e Cass tentou segurar a sombrinha de tal modo que a mãe ficasse totalmente protegida do sol. E Jane... Jane começou a andar cada vez mais devagar e, por fim, parou totalmente para observar, sob um céu azul delicado, a praia de cascalho marrom-avermelhado que parecia infinita. Lentamente, pedaços de nuvens passavam acima dela, enquanto gaivotas vinham em velocidade, mergulhando na água aos gritos. Esse era seu terceiro dia em Devon e embora o humor de sua mãe desde a partida de Bath só piorasse, fazia tempo que Jane não se sentia tão relaxada. Dava até para afirmar que ela transbordava felicidade.

As semanas e os meses que haviam passado se tornaram indiferentes para ela no exato momento em que viu o mar. O oceano, reluzindo azul-acinzentado, não permitia mau humor nem preocupações; ele estava lá, bramia e era maravilhoso; Jane se decidiu que, nas quatro ou cinco semanas que a família planejava ficar no litoral, ela não perderia um minuto sequer pensando em seu futuro ou em Bath.

Ela pousou a mão sobre os olhos e inspirou. Sentiu o cheiro do mar, do sal, da umidade.

"Está parecendo que alguém meteu um fole na sua boca", comentou a mãe, irônica, que não queria mais esperar pela filha e por isso tinha voltado até ela, brava.

Jane fez de conta que não ouviu a bronca e ergueu os ombros para se desculpar, apontando para as ondas que quebravam.

"Venha logo", exclamou a Sra. Austen. "Não queremos deixar os Buller esperando demasiado. Seria mal-educado com essa gente que é tão boa para nós."

"Vá na frente. Eu vou em seguida", disse Jane.

"Mas você não pode ficar aqui sozinha!"

Indignada, a mãe encarou-a.

"Por que não?" Jane olhou ao redor. Outras pessoas flanavam com passos lentos na parte alta da praia. Alguns homens corajosos tinham entrado no mar alguns minutos antes. Dava para ouvir como brincavam na água e suas cabeças eram visíveis entre as ondas.

"Não vá achando...", avisou a mãe, que tinha seguido o olhar da filha. Por um instante, seu tom de voz parecia tomado pelo pânico novamente.

"Claro que não, mamãe. O que está pensando?"

Desde o acontecimento com o Sr. Evelyn, parecia que a mãe de Jane achava que a filha era capaz de tudo. Mas será que ela já tinha visto uma mulher nadando? Muito provavelmente não.

Manchas vermelhas tingiam as faces da mãe; sua testa e seu pescoço estavam ligeiramente suados. Também o cabelo já não se parecia nada com aquele penteado trançado que ela havia produzido pela manhã diante do espelho.

"Vou logo em seguida", disse Jane de novo. "E não se preocupe, acho o caminho até os Buller. Afinal, Sidmouth não é tão grande."

E era verdade. Na opinião de Jane, a vila de pescadores era, no máximo, do tamanho de Steventon, e isso foi a primeira coisa de que ela gostou dali. A segunda era como as pessoas estavam vestidas. Tentar sair para uma daquelas vielas cheias de curvas com um bufante vestido de baile causaria tanta espécie que a notícia pararia no jornal. Ali, as roupas eram práticas; as mulheres usavam trajes simples de algodão claro que eram erguidos a cada pé de vento, nada de decotes pomposos ou sucessão de anáguas. Também os homens eram discretos. Um paletó preto simples, calças e botas escuras, nas quais possíveis algas grudadas não eram notadas.

Além disso, Jane não tinha a sensação opressiva de se encontrar no centro das atenções. Ela sabia que não era *toda* Bath que sentia pena dela. Mas a começar pelo sem-número de senhores idosos que entravam e saíam da casa de seus tios... Ainda que a família finalmente tivesse encontrado uma boa casa, isso não foi solução para os olhares curiosos. A chegada de

Cass também não minimizou o sofrimento de Jane. Talvez o tenha até piorado, mesmo que Jane gostasse muito da presença da irmã. Mas então elas eram duas damas não mais tão jovens que, se o destino não se esforçasse logo e trouxesse surpresas, sairiam de casa com o mesmo chapeuzinho preto na cabeça — o sinal certeiro daquelas mulheres lamentáveis que não tinham arranjado marido. Não faltava muito para as crianças da vizinhança saírem correndo atrás delas, gargalhando e fazendo piadinhas.

Mas ela não havia prometido a si mesma não pensar no futuro enquanto lhe fosse possível respirar o ar marinho e sentir o sal nos lábios?

Jane se virou mais uma vez para a água e, ao olhar para os banhistas, perguntou-se como teria sido sua vida caso tivesse vindo à luz como um menino. Ela inspirou profundamente e fechou os olhos. Era em vão... Independentemente se menino ou menina, quais as oportunidades teriam lhe estado abertas caso tivesse sido deixada à própria sorte no mundo dos adultos na condição de sétimo rebento de uma família de poucas posses?

Ao menos, porém, ela teria sido deixada à própria sorte. Ela teria uma vida própria.

～

Richard Buller, assim como o finado noivo de Cass, Tom Fowler, fora aluno do pai de Jane, e tinha mudado pouco desde então. Ele ficara apenas um pouco mais alto, sua voz mais grave, mas os olhos mantiveram o brilho inteligente de antes, e quando ria era como se todo o corpo arrulhasse como uma pomba satisfeita.

Jane sempre gostou dele, mas lhe dera pouca atenção no passado. Que sorte, ela pensou quando estavam todos juntos, aproveitando o ar quente da tarde, que também a mulher dele fosse tão inteligente e compreensiva como ele. Ela tinha o dom de fazer seus convidados se sentirem mais do que bem-vindos — era como se não quisesse mais deixá-los partir.

O pai de Jane perguntou os detalhes mais absurdos em relação à vida do Sr. Buller desde então. Durante a faculdade, ele continuou gostando tanto de suco de ruibarbo como quando criança? Ele lia romances? Lia jornal? Lia também escritos de mulheres? O que achava de Mary Wollstonecraft? O pobre Sr. Buller mal tinha terminado de responder e já havia uma nova pergunta. Felizmente havia bebidas suficientes, de modo que nem a garganta do pai de Jane ficou seca nem o Sr. Buller perdeu seu humor.

A mãe de Jane, por sua vez, estava no jardim com uma expressão de mau humor. Jane ficou surpresa por ela não querer se sentar, mas daí talvez ela ficasse com a sensação de ter chegado e, não, essa não era a sensação que a Sra. Austen queria ter.

Ela estava brava com as filhas, mas principalmente com o marido, por ter sido novamente arrancada de Bath. O pai de Jane havia planejado a viagem para Sidmouth secretamente, sem dúvida imaginando fazer uma surpresa feliz para a esposa. Mas as únicas que adoraram a ideia tinham sido Cass e Jane. A mãe cerrou os lábios e ficou encarando a toalha de mesa e permaneceu com esse estado de ânimo. No jardim, onde não havia toalhas de mesa, ela fixou o olhar de sobrancelhas franzidas nos canteiros — e Jane podia jurar que as flores, amedrontadas, fechavam seus botões.

Quando voltaram à pensão, uma boa hora mais tarde, de cujos quartos não se via o mar, mas uma generosa porção de céu lindíssimo, a Sra. Austen desculpou-se com palavras breves e sibiladas. O pai de Jane, ainda de chapéu, foi se isolar no jardim; Cass e Jane fecharam-se nos seus quartos.

"Você vai se deitar?", perguntou Jane, antes de abrir a porta para o seu pequeno, mas confortável, aposento.

Cass assentiu lentamente, mas depois inclinou a cabeça.

"Por que você está com essa cara de que está tramando algo, Jane?"

"De jeito nenhum", disse Jane, sorrindo. Não era mentira. Ela não tramava nada. Simplesmente tinha tido uma ideia, que, de tão bizarra, não conseguiu nem pensá-la até o fim. Mas riu, pois era incrível e ilusória...

"Jane?"

"Bom descanso", disse Jane rapidamente, desaparecendo no seu quarto. Ela ficou junto à janela, olhando para o azul fosco cruzado pelas gaivotas. Os telhados das casas baixas pareciam ofuscados. Um encantamento inundou-a novamente ao se inclinar para fora. Sal no ar, sal no beiral da janela. Se colocasse o dedo na boca, certamente sentiria um gosto salgado.

Mais uma vez, o pensamento se anunciou na sua cabeça. Ah, não era apenas um anúncio, mas um verdadeiro chamado, tão intenso que os outros deviam estar ouvindo também. Que bom que ela tinha se separado de Cass rapidamente. A irmã estava sempre cansada e agora isso era favorável. Ninguém seria testemunha caso ela sumisse, ninguém a notaria voltando com os cabelos molhados com água do mar... E se fosse flagrada?

Tratava-se apenas de uma ideia. Uma ideia boba, traquinas. Mas era tão sedutora que Jane não conseguia deixar de sonhar com ela...

"A senhorita ouviu falar? O rei está vindo!"

"Para Sidmouth?", perguntou Jane, espantada.

A senhora, cujo chapéu enorme impedia que ela acompanhasse o vaivém da pensão, assentiu. "Sim! Inacreditável, não é?"

As pessoas que se amontoavam pela rua estreita como se alguma coisa grátis estivesse sendo distribuída conversavam entre si, agitadas. Elas se indagavam se Sua Majestade gostava de peixe, de ler ou se talvez notasse o hibisco florido no jardim da Sra. Taylor.

A ideia de olhar para o rei de perto — pois Sidmouth era tão minúscula que George III não conseguiria evitar de ficar cara a cara com os moradores — pareceu irreal para Jane. Havia anos que Sua Majestade não aparecia mais em público, algo talvez até positivo. Diziam que sua cabeça não andava muito bem. Mas será que um dia tinha estado? Seu filho, George IV, também não dava a impressão de estar cem por cento, mas, diferentemente do pai, isso se refletia num caráter perdulário e no comportamento inapropriado em relação à esposa.

De todo modo, a alegria das pessoas era grande. Afinal, "sempre soubemos que Sidmouth era tão bom quanto o balneário Lyme Regis", murmurou o homem que vendia botões e fivelas de cintos em sua loja na rua da praia.

Não houve muito tempo para ornamentar o vilarejo nem para as pessoas se acostumarem ao fato de, subitamente, estarem num lugar de relevância aristocrática. A notícia de que o monarca chegaria em uma semana espalhou-se feito rastilho de pólvora. Contagiada de tanta excitação, Jane foi à casa dos Buller. A Sra. Buller disse a ela que o Sr. e a Sra. Austen tinham dado uma passada lá e estavam passeando com o Sr. Buller. Indecisa se devia segui-los, ela se virou e deparou-se com um homem que não ouvira entrar. Mas isso não era de se espantar. O burburinho do vilarejo estendia-se, naturalmente, até diante da casa dos Buller.

"Bom dia", disse ele, olhando para Jane de uma maneira curiosa.

Ele era da sua idade e tinha um rosto claro, franco e o cabelo não estava exatamente impecável. Além disso, era magro e sua postura condizia com a de alguém que não confiava muito no mundo — o olhar dos olhos azuis-acinzentados parecia cuidadoso e tímido; ele se mantinha ligeiramente curvado para a frente e com os ombros caídos.

"Eu me pareço com alguém que você conhece?", perguntou ela depois de um tempo em que ele a ficou encarando.

"Bem", retrucou ele. "Não tenho muita certeza."

"Posso me afastar enquanto você tenta se lembrar ou prefere que eu fique parada aqui?"

"Hein?" Ele piscou, confuso.

"Pergunto se estou liberada."

"Claro."

"Ótimo." Ela fez silêncio e, embora pudesse partir, ficou parada.

"Você ouviu falar da visita do rei?", perguntou ela.

Ele negou com a cabeça e depois riu de um jeito um pouco desengonçado.

"Ah, é por isso que está tudo fervilhando por aqui."

Ela tentou sufocar um sorriso.

"Como é mesmo seu nome?"

"Ah, não me apresentei? Me chamo Mortimer, Frederick Mortimer", acrescentou. "Perdão, a senhorita é conhecida dos Buller?"

Ele apontou com o queixo para a casa que Jane tinha acabado de sair.

"Conheço o Sr. Buller ainda da época em que era mais provável estarmos andando por aí em paradas de mão e caindo do que do jeito dito normal."

Os olhos dele começaram a brilhar. "Você é a senhorita Jane Austen?"

"Sim", confirmou ela, espantada. Como é que meio mundo conhecia o seu nome?

"É daí que a conheço..."

"Você me *conhece*?", perguntou ela, rindo. "Curioso existir esse tipo de apresentações unilaterais. Devo dizer que nunca ouvi falar delas."

As faces dele coraram ligeiramente e ele pigarreou antes de prosseguir.

"Parece estranho, confesso, mas meu amigo Buller me contou tantas coisas a seu respeito que realmente acho que a conheço."

Ele parou e passou a mão pelo cabelo loiro-escuro e de aparência rebelde.

"Mas você tem razão, claro. Uma amizade não pode ser unilateral."

Ambos fizeram silêncio e Jane percebeu, admirada, que o clima não era pesado.

"Então até logo", disse ela depois de um tempo.

"Adeus."

Ele fez uma reverência. Ao caminhar, Mortimer puxava a perna esquerda um pouco. Quando ele se virou mais uma vez na esquina, Jane ergueu a mão e acenou, mas ele não retribuiu a saudação. Sem querer, ela se lembrou da Sra. Winston, que havia aprendido a acenar na escola, e em seguida balançou a cabeça e foi ao encontro da multidão.

"Será que Sua Majestade vai aparecer com toda a sua corte?", perguntou um homem ao seu lado. "Onde eles vão comer, onde vão pernoitar?"

Como não sabia responder, Jane se desculpou com um sorriso e prosseguiu caminhando. Dava para notar que as pessoas já criavam os bolos mais incríveis e planejavam remodelar os jardins, na esperança de que o fazendeiro George — como o rei era jocosamente chamado — gostasse das framboesas apressadamente replantadas.

A rua da praia, que costumava ser bastante frequentada nos finais de tarde, estava quase lotada. Depois de um tempo, Jane desistiu de procurar pelos pais. Em vez de continuar percorrendo a via, ela enterrou o chapéu de sol na cabeça e desceu as escadas para a praia.

O vento puxava os fios de cabelo de seu coque e agitava as fitas do chapéu enquanto ela passava por cima das pedras de calcário, cujas falésias avermelhadas avançavam mar adentro. Adiante, não havia mais qualquer sinal da agitação. Nem o vento chegava até lá, de modo que ela — depois de inspecionar o lugar, olhando ao redor — tirou o que cobria sua cabeça e, num momento de absoluta despreocupação, descalçou também os sapatos.

Como era maravilhoso sentir o terreno com a pele nua; primeiro os cascalhos lisos e quentes, depois o frescor ao redor dos dedos, quando caminhava em direção à água. Era como se Jane, de repente, soubesse como era o céu: tal qual uma praia no verão. E os anjos? Certamente estariam descalços.

Jane segurou a saia, deu mais um passo e mais outro, até sentir a água fresca nos joelhos e inspirar profundamente. Ela tinha de fazer força para não gritar bem alto, tamanha sua felicidade.

A ideia que havia surgido na pensão estava começando a se delinear. Ela ainda não sabia como fazer, mas sabia que *tinha* de fazer. A começar porque escrever durante sete meses significava ficar sentada, imóvel, com a pena na mão, e o papel permanecia em branco.

Ela aprenderia a nadar.

Primeiro os dias foram passando lentamente, cheios de sol e vento de aroma acre. Jane se esqueceu da mudança para Bath. Em vez disso, aperfeiçoava seus planos. Nesse verão, se ela conseguisse entrar na água e não afundar, todo o resto lhe seria indiferente. Ela podia fazer 26 e 27 anos, ficar ainda mais velha e mesmo assim não dar bola para os olhares e as palavras desdenhosas das outras pessoas. Sim, esse era o melhor consolo que havia — uma lembrança na qual ela podia se agarrar pelo resto de sua vida.

Infelizmente ela ainda não sabia como chegar até a água sem que a praia começasse a gritar. Mas tinha de haver um jeito, tinha!

Quando chegou o grande dia no qual George III honrou a vila de pescadores, uma multidão se comprimiu nas ruas estreitas. Uma salva de tiros fez com que as gaivotas saíssem em barulhenta revoada. As crianças ensaiavam lançar seus chapéus no ar, mesmo sem o rei à vista. Apesar dos protestos veementes da Sra. Austen, a família se manteve mais afastada.

Irritada, ela disse: "Daqui enxergo menos do que se fosse noite!"

Realmente não havia nem sinal do monarca, nem quando sua carruagem passou diante das centenas de pessoas reunidas para vê-lo. Jane não conseguiu enxergar nem o teto da carruagem real, visto que ela, empurrada para o lado, tinha pisado num excremento de cavalo e estava aflitíssima tentando se livrar dos resquícios de sujeira. Cass ficou olhando para ela, o pai também e a Sra. Austen, por sua vez, fazia o possível para ir mais para a frente. De repente, ela soltou um repentino grito agudo:

"Sr. Austen!"

Assustados, Jane, Cass e o pai entraram em alerta e começaram a esquadrinhar a multidão com os olhos.

"Sr. Austen", eles escutaram a Sra. Austen chamar histericamente de novo.

Jane ficou na ponta dos pés. Não dava para distinguir o chapeuzinho da sua mãe entre todas aquelas coberturas de cabeça.

"Sr. Austen! Cassandra! Jane!"

A voz da sua mãe soava tão indignada que a multidão, irritada, abriu espaço. O Sr. Austen foi abrindo caminho, seguido por Cass e Jane, que pulava numa só perna, visto que ainda não tinha conseguido limpar totalmente o sapato. Não demorou muito e ela perdeu o pai de vista. Em seguida, foi a vez de Cass desaparecer. Jane via apenas uma porção de toucas e chapéus, ombros e costas.

"Ali", disse alguém, apontando para a esquerda.

Realmente, lá estava sua mãe, apoiada no pai de Jane, o rosto contorcido de dor, enquanto Cassandra acenava com a própria touca.

"Jane!", chamou ela ao descobrir a irmã. "Venha cá!"

Essa não era uma tarefa fácil. Em algum momento, Jane conseguiu alcançá-los. Sua mãe, os três a informaram, tinha caído no meio da multidão e, nessa hora, torceu o pé. Ela acabou caindo, mas teve sorte de estar rodeada por dezenas de pessoas. Desse modo, em vez de enfiar o nariz na lama, ela apenas esfolou o joelho. Ou quebrou, como supunha a própria Sra. Austen, que no instante seguinte previa que talvez tivesse de passar por uma amputação.

Com um semblante severo, o pai de Jane a retirou dali. Cassandra e Jane seguiram-no, e Cass foi rapidamente até os Buller para pedir informações sobre um médico nas redondezas. Um pouco mais tarde, as queixas de dor da mãe tomavam a rua em que ficava a casa do médico — uma construção simples, bonita, junto à encosta, cujos cômodos superiores certamente ofereciam uma vista sobre toda a baía. Uma estreita trilha de cascalho atravessava um jardim muito florido, no qual Jane adoraria passar algum tempo, mas claro que ela estava correndo atrás do pai e de Cass, que carregavam a mãe. O pai bateu à porta e um pouco depois uma empregada os recepcionou, pedindo que entrassem no consultório do Dr. Mortimer.

Jane ficou com a impressão de já ter ouvido aquele nome, mas apenas quando entrou ela reconheceu no médico o jovem que havia encontrado na frente da casa dos Buller. Ela tinha pensado em perguntar a respeito dele, mas acabou se esquecendo. Espantoso ele castigá-la com absoluto desinteresse. Tudo bem, ela pensou. Ela recebia atenção suficiente da mãe, que estava agarrada à mão de Jane, enquanto o médico a examinava através de várias camadas de saias. Em situações como essa, Jane se perguntava às vezes se os médicos conseguiam também enxergar através de paredes. Afinal, o tecido da roupa da Sra. Austen era pelo menos igualmente grosso, acrescido de diversas anáguas.

Enquanto isso, o pai de Jane grunhia feito um urso, mas ela notou que ele estava achando o comportamento da mulher constrangedor. O Dr. Mortimer concluiu que o joelho não precisaria ser amputado. Uma enfermeira limpou a ferida, que, como o pai de Jane percebeu então, era um esfolado. Nesse meio tempo, como prova de toda sua coragem, sua mãe mantinha o queixo erguido, lançando jaculatórias ao Todo-Poderoso.

Finalmente a Sra. Austen soltou a mão de Jane, que logo deu um passo para trás. A partir de então, ela teve tempo para examinar o consultório, decorado de maneira extremamente espartana — não muito mais do que um armário com diversos remédios e tinturas em garrafinhas marrons, bojudas, uma mesa grande com um livro aberto em cima, cujo título infelizmente ela não conseguiu ler e uma cortina que ocultava uma maca e uma cadeira. Sua mãe estava sentada nela, elogiando a própria coragem para as filhas. Além disso, havia uma janela grande, da qual se tinha uma visão ampla do jardim. Esse era encantador, mais selvagem do que cuidado; continha suas plantas favoritas, num violeta e rosa esmaecidos e amarelo luminoso.

Em Bath, eles não tinham jardim, pensou Jane, triste. Ninguém lá dispunha de um jardim de verdade — a cidade era muito pequena; as casas, inúmeras; as ruas, largas demais. Flores? Elas nasciam nos jardins públicos, claro, nos parques e ao redor das montanhas, mas sua mãe não queria morar nesses lugares e, desde o passeio de Jane com o Sr. Evelyn, passou a desgostar ainda mais desses lugares.

Nas paredes do consultório do Dr. Mortimer havia quadros que não pareciam combinar direito com o lugar. Mas por que não?, pensou Jane no instante seguinte. Afinal, era agradável olhar para algo bonito quando se estava doente e não apenas para um papel de parede ou um quadro a óleo que tentava imitar Ticiano e cujo resultado era assustador. As molduras realçavam desenhos a carvão que mostravam Sidmouth, às vezes a partir da praia, às vezes a partir das falésias. Jane gostou do fato de o artista ter chegado a um ótimo resultado com um econômico uso de cores — aqui um pouco de alegre vermelho dos morangos, lá uma nuance de azul-céu. As pessoas, por sua vez, eram delineadas com precisão e detalhe. A orelha de um dos homens era mais baixa que a outra — Jane podia apostar que havia alguém assim na vizinhança —, em outro lugar o vento tinha soltado a fita de um chapeuzinho, que flutuava pelo ar, atrevido. Um grupo de meninas descalças caminhava, de mãos dadas, pela areia. Seus rostos exprimiam alegria, juventude e entusiasmo; fascinada, Jane aproximou-se.

Cabelo ondulado ao vento, boca vermelha feito uma amora, olhos brilhantes. Mas o que mais chamava atenção nesse desenho não era a beleza, mas a vivacidade que o rosto exprimia.

"Você conhece o artista que pintou esses quadros?", perguntou ela ao Dr. Mortimer, que estava totalmente focado na Sra. Austen.

"Sim", respondeu ele. E voltando-se para a mãe dela: "A senhora consegue dormir bem, Sra. Austen?".

"Ah!", exclamou a mãe de Jane, queixosa. "De modo algum! Bem, mas desde que estamos em Bath, as coisas melhoraram um pouco. Mas apenas um pouco, e se eu estivesse sem o láudano, provavelmente não conseguiria descansar."

"A senhora sabe que não pode exagerar esse remédio, certo?"

"Não posso?" A Sra. Austen arregalou os olhos. "Como não? Ele ajuda ou será que é enganação? Sr. Austen, por favor, me apoie, esse remédio me ajuda, não é?"

"Ajuda", confirmou o pai de Jane, desculpando-se com um sorriso.

"Mas só porque ajuda um pouco não quer dizer que seja bom para o paciente. No caso de dor de dente, a senhora também não bate com uma pá na cabeça. Num primeiro momento, a dor do dente seria esquecida, mas haveria outros problemas em seguida."

Jane se esforçou ao máximo para não cair na gargalhada. Sua mãe, por sua vez, não parecia feliz com o rumo que a conversa estava tomando.

"Menos láudano", repetiu o Dr. Mortimer. "No lugar, sugiro *Mentha piperita*."

"*Mentha piperita*", repetiu a Sra. Austen, com a voz novamente confortada. Certamente o novo remédio seria tão eficaz quanto o láudano, ela pensou, mas Jane sabia que a orientação do Dr. Mortimer não era nada que pudesse se comparar a uma tintura de ópio. A beberagem que eles deveriam preparar para a mãe não passava de chá de menta.

Agradecida, ela sorriu para ele. Ele olhou para ela, mas logo em seguida desviou o olhar, tímido.

"E o artista", ela retomou o assunto. "Você poderia me dizer o nome?"

"Por que o interesse?", retribuiu a pergunta. Novamente o olhar tímido, mas que era cheio de curiosidade.

"Gosto de arte."

Três pares de olhos se dirigiram a ela, irritados; mas ninguém falou nada sobre essa afirmação audaz.

"Gostaria de comprar um."

Os pais e Cass trocaram olhares ainda mais espantados. De todos os membros da família, Jane era a que mais tinha certeza de não entender nada de arte e não se envergonhava disso. Afinal, não dava para ser especialista em tudo. Ela era ignorante em pinturas, esculturas e pastéis. Mas a jovem no quadro... Jane não conseguia parar de imaginá-la num romance. Ela queria descrever essa pessoa que encarava o outro de maneira tão atrevida e autoconfiante. Com palavras. Não com carvão.

O Sr. Mortimer sorriu.

"Certamente é possível se dar um jeito."

SIMOUTH, CONDADO DE DEVON
4 de agosto de 1801

Nadar hoje pela manhã estava tão delicioso que devo ter ficado demais na água.

Numa manhã sem nada de especial, cinzenta e com indícios de chuva, Jane pegou 10 centavos emprestados do pai e ficou muito contente por ele não ter perguntado a destinação do dinheiro. Ele apenas olhou para ela de um jeito ambíguo e sorriu, malicioso. Com o dinheiro no bolso, ela foi até o único costureiro do lugar, que franziu a testa ao ouvir a menção de um traje de banho. Jane saiu da loja apressada e pensou a quem mais podia recorrer. Certamente não para os novos conhecidos de sua mãe e os donos da pensão também não; desse modo, restava apenas a Sra. Buller.

"Por acaso você saberia quem estaria em condições de me fazer rapidamente um traje de banho?", perguntou Jane em voz baixa, depois de ter agradecido, mas sem aceitar, o convite da Sra. Buller para visitá-la.

A Sra. Buller olhou pensativa para Jane e, por fim, balançou a cabeça.

"Sinto muito, mas acho que não."

Jane se virou para ir embora, mas parou novamente.

"Eu ficaria imensamente grata caso você não comentasse isso com minha mãe ou com ninguém da minha família."

"Claro que não, como quiser." A Sra. Buller sorriu candidamente.

Jane tinha descido quase a rua inteira quando ouviu alguém chamar: "Por favor, espere um momento."

Com as saias erguidas, sem fôlego e com os cachos balançando ao vento, a Sra. Buller veio atrás dela."

"Você quer aprender a nadar?", perguntou ela em voz baixa.

Jane fez que sim.

"Eu também gostaria de tentar."

Excitação e esperança nasceram dentro de Jane. Ela havia encontrado uma cúmplice?

"E acho que sei quem pode nos ajudar." A Sra. Buller olhou à direita e à esquerda e depois se curvou um pouco à frente. "O Sr. Mortimer diz que as mulheres têm necessariamente de fazer alguma atividade esportiva. Ele é da opinião — e isso não lhe traz muita popularidade — que se trata de algo benéfico para a saúde. Inclusive para as mulheres!"

O Sr. Mortimer? Ela estava um tantinho brava com ele, pois ainda aguardava ser contatada pelo médico. Ela adoraria comprar o pequeno quadro, mas ele também não havia reagido à carta que ela tinha lhe escrito.

"Mas ele não deve saber costurar", falou Jane, pensativa. "Daí, de que adianta ele querer convencer as mulheres a nadar?"

"Vou perguntar a ele. Tenha paciência por alguns dias. E não se preocupe, serei discreta."

A Sra. Buller não precisou de muito tempo. Depois de dois dias, no fim da tarde, ela apareceu com as faces coradas na entrada da pensão de Jane e informou-a, aos sussurros, que ela não tinha de se preocupar com os trajes de banho.

"Marquei hora com a Sra. Yabsley", disse a Sra. Buller, baixinho. "Caso seja conveniente para você, podemos tentar amanhã cedo. A senhora Yabsley é uma *dipper*. Ela tem experiência na área e, pelo que sei, até agora ninguém morreu."

"*Dipper*?", Jane sussurrou de volta. "O que é isso?"

"São mulheres que cuidam para que apenas as áreas desejadas do corpo sejam tocadas pela água, e não outras, principalmente a cabeça."

Jane parecia uma criança na expectativa do dia seguinte. À noite, foi jantar rapidamente e despediu-se cedo dos pais. Lá pelas 21h ela estava deitada, observando os últimos raios de sol sumirem no horizonte.

Na manhã seguinte, ao acordar às 5h, sua cabeça estava completamente pesada. Ela refrescou o rosto com água fria, colocou um vestido de algodão, prendeu o cabelo e meteu a touca azul-claro, que não protegia muito do sol. Sua mãe a repreendia de tempos em tempos por esse motivo. Ela dizia que Jane estava verdadeiramente tostada. E qual seria sua aparência depois de um banho — seu primeiríssimo banho de mar?

Não havia ninguém nas ruas, exceto os pescadores, que já voltavam para casa. Eles lançaram olhares divertidos para Jane, que caminhava com a saia esvoaçante em direção ao lugar do encontro marcado com a Sra.

Buller. Quando essa lhe entregou uma pequena bolsa de lona, seu cabelo cor de mel caía macio sobre o rosto afogueado pela excitação.

"Aqui está seu traje de banho. Ah, e lá está a Sra. Yabsley!"

Ela acenou — era uma mulher de rosto tão castigado pelos elementos como os pescadores que caminhavam ao seu encontro, cansados.

Jane precisou se conter para não a soterrar de imediato com perguntas. Elas aprenderiam a nadar logo ou era algo muito difícil? Elas se trocariam nas cabines de banho? E quanto mesmo demoraria até estarem nadando?

A Sra. Yabsley, que não parecia alguém muito falante, ficou devendo as respostas. Ela estava com os lábios tão cerrados que tinham perdido a cor; e quando os olhos cinzentos dela cruzavam com os de Jane, seu rosto se fechava mais um pouco.

Jane tinha se proposto a aprender o mais rápido possível e a não deixar nenhuma professora mal-humorada acabar com sua animação.

A Sra. Yabsley disse alguma coisa, mas Jane não entendeu nada. Felizmente a Sra. Buller, que era mais versada no dialeto, assentiu e fez um sinal para Jane segui-la na trilha estreita que descia a falésia até a praia. No caminho, uma brisa mais forte agitava as mangas e a barra de sua saia, e Jane novamente teve de se esforçar para não agir movida pelo impulso.

Sua vontade era pular de cabeça na água!

Como se pudesse ler pensamentos, a Sra. Yabsley ergueu a mão. A pele da palma era calejada e sulcada por rugas profundas nos dedos. Ela assobiou, algo que Jane achou sensacional, enquanto a Sra. Buller fez uma careta, assustada. Um pouco mais atrás, na praia, um cavalo começou a se movimentar. Ele estava puxando uma cabine de banho. Outro cavalo o seguiu. Quando se aproximaram, Jane viu que dois homens estavam conduzindo os animais. Constrangida, ela se perguntou se ficariam por perto quando a Sra. Buller e ela trocassem de roupa no interior das cabines. Mas ela não estava com vontade de ficar pensando nessas bobagens.

As cabines de banho foram montadas, dinheiro trocou de mãos, todos pareciam mal-humorados, à exceção de Jane e da Sra. Buller, e em seguida as moças foram orientadas a erguer as barras das saias para entrar. Depois de terem dado alguns passos n'água, diferentemente que nas carruagens, não havia nenhuma escada nem bloco de madeira que um eventual cocheiro (igualmente inexistente) lhes ofereceria. Então, elas tentaram, desajeitadas, entrar sozinhas na cabine de banho. Acabaram por conseguir, mas certamente seus movimentos não foram dos mais elegantes. Que sorte a praia estar como que morta tão cedo pela manhã!

O interior da cabine exalava um odor não exatamente agradável: sentia-se o cheiro de sal, que não era ruim, mas também um cheiro de peixe, de algas e o de roupas molhadas. A porta se fechou atrás de Jane com um estrondo, ela ficou no escuro e, depois de um tempo que precisou para achar um lugar para se segurar, o veículo começou a se mover.

Ela soltou um som de espanto e, em seguida, um sorriso se abriu no seu rosto, de orelha a orelha. Por que ela não havia experimentado uma diversão dessa antes? De repente, ela se sentiu tão viva e tão jovem como se fosse criança novamente.

Depois de alguns minutos, o balanço cessou. Jane escutou um barulho de água e imaginou ter sido a Sra. Yabsley. A porta se abriu, a Sra. Yabsley entrou, abriu todas as amarras e fechos do vestido e do espartilho de Jane e quando Jane achou que estava prestes a morrer de vergonha, ela lhe entregou o traje de banho. Na opinião de Jane, esse tipo de maiô era quase mais desagradável do que o cheiro do interior da cabine. Parecido, tanto na forma quanto na cor, a um saco de batatas, Jane provavelmente não era a primeira a vesti-lo: e isso tornava tudo triplamente desagradável. Abalada, ela se olhou. Nunca antes havia usado uma roupa que outra pessoa havia vestido antes, muito menos uma pessoa desconhecida.

Bem, era parte da aventura, ela pensou. E caso ficasse com pulgas — uma suposição altamente repugnante —, ela escreveria para Martha em Ibthorpe, que saberia de um meio eficaz contra os insetos.

A Sra. Yabsley saiu da cabine sem mais e seu grunhido suspeito fazia imaginar que estava entrando no veículo do lado.

"Jane?", ela escutou um pouco depois a voz abafada da Sra. Buller.

"Sim?"

"Você está pronta?"

"Acho que sim."

"Então abra o ganchinho da porta."

Ela nem tinha percebido uma segunda porta, mas realmente havia outra. Jane abriu-a. Claridade. O mar, com sua espuma azul acinzentada, surgiu diante dela.

Encantada, ela ficou olhando para ele até ouvir novamente a voz da Sra. Yabsley. Mais uma vez ela não entendeu nada do que a *dipper* estava falando. Mas ela imaginou que tinha de fazer como a própria Sra. Yabsley, sair da cabine e encarar a água, e foi isso que ela fez.

Ela inspirou fundo e saltou, espalhando água ao aterrissar num ponto que não podia ser muito fundo. Entretanto, mal sua cabeça submergiu, ela perdeu a orientação.

"Pelo amor de Deus pai!", ela ouviu, mas nesse instante não ficou feliz por ter compreendido a Sra. Yabsley pela primeira vez. Engolindo água e tossindo, Jane tentou imaginar onde seria em cima. A água era escura e seus braços e pernas mexiam-se de maneira tão descontrolada que ela podia estar se movimentando numa direção aleatória.

Em pânico, ela procurou sinais que podiam indicar o caminho até a superfície da água; senão nuvens ou o Sol, então pelo menos plantas no fundo. Ela sentiu alguma coisa a que se agarrou e com um impulso foi puxada para cima; seus pés encontraram apoio e, ao mesmo tempo em que cuspia água salgada, Jane tentava respirar.

"Aqui tem uma escada, querida. A senhorita não se deu conta?"

Embaraçada, Jane tirou o cabelo do rosto. A Sra. Yabsley parecia furiosa.

"Perdão", ela conseguiu falar com os lábios salgados. E em seguida: "Maldição, não imaginei isso!"

O rosto enrugado da Sra. Yabley ganhou um sorriso.

"Maldição digo eu! E será que posso perguntar o que se passa com sua amiga?"

Jane olhou ao redor a fim de procurar pela Sra. Buller, mas essa não estava em lugar nenhum. A porta da sua cabine tinha sido aberta, o que fez Jane mirar, assustada, as ondas do mar.

"Nada disso", disse a Sra. Yabsley, "ela ainda não deu as caras. Acho que está morrendo de medo. Para mim, tanto faz. Sou paga por pessoa, não por sucesso."

"Sra. Buller?", chamou Jane, caminhando dentro da água até a cabine da sua cúmplice. Dentro estava escuro, mas depois de seus olhos terem se acostumado, ela enxergou a amiga encolhida no banco.

"Não estou com coragem", sussurrou.

"É maravilhoso", afirmou Jane, surpresa pelas próprias palavras. Mas elas eram verdadeiras. Era maravilhoso. A começar pela sensação de estar na água: Jane nunca havia sentido nada igual — essa leveza, mas também a maneira delicada como a água acariciava suas pernas.

"Você tem de tentar! Talvez prefira não saltar para dentro, como eu fiz. Mas, fora isso, prometo que é maravilhoso."

"Você caiu na água?"

"Da maneira mais literal possível", respondeu Jane, divertida.

A Sra. Buller ergueu-se e se aproximou, tímida. Mas seus traços se enrijeceram quando ela enxergou a água.

"Não", ela disse. "Não consigo. E o que o Sr. Buller vai dizer?"

"Você não disse nada a ele?"

"Não, pelo amor de Deus!"

"Então ele não precisa saber", concluiu Jane. "Mas você não vai se arrepender amargamente de ter entrado na cabine e não ter posto nem um dedinho na água?"

Hesitante, a Sra. Buller olhou para a amiga.

"Se você se sentar na beirada", Jane bateu no lugar do qual ela tinha mergulhado mais ou menos de cabeça, "e ficasse balançando as pernas, já seria um começo."

"Um começo ou apenas um sinal de covardia?"

"Nada de covardia. Para mim, um sinal de atrevimento."

Um sorriso iluminou o rosto da Sra. Buller.

"Bem, se você acha que consigo."

"Mas é claro!"

Temerosa, a Sra. Buller aproximou-se mais um pouco, olhou ao redor para se certificar de que não havia nenhuma gaivota, pescador ou gente curiosa que pudesse observá-la, e daí colocou primeiro o calcanhar, depois a sola e, por fim, o pé esquerdo inteiro na água.

Ela arregalou os olhos.

"É maravilhoso!"

Jane, que estava inteiramente molhada e que aos poucos começava a sentir frio, assentiu. A Sra. Yabsley, que ficou assistindo por um tempo as duas trocarem olhares felizes, disse por fim, entediada: "Bom, por hoje chega".

Decepcionada, Jane olhou para ela.

"Amanhã no mesmo horário?", perguntou a Sra. Buller, ainda encantada.

O coração de Jane disparou.

"De acordo com a vontade das senhoras."

A qual era a vontade delas!

~

Ninguém sabia o motivo de Jane ter passado o dia anterior inteiro com um sorriso no rosto. Nem de onde tinham vindo as sardas que apareceram no seu antebraço. Felizmente, a manga da blusa as cobria. Entretanto, ela pensava nisso quando esticava a mão para pegar a manteiga, no café da manhã — de modo nenhum sua mãe podia ver o quão bronzeada estava a pele nesse lugar que, via de regra, era impossível pegar cor.

Jane estava quase contando com a ausência da Sra. Buller, quando ela tomou o caminho para a praia no dia seguinte, no mesmo horário do dia anterior, bem cedo. Mas lá estava ela. Assim como a Sra. Yabsley, os dois homens, os cavalos e as cabines de banho.

Rapidamente, elas se trocaram nas cabines; Jane não sentiu mais nenhuma dificuldade em subir nela.

"Posso?", perguntou à Sra. Yabsley logo em seguida.

Ela tinha vestido rapidamente seu traje de banho, de modo a não ter tempo de pensar em pulgas e coisas semelhantes. Ela queria apenas entrar no mar, sentir o frio, sua força gigantesca.

Com o costumeiro semblante fechado, a Sra. Yabsley fez que sim com a cabeça. Jane, que havia aproveitado a tarde do dia anterior para olhar imagens de nadadores nos livros, desceu a escada e logo sentiu as mãos fortes de sua professora debaixo de si. Os braços esticados, girando na água alternadamente como as pás de um moinho: esses movimentos deviam mantê-la na superfície. Entretanto, nos desenhos tudo parecia mais simples. Jane não conseguiu se desfazer da impressão de ter se transformado numa tábua de madeira. Erguer o braço direito e depois o esquerdo? Ah, sim, mas como se a Sra. Yabsley estava no caminho? Mas Jane também não queria arriscar sem seu apoio. Decidida, ela tentou várias vezes; obedecendo ao comando da sua professora, ela bateu os pés, ergueu o braço esquerdo, depois o direito, até que seu pescoço, que mantinha a cabeça erguida, começou a doer, as mãos perderam a sensibilidade e ela tinha engolido tanta água salgada que dava vontade de mexer a boca feito um peixe.

"Hum, srta....", murmurou a Sra. Yabsley, que parecia não estar especialmente satisfeita com os progressos de Jane. A aluna também não podia levar a professora a mal por isso! Provavelmente as gaivotas estavam rolando de rir por causa dela — e os peixes também.

"Assim não vamos a lugar nenhum, senhorita."

Jane cerrou os dentes e tentou mais uma vez. Novamente uma onda bateu em seu rosto. Na vez seguinte, a água entrou em seu nariz. Jane estava congelada, sentia falta do sol, que nesse dia não teve a delicadeza de sair de detrás do grande cobertor de nuvens.

"Vamos prosseguir amanhã?"

Brava, Jane balançou a cabeça. Que coisa, outras pessoas aprendem! Mais uma braçada, mais uma onda. Ela precisou se conter para não gritar de decepção.

Depois de vários minutos que pareceram intermináveis, a Sra. Yabsley suspirou.

"Já deu, senhorita."

Isso significava que logo os madrugadores estariam saindo de suas casas para um passeio na praia. E quando chegasse a maré, seria melhor que elas — inábeis como eram — se retirassem.

"Obrigada", murmurou Jane. Ela se sentia ridícula, estava irritada e se perguntava se estava portando-se de maneira extraordinariamente burra ou um dia acabaria por aprender. A Sra. Buller, que não compartilhava da mesma ambição, sorriu de maneira encorajadora. Absolutamente satisfeita, a última estava sentada na porta da sua cabine de banho, como no dia anterior. Hoje, porém, Jane ficou com a impressão de que ela não tinha molhado nem um pouquinho do pé.

Jane não se sentia mais tão heroica como há uma hora. Mas desistir não estava nos seus planos. Ela marcou com a *dipper* de novo para o dia seguinte e ficou olhando a Sra. Buller caminhando rapidamente pela praia, distanciando-se da Sra. Yabsley e dos homens.

"Srta. Jane", ela escutou uma voz calorosa chamando às suas costas.

Assustada, ela se virou. Pelo amor de Deus, agora seus pais ficariam sabendo.

"Dr. Mortimer. Que... coincidência."

Ele deu um sorriso.

"Não é bem uma coincidência, talvez apenas meia", retrucou ele. "Achei que a encontraria hoje aqui."

Mas claro, ele havia arrumado os trajes de banho para elas!

"Muito obrigada", falou ela. "Com sua ajuda, tanto a Sra. Buller quanto eu pudemos experimentar algo temerário, para o qual infelizmente não tenho qualquer talento."

Ele fez uma expressão desconsolada.

"Você não gostou?"

"De nadar? Ah, sim! Mas ainda não sei. Nem um pouquinho, confesso. Terrível. Já estou tão velha que nem me lembro mais como é trabalhoso aprender alguma coisa nova! Que sorte que quando criança eu não era tão impaciente como hoje. Certamente nunca teria aprendido a ler. Ou a escrever."

Assustada com a ideia, ela fez uma careta.

"Isso seria assim tão ruim?"

"Ah, sim. Se eu não soubesse escrever, minha vida teria sido perdida. Embora nunca saberia o que estaria perdendo caso não tivesse aprendido..."

Os olhos dele pareciam acolhedores; ele a observou com um olhar simpático, franco. Apesar disso, havia algo... Ela não sabia como descrever. Parecia algo oculto, disfarçado, como se ele não ousasse se mostrar totalmente ao mundo.

"Eu escrevo. Romances", acrescentou ela.

Pensativo, ele assentiu. Durante algum tempo, o médico ficou em silêncio e Jane estava muito decepcionada. Não era fácil para ela falar com estranhos sobre sua atividade favorita. Mas quando o fazia — e por que ela havia falado com ele a respeito? — e a pessoa em questão reagia com indiferença ou até incompreensão, a dor que ela sentia era profunda.

"Bem, vou indo", murmurou ela. "Mais uma vez, muito obrigada por seu apoio."

"Eu desenho", disse ele.

Ela parou e ergueu a cabeça.

"Não ouso me chamar de artista. Afinal, sou médico", ele riu, inseguro, "e gosto da minha profissão. Mas quando sonho, então às vezes estou viajando pelo mundo como pintor. Me vejo no Japão ou na África do Sul." O sorriso dele estava ficando cada vez mais débil e ele olhou para o chão, tímido. "Sempre fui um sonhador. Um tipo absolutamente descartável para o mundo."

Jane ficou sem saber o que dizer. Ela estava espantada demais e a confissão dele era tão íntima que a deixou nervosa.

Ele suspirou baixo. Agora era ele o decepcionado? O canto esquerdo da boca dele estava um pouco mais caído do que o direito, o que fazia o sorriso ficar torto. O resultado era charmoso — charmoso e agradável.

"Então os desenhos no seu consultório são seus?", lembrou-se ela de repente.

Ele assentiu. Os olhos do médico, de um bonito azul acinzentado, passavam uma impressão de delicadeza e fragilidade.

"Eu...", começou ela por fim, mas também ele havia aberto a boca e dito algo. Ao mesmo tempo, os dois emudeceram novamente.

"Aliás, a senhorita tem uma bela voz."

Ela não estava preparada para um elogio desse tipo.

"Gostei como exclamou *Maldição*."

Jane enrubesceu.

"Você esteve aqui ontem também?"

Ele fez que sim.

"Normalmente não sou de ficar soltando impropérios."

"Que pena. Combina com você."

Ela fechou a boca. Ele a surpreendia.

"Posso comprar o desenho da jovem?"

Ele sorriu para ela, mas não respondeu. Em vez disso, falou: "Não consigo imaginar maior satisfação do que a pintura. Acho que poucas pessoas receberam esse presente da vida. Porém, a vontade de criar algo leva à solidão. Não é possível dividir uma paixão, ou acha que sim?"

"Não", respondeu ela, pensativa. "Não dá para dividir. É algo que vai separar você e eu para sempre das outras pessoas."

Eles se entreolharam em silêncio. Ele fez uma reverência.

"Até breve."

Ela não conseguiu falar nada e ficou olhando como ele subia rápido, puxando uma perna, a escada até a rua.

Depois de Jane ter voltado à pensão, ela secou o cabelo com a toalha e se olhou no espelho. Suas faces reluziam um suave tom dourado, os olhos estavam radiantes. Não era muito frequente Jane se sentir bonita, e desde que tinha ficado mais velha, esses momentos se tornaram ainda mais raros. Não eram apenas os olhos que brilhavam, ela era todinha.

Jane se vestiu, sentou-se e, após uma ligeira hesitação, tirou uma pilha de papéis da mala. O amor ao qual o Sr. Mortimer tinha se referido — ainda existia nela? Tanto tempo tinha se passado desde que ela sentira pela última vez a ligação preciosa com o reino da sua criatividade. Ela adoraria tentar de novo, mas tinha um medo terrível de fracassar.

Com o coração disparado, abriu o vidro de tinta, preparando-se para essa tentativa ter o mesmo resultado das outras. Mas nesse dia ela não precisava lutar com as palavras. Encantada, percebeu que elas brotavam sem qualquer esforço.

O ano já estava adiantado demais para qualquer diversão ou espetáculo que Lyme, como local de veraneio, podia oferecer. Os alojamentos estavam fechados, quase todos os hóspedes haviam partido, não havia praticamente nenhuma família além das que residiam no local. E como não houvesse nada para se admirar, o olhar do visitante se voltava para a invejável localização da cidade, a rua principal quase se precipitando na água, o passeio ao Cobb, marginando a aprazível baía, que na estação se anima com cabines e banhistas, o próprio Cobb, suas antigas maravilhas e novos melhoramentos, com a linda linha de rochedos estendendo-se para leste da cidade.

Seria um estranho visitante quem não visse encantos nas redondezas de Lyme nem tivesse vontade de conhecê-la melhor! As paisagens nas suas redondezas, Charmouth, com suas terras altas e grandes extensões de campos, e ainda a suave baía retirada, emoldurada por escuros penhascos, onde fragmentos de rochas baixas, entre a areia, tornam-na o local mais propício para observar o fluxo da maré e sentar-se em incansável contemplação; as diferentes variedades de árvores da alegre vila de Up Lyme, e, principalmente, de Pinny, com suas verdes ravinas por entre rochas românticas, onde esparsas árvores de floresta e hortas luxuriantes indicam que muitas gerações se passaram desde que a primeira queda parcial do rochedo preparasse o campo nesse aspecto, onde surge um cenário tão maravilhoso e adorável, que bem pode igualar qualquer paisagem da tão famosa ilha de Wight: esses lugares devem ser visitados e revisitados, para se compreender o valor de Lyme.

Voltaram para se vestirem para o jantar. O plano fora tão bem combinado que tudo deu certo apesar do fato de estarem "tão fora da estação", "não terem uma visão completa de toda a beleza de Lyme" e "que estava deserta", tenha provocado muitas desculpas por parte dos estalajadeiros. Anne sentiu-se então cada vez mais capaz de ficar na companhia do capitão Wentworth, a um ponto que não imaginara ser possível. Sentar-se à mesma mesa com ele, agora, a troca das gentilezas usuais daí derivadas — nunca iam além destas — tornara-se corriqueiro para ela.*

Jane mal conseguia acreditar. Ela havia escrito algo e mesmo se não soubesse no que ia dar esse texto — um conto, algo mais longo como

---

* Tradução de Luiza Lobo, assim como todos os trechos de *Persuasão* (Rio de Janeiro: Nova Fronteira, 2019. 3ª edição). [N. da T.]

um romance? —, e embora Anna aparecesse apenas timidamente na consciência de Jane, ameaçando desaparecer novamente, ela já se sentia ligada a ela. Ela enxergava Anne diante de si, alguns anos mais velha que ela própria. Cabelo escuro, um rosto fino e encantador, envelhecida prematuramente. Olhos castanhos, como os seus. Na realidade, ela quis se inspirar na jovem do desenho que havia visto no consultório do Dr. Mortimer.

"Mas não é você", murmurou ela. "De onde você apareceu, assim do nada?"

Bem, ela primeiro teria de deixar Anne influenciá-la. Jane fechou os olhos. Ela viu uma escada à sua frente, pedras corroídas pelo sal, lisas por causa das algas e plantas marinhas. O mar estava revolto, nenhuma comparação com aquele no qual ela havia se banhado nos últimos três dias. Falésias abruptas — ou um muro de contenção? Ela baixou a cabeça.

Quando chegaram à escada que levava para fora da praia, um cavalheiro que se preparava para descer no mesmo momento recuou gentilmente e parou para dar-lhes passagem. Subiram e passaram por ele; nesse instante o rosto de Anne encontrou seu olhar. Ele olhava-a com uma admiração tão séria que não pôde deixar de notá-lo. Anne tinha excelente aparência; os olhos brilhavam, seus traços regulares e bonitos voltavam a ter o brilho e o frescor da juventude devido ao vento agradável que a fortalecera. Era evidente que o cavalheiro (um completo cavalheiro em maneiras) admirou-a profundamente. O capitão Wentworth olhou no mesmo instante para ela, de uma forma que mostrava tê-lo notado.

Capitão Wentworth... Jane sentiu um calor. Ele era o homem certo para Anne, o homem a quem ela entregara o coração. E aquele que não a queria mais, depois de ela tê-lo decepcionado amargamente. Ele era grande, com um semblante pensativo e uma voz de timbre agradável, calma. Ela o enxergou perfeitamente diante de si — alto e magro, mas não se comportava feito um pavão exibido. Seus movimentos eram suaves, o olhar também era suave, e quando ele o baixava porque queria esconder seu íntimo dela, ele sempre ficava parecido — sabe-se lá por que — com Frederick Mortimer. Jane fechou os olhos. Finalmente tinha conseguido escrever de novo. Finalmente encontrou calma e paz interior, finalmente estava novamente amalgamada ao mundo, finalmente a porta se abria.

Tinha demorado tanto tempo!

Uma batida fez com que ela erguesse a cabeça de repente.

"Sim?"

Cass entrou — uma mulher vestida de preto, que se abanava com um leque.

"Eu queria perguntar se você estava com vontade de tomar uma xícara de chá. Mas você parece tão concentrada. E..." Ela hesitou e olhou inquisidoramente para Jane. "Você também está diferente, Jane, embora eu não saiba dizer como..." Apenas então ela notou a pequena pilha de papéis sobre a penteadeira. "Você está escrevendo de novo?"

Jane tinha a impressão de transbordar de alegria. Ela assentiu.

"Que ótimo." As palavras de Cass deveriam soar alegres, mas Jane percebeu claramente o luto da irmã. Ela se ergueu e ficou diante dela.

"Você não acha que está na hora de voltar a viver de novo?", perguntou, atenta a quaisquer expressões no rosto de Cass. Ela tinha de ser muito cuidadosa com o que dizia para que a irmã não ficasse ainda mais triste.

Cass assentiu, mas se mostrava pusilânime.

"Desde que estamos aqui...", começou Jane, mas ao mesmo tempo ela se perguntou como não tinha pensado nisso antes. "O mar — ele faz com que você se lembre de Tom, não é?"

Cass fechou os olhos. Seu nariz parecia ainda mais pontudo do que de costume, o rosto havia ficado ainda mais fino, ainda que nunca pudesse ter sido chamado de redondo. Ela estava pálida, com olheiras escuras. Não parecia dormir muito.

Depois de um tempo, ela voltou a abrir os olhos. Lágrimas brilhavam neles.

"Devo pedir a papai que adiante nossa partida?"

Ao fazer a pergunta, Jane precisou se forçar a não soar desesperada. A mera ideia de imaginar abrir mão de tudo que finalmente parecia bom e leve era terrível. De volta a Bath... Ela não poderia levar consigo a Jane que tinha se tornado ali. Mas isso não era importante. Tratava-se da sua irmã.

Cass soluçou e encarou a irmã com uma rara timidez.

"Você faria isso por mim?"

"Claro."

Cass tentou dar um sorriso corajoso. Jane também sorriu, embora não estivesse nem um pouco com vontade.

"Jane", sussurrou Cass, quando Jane já se virava em direção à porta.

"O que foi?"

"Você acha que dá para amar duas vezes?"

A pergunta veio tão de supetão que Jane, confusa, primeiro fez que não com a cabeça e depois, que sim. Ela baixou a mão que havia estendido em direção à maçaneta e fez um sinal para Cass se sentar na cama. Jane pegou a cadeira na qual estava sentada ainda há pouco e aproximou-a da irmã, que havia pousado sobre a colcha como um corvo preto e triste.

"Até agora, quase não pensei nisso", disse Jane, devagar. Ela queria saber quando era melhor fazer silêncio, quando a dor se tornaria grande demais para Cass. "Às vezes também penso no Tom — no meu Tom." Ela arfou, pois ele era tudo, menos *seu* Tom. "Mas desde que se casou, ele como que desapareceu da minha cabeça. Entretanto, não esperava que um dia ele poderia ser substituído. E agora também já é tarde demais para isso."

Cass curvou-se para frente e tomou a mão dela.

"Você acha? Você acha que poderia se apaixonar mais uma vez? Sei que o Sr. Lefroy machucou-a muito. Apesar disso, você..." A voz dela ficou mais baixa e ela parecia distante, provavelmente não tinha consciência do que dizia: "...nunca vivenciou a sensação de amar de verdade — e de ser amada."

As palavras de Cassandra atingiram Jane em cheio, que virou a cabeça e procurou no piso algo em que pudesse fixar sua atenção. Nunca antes ela desejou tanto ver uma barata. Ou um camundongo, que poderia seguir com o olhar. Mas nada se mexia. Parecia haver um nó na sua garganta.

"Oh, não. O que foi que eu disse?"

Jane balançou a cabeça. "Está tudo bem."

Ela tentou sorrir, mas não conseguiu. Seus lábios tremiam. Será que ela não tinha amado Tom? A despedida abrupta dele tinha doído, sem dúvida. E também o fato de ele nunca mais dar notícias. Mas será que o amara?

E como ele se sentira?

"Não sei nem se sou capaz de amar", disse Jane com a voz baixa. "O flerte com Tom foi maravilhoso e excitante. Mas há algo em mim... Parece como uma caverna, à qual não encontro o acesso. Sinto que lá está meu coração, mas não consigo tocá-lo."

"Tenho de contradizê-la", retrucou Cass mais alto do que o necessário. "E digo mais. Acho que ele a machucou de tal maneira que *você* escondeu o coração. Mas o bom é que você pode liberá-lo de novo."

Jane piscou. A conversa que elas estavam tendo não era agradável. Ela queria estar falando sobre Cass, também sobre a escrita ou até sobre o tempo, mas não sobre Tom Lefroy e o coração dela, esse órgão bobo. Nem sobre qualquer outra coisa doída.

Triste, ela olhou para Cass.

"Por que você está falando isso agora? Não dá para dizer que nossa vida foi sempre tão cheia de acontecimentos e dificuldades que nunca tivemos tempo de conversar sobre Tom Lefroy."

"Não foi muito atribulada, você tem razão. Mas no começo tinha medo de reabrir as feridas que estavam se curando. Daí veio 97..." Ela engoliu em seco e virou o rosto, para secar discretamente as lágrimas das faces. Cass tomou fôlego, se virou novamente para Jane e um sorriso temeroso surgiu sobre seu rosto de aparência enfermiça. "Depois disso, confesso, também tentei desviar do tema. Mas agora... você está tão diferente, Jane. Tão fresca e saudável, tão confiante e feliz. Você me deixou pensativa. Perguntei a mim mesma se você..." Ela deu de ombros. "Se você está gostando de alguém."

"Eu?", perguntou Jane, espantada. "Não!"

"Não mesmo? Eu poderia jurar que você está com a aparência de uma pessoa apaixonada."

"Mas você nunca me viu apaixonada, Cass, então eu não confiaria muito nessa sua impressão. Não", repetiu Jane após uma pequena pausa, "não estou apaixonada. Mas certamente estou feliz."

"Nem sei de devo ficar aliviada ou decepcionada", disse Cass.

Jane olhou para ela com espanto.

"Fiquei com medo de que você estivesse sentido algo pelo Sr. Evelyn."

"O Sr. Evelyn?" Jane caiu na gargalhada. "Pelo amor de Deus. Sua fantasia, Cass, vai um pouco longe demais."

"Mas o que é então? De onde vem essa alegria?"

Agora foi a vez de Jane dar de ombros.

"O mar, o ar marinho. Você percebe com o céu se parece com uma pintura, mesmo quando chove? Acho que não existe lugar mais bonito que este — no máximo Steventon, mas apenas porque lá é minha casa e sempre será, mesmo se eu nunca regressar."

Cass apertou a mão de Jane um pouco mais forte.

"Se ficar aqui lhe traz tanta felicidade, então não podemos ir embora."

"Mas se ficar aqui lhe traz tanta infelicidade, então *temos* de ir embora."

"Um impasse clássico", concluiu Cass. "Mas como sou a mais velha, posso decidir."

Jane ergueu-se e alisou a saia.

"Como sou a mais rápida, você fica por último."

E já tinha ela saído porta afora, descendo o estreito corredor numa corrida. Ela já via diante de si o rosto indignado da mãe, que provavelmente estaria pronta a partir a qualquer hora por pura vergonha de Jane.

"Papai?"

Ela o encontrou na biblioteca que, no melhor dos casos, continha um quarto dos livros que Jane um dia teve — ou seja, antes da mudança para Bath. Tudo que estava nas prateleiras era previsível e tão empoeirado que não havia dúvidas: as pessoas não vinham a Sidmouth para ler. Jane, entretanto, não podia levar isso a mal. Nem seu pai lia enquanto estava na cadeira de vime, mas olhava com o semblante plácido através da janela os rochedos brilhantes e o mar mais atrás.

"Podemos interromper nossas férias?", perguntou ela, sem fôlego por causa da corrida.

Atônito, ele a encarou.

"Por que haveríamos de fazer isso? Há pelo menos meio ano que não a vejo tão alegre, Jane. Não seria idiota voltar para onde você é profundamente infeliz?"

"Vou acabar me acostumando. E quanto mais cedo voltarmos, mais cedo posso começar a me adaptar."

O pai permaneceu pensativo. Depois, deu de ombros.

"Vou falar com sua mãe. Não a consultei antes de vir para cá. Não quero cometer o mesmo erro duas vezes."

Quando Cass apareceu junto à porta, Jane fez um sinal para ela com a cabeça.

"Já está decidido."

Ela sorriu. Apenas quando foi caminhando pela viela estreita ao longo das casas dos pescadores pintadas com cores claras, sob o sol quente da tarde, até a praia, é que seu coração ficou pesado e ela se sentiu tristíssima.

SIDMOUTH, CONDADO DE DEVON
18 de agosto de 1801

Três dias mais tarde, entretanto, nada estava decidido — uma situação que tanto aliviava quanto perturbava Jane. Por fim, ela viu que todo olhar que Cass lançava ao mar disparava alguma coisa, por mais que o Canal da Mancha na costa sul da Inglaterra não tivesse muita coisa em comum com o Caribe, no qual Tom Fowle havia navegado. Mas oceano permanecia sendo oceano, ondas permaneciam sendo ondas. Seu pai procurava consolá-la, mas nunca parecia ser o momento certo de falar com a Sra. Austen a respeito. Tempo — o tempo certo —, porém, não faltava a ninguém naquele lugar.

Será que mudaria alguma coisa se ela conseguisse convencer Cass a nadar? As coisas que nos são desconhecidas nos põem medo, e se Cass tivesse coragem de pelo menos caminhar na água, o mar perderia seu horror, o luto seria substituído por algo diferente, mais leve. Ela própria continuava treinando todas as manhãs, sem fazer quaisquer progressos. Mas isso era o de menos.

Quando ela falou com Cass a respeito, a irmã encarou-a com o olhar vazio.

"Nadar", repetiu Jane, com a voz baixa.

Elas tinham caminhado colina acima, em vez de se dirigirem à praia, como sempre; alguns passos à sua frente, caminhavam a mãe e o pai.

"É divertido."

Cass procurou o mar com os olhos.

"Certamente que é difícil para você imaginar, mas que tal apenas fazer uma tentativa?"

Lentamente, Cass virou o rosto para ela. Como sua aparência estava tensa e cansada!

"Apenas uma tentativa, Jane, desculpe, é o seu jeito. Sou diferente."

"Sei disso, mas..." Jane procurou as palavras certas, sem as encontrar.

Como ela podia ter deixado de perceber o quanto sua irmã estava mal? Sim, ela já tinha se feito a mesma pergunta três dias antes, mas agora ela era ainda mais premente. Não era de se espantar que Cass demorara tanto para chegar a Bath. Ela precisou de tempo, e uma nova insegurança, como a mudança, não ajudou em nada. Nem férias. Elas tinham de voltar a Steventon, mas esse caminho estava fechado para a família. A casa paroquial, na qual tinham crescido, agora era de James e Mary. Eles podiam ser visitas, por pouco tempo, e só.

Ah, se elas tivessem dinheiro! Se Jane ganhasse alguma coisa para garantir autonomia a Cass — que de todo modo recebia uma pequena pensão das entradas de Tom — e a ela. Elas poderiam alugar uma casa próximo a Steventon. Assim, Cass conseguiria visitar os Fowle sempre que conseguisse suportar. Apesar de Jane ficar admirada, as visitas ajudavam Cass a lidar com a dor: ver os pais dele, estar na casa dos pais.

Jane suspirou baixinho. Elas continuaram caminhando, visto que o Sr. e a Sra. Austen tinham se afastado tanto que passaram a apenas pequenos pontos coloridos.

"Nada do que você quiser me sugerir vai adiantar, Jane. E sabe o motivo? Porque não quero ser diferente do que sou hoje."

Surpresa, Jane olhou para ela.

"Triste?", perguntou ela para ter certeza.

"Sim."

"Você não quer ser outra coisa senão triste?"

"Isso."

"Como assim?"

"Porque é o certo. Porque assim demonstro meu respeito por Tom e posso lhe comprovar que o amo."

Ainda mais confusa, Jane olhou para a irmã, que parecia cada vez mais desanimada.

"Com certeza ele sabe disso também de outro jeito", conseguiu dizer depois de um tempo.

Cass não respondeu, apenas apertou ainda mais os lábios. Em silêncio, elas conseguiram alcançar os pais. A Sra. Austen, com as faces animadas, visto que devia ter se esquecido do quanto sentia falta de Bath, deu o braço a Cass e começou a falar sobre as flores ao longo do caminho, o ar e os efeitos positivos em seu bem-estar.

"Há dias que não sinto mais dor de cabeça!"

"Que bom, mamãe, que bom", retrucou Cass.

Jane ficou para trás de novo. Ela esfregou a testa, depois o nariz. Não havia outra possibilidade? Não.

"Você não está com vontade de fazer um passeio a quatro, certo?", perguntou o pai, que também havia diminuído o passo.

"Podemos finalmente voltar para Bath? Você falou com mamãe?"

Ele passou a caminhar cada vez mais lentamente.

"Fiquei com a esperança de que isso fosse um dos seus humores, mas parece que me enganei. Você quer mesmo voltar para Bath?"

Jane assentiu.

"Por quê, Jane?"

"Porque sim. É suficiente?"

"Bem... Para mim, sim, mas não sei se é para sua mãe... Você sabe que ela nunca detestou tanto um lugar quanto Sidmouth. Até há cerca de uma semana. Agora ela adora isso aqui de todo coração e não quer sair nunca mais."

"E se você simplesmente metê-la na carruagem?"

"Não posso lidar com sua mãe como se ela fosse uma simples mala."

Jane evitou comentar que *ela* própria já tinha se sentido como um mero utensílio de viagem e que seus pais não tinham tido nenhum problema com isso.

"Tente, sim? Tente convencê-la."

Cético, ele balançou a cabeça, primeiro num sinal de não, depois de sim.

~

"Tenho algo para você, Jane."

Jane, que estava ocupada em colocar seus poucos pertences numa mala, começou a sorrir ao olhar para a Sra. Buller.

"Que bom vê-la!"

Sua amiga olhou para o quarto, admirada.

"Você está indo embora?"

"Sim, infelizmente."

"Mas como assim? Estava planejado apenas para setembro!"

Jane pensou o quanto podia se abrir com a Sra. Buller e chegou à conclusão de que era possível confiar plenamente nela. Ela lhe ofereceu um lugar na poltrona e se sentou na cadeira diante da penteadeira. Em poucas palavras, ela descreveu o que Cass tinha passado.

"Compreendo", disse a Sra. Buller, triste. "E quando você vai?"

"Amanhã."

"Amanhã! Então podemos nadar mais uma vez?"

A ideia de natação da Sra. Buller consistia, como antes, em ficar sentada na beirada da cabine de banho e olhar para o horizonte, embevecida. Mas ela ficava contente mesmo assim, e por que mudar?

"Acho que não", disse Jane, lamentando-se. "No dia da viagem, minha mãe se levanta cedíssimo. Ela acabaria me flagrando ao voltar com os cabelos molhados para a pensão."

"Sei", murmurou a Sra. Buller, lamentando. "Mas a gente ainda se despede, não? Do mar, juntas. O que você acha?"

Jane assentiu e tentou afastar sua tristeza que só fazia aumentar. Sua decisão era boa. Era boa para Cass.

No dia seguinte, quando acordou de madrugada, a sensação era de total alegria. Sair da cama e pegar o traje de banho! Daí ela se lembrou que dia era aquele: 29 de agosto. Um sábado. O dia que partiriam de Sidmouth.

As lágrimas vieram, sem que ela conseguisse se defender delas. Jane imaginou o que haveria pela frente: um final de verão que pareceria interminável, em seguida o outono, o inverno com a nova temporada de bailes, novas pessoas à procura de relaxamento, novos rostos masculinos. Os dias em seu quarto em Sydney Place... Ao acordar, ela se sentiu como se, durante a noite, tivesse sido presa à cama com pregos. Sentar-se, levantar-se? Tudo pareceria muito difícil, sem qualquer promessa de alegria.

Seu rosto estava úmido quando ela vestiu a saia e se aproximou da janela; mesmo tentando sufocar o choro, ela soluçava.

Ela não queria. Ela não queria!

Um sorriso tímido, torto, apareceu na sua mente. Era o do Sr. Mortimer.

"Não quero", disse ela em voz alta. A imagem desapareceu.

Ela se lembrou de quando havia pronunciado essas palavras pela última vez. No dia do seu aniversário. Qual tinha sido o resultado?

Nenhum. Ela tinha se mudado para Bath, seguindo o desejo dos pais. Ela fazia tudo o que os pais queriam, não porque entregava a eles o bem-estar da própria vida, mas porque não havia alternativa.

Ela era mulher. Ela não podia decidir.

Brava — um sentimento mais agradável do que a tristeza —, Jane terminou de se vestir apressadamente. O pouco que lhe restava era nadar.

Uma última vez.

Um vento forte soprava na praia. O céu não estava prateado como no dia anterior, nuvens cinzas encobriam o sol que se levantava, e a espuma das ondas se espalhava pela praia. Com as mãos protegendo os olhos, Jane olhou para a esquerda e para a direita. Nem sinal da Sra. Yabsley, dos dois homens ou da Sra. Buller.

O que fazer?

"Jane!", ela escutou alguém chamar às suas costas.

Ela se virou e viu a Sra. Buller se aproximar, correndo.

"Pensei que você não viria hoje!", disse a amiga, esbaforida.

"Eu não queria; melhor dizendo, eu não deveria. Mas vamos deixar isso de lado. Você está aqui para entrar na água?"

A Sra. Buller fez que sim e Jane quase explodiu de alegria antecipada.

"Não só isso, minha cara. Hoje quero nadar!"

Espantada, Jane ergueu uma sobrancelha.

"A Sra. Yabsley não está aqui."

"Já assisti o bastante", anunciou a Sra. Buller, animada. "Observei você."

"Mas eu também não sei nadar."

"Claro que sabe! Afinal, eu vi, minha cara!"

"Não acho uma boa ideia", disse Jane, hesitante. "Mas se você quiser, podemos molhar nossos pés juntas."

"Mas foi o que fiz durante todo esse tempo. Não, chegou a hora", determinou a Sra. Buller. "É como todo o resto: a gente aprende assistindo, aprende tudo, mas depois tem de ter coragem e experimentar por conta própria."

"Você tem absoluta razão, mas não justamente hoje. Está frio e a Sra. Yabsley não veio..."

"Bobagem."

Jane nunca tinha visto a Sra. Buller tão decidida; a amiga já estava abrindo os botões do seu sobretudo. Embaixo, apareceu o traje de banho.

"Eu também iria nadar sem você", disse a Sra. Buller, encarando-a desafiadoramente.

"Pelo amor de Deus, me prometa que você não fará o mesmo amanhã!"

A Sra. Buller deu um sorriso misterioso e foi em direção ao mar com os braços bem abertos. Jane procurou um lugar para se trocar, pois não havia a comodidade da cabine.

Bem, a rocha a alguns passos de distância devia funcionar. O perigo de ser observada tão cedo pela manhã era quase nulo. No caminho até as falésias, o vento ia a seu favor. O oceano estava ruidoso e Jane se perguntou, mais uma vez, se tinha sido uma boa ideia justamente naquele dia, sem a Sra. Yabsley, entrar no mar ou até mesmo chegar perto das ondas.

Com um rápido olhar em direção à Sra. Buller, ela se agachou atrás das rochas escorregadias, tirou toda a roupa, meteu-a numa sacolinha que usava para guardar o traje de banho e saiu.

A praia estava vazia.

Jane ficou com a impressão de não conseguir mais respirar. Ela soltou a sacolinha, ergueu a barra do vestido e subiu pelas pedras, rapidamente. Escorregou algumas vezes, mas as quedas foram leves. Enquanto isso, não tirava os olhos da superfície do mar; sua cabeça parecia estar sendo martelada.

A Sra. Buller não podia ter entrado sozinha na água! Impossível. Com certeza ela apareceria pela direita, ou por trás, ou de algum lugar!

Jane saltou para o cascalho frio e úmido, virando em círculo os olhos apertados, enquanto um ruído começava a tomar conta dos seus ouvidos.

"Sra. Buller? Sra. Buller!"

Ela correu até o cais, ficou estática quando a maré envolveu seus pés, esquadrinhando mais uma vez o mar com os olhos. As ondas quebravam, magníficas; a espuma acinzentada cobria a superfície remexida. Nessas condições, ela não encontraria a Sra. Buller nem se ela estivesse bem perto.

"Sra. Buller!", gritou mais uma vez, porém o vento arrancou-lhe as palavras da boca e carregou-as consigo. Jane percebeu como um medo gelado começava a subir pelo seu corpo, cortando sua respiração. Ela enxergava a Sra. Buller diante de si, esticando cuidadosamente o pé em direção a água, sorrindo, acreditando que podia tentar.

"Sra. Buller!"

Sua voz soava lamentavelmente baixa e mais uma vez não houve resposta.

Jane ergueu os braços sobre a cabeça, como havia visto nos livros, e saltou. A água gelada encobriu-a. Novamente, ela não sabia onde era em cima ou embaixo, mas ao contrário da outra vez, ela manteve os olhos arregalados. Bolhas de ar subiram ao seu redor. Ela olhou para as mãos, de um branco pálido, que faziam movimentos circulares. Enxergou o chão com o cascalho fosco. Algas flutuavam, sem peso, ao seu redor.

Quando seus pés encontraram o chão, ela deu um impulso para cima e subiu à superfície lutando por ar.

Ninguém. Ninguém para onde quer que ela olhasse. Apenas ondas cheias de espuma, que pareciam ficar cada vez maiores. Água gelada entrou na sua boca, que ela havia aberto para gritar novamente pela Sra. Buller. Jane se engasgou, outra onda cobriu-a, colocou a cabeça para baixo. Fazendo força para respirar, ela tentou subir à superfície várias vezes, mas não conseguiu. Em pânico, começou a se debater. Ali, um raio de luz. Luminosidade. Ar.

Seu coração batia forte. Mais uma onda que a derrubou. Jane alcançou outra vez a superfície — ela estava se afastando da praia ou era impressão? A rocha estava ficando cada vez menor?

Mas com a maré alta, isso não era possível. Outra onda. Mais e mais água. Jane perdeu força. Ela escutava apenas o ruído do mar e via algo borrado, de tons vermelhos. Havia algo ali, uma cabeça, um corpo, mãos que emergiam e voltavam a submergir. De algum modo, mexendo-se desajeitadamente, ela foi avançando. E então, viu a Sra. Buller, que estava boiando à sua frente a um braço de distância. Ela estava branca feito cal, com os lábios ligeiramente abertos. Jane sentiu o frio dela, ou era o seu? Com uma força derradeira, ela puxou a amiga atrás de si até a costa. E cambaleou quando uma onda a atingiu. Arrastando a Sra. Buller sobre o cascalho, Jane encontrou um lugar que lhe pareceu seguro. Caiu no chão, colocou a cabeça sobre o peito da Sra. Buller, mas ela própria estava tremendo tanto que não conseguia escutar o coração. Com ambos os braços, ela envolveu a Sra. Buller. Sua tentativa era aquecê-la, protegê-la. As gaivotas voavam em círculos acima delas.

Havia alguém gritando? Jane ergueu a cabeça e viu uma figura vestida de preto, magra, com os cabelos esvoaçantes aproximar-se correndo.

"Chame o Sr. Buller", gritou ela para a irmã. "Não. Busque um médico. O Dr. Mortimer!"

Cass entendeu, virando-se na hora.

Depois de um tempo que pareceu interminável, Frederick Mortimer apareceu no topo da escada e Jane sentiu como se um peso monumental tivesse saído de suas costas. Ela acenou, desesperada.

Sem dizer palavra alguma, o Sr. Mortimer ficou de joelhos. Ele colocou a cabeça sobre o peito da Sra. Buller e ficou prestando atenção com o rosto contraído. Jane não ousou se mexer. Quando ele se levantou e ergueu a cabeça da Sra. Buller, ela despertou de sua rigidez.

"Ela... ela está viva?"

Ele não respondeu; apenas tirou o casaco e colocou-o cuidadosamente sobre a amiga de Jane. Quando ele enxergou alguém aparecendo na linha do horizonte, seu rosto demonstrou alívio. Jane acompanhou o olhar dele. O Sr. Buller veio descendo as escadas correndo, seguido por Cass e os pais.

"Pelo amor de Deus, Jane!", gritou a mãe, enquanto escorregava no cascalho. "Jane!"

Com os rostos pálidos, eles alcançaram o pequeno grupo. Jane tentou se concentrar na Sra. Buller, que tinha sido carinhosamente erguida pelo marido e estava sendo carregada para a rua. Mais e mais pessoas foram à praia. O corpo inteiro de Jane continuava tremendo e seus dentes batiam com tanta força que até doía. Cass tirou o casaco e colocou-o ao redor dos ombros da irmã, que mal o sentiu.

O pai de Jane, com a testa suada, virou-se para ela. Ele estava branco e com olheiras escuras. Jane tentou se explicar, mas só conseguiu balbuciar palavras desconexas. Seu pai abriu os braços e abraçou-a. Tão quente! Tão maravilhosamente escuro e seguro! Jane fechou os olhos e começou a chorar.

~

Quando reabriu os olhos novamente, ela estava deitada na sua cama, soterrada por três cobertores.

"Por quanto tempo estive dormindo?", perguntou com a voz rouca. Ela se sentou com dificuldade e encarou Cass. Apenas naquele momento Jane compreendeu o que havia acontecido.

"Como vai a Sra. Buller?", perguntou ela, muito assustada.

"Melhor. Ela certamente ainda vai precisar de mais um tempinho para se recuperar, mas não se preocupe; já está de pé e até perguntou por você. Ela estava muito agoniada."

Um alívio tomou conta do peito de Jane. Ela fechou os olhos. Lágrimas escorreram pelo seu rosto.

"Por que ela quis tentar assim de repente?"

Cass tomou sua mão, que parecia gelada, mas talvez fosse Jane que estivesse acalorada.

"Do que você está falando?"

"Ela nunca quis nadar antes. Mas hoje, de repente..."

"Ontem", corrigiu-a Cass. "Você dormiu um dia inteiro."

"Um dia?", repetiu Jane em voz baixa.

"O Sr. Mortimer nos orientou a não acordá-la de modo algum."

"O Sr. Mortimer esteve aqui?"

Cass assentiu.

"Ele me examinou?"

A ideia era estranha. Até então, Jane não tivera muito contato com médicos; os resfriados, grandes ou pequenos, e as outras doenças eram tratados com remédios caseiros. No pior dos casos, pegava-se o conselho de um farmacêutico. Saber que um médico a havia examinado... E, ainda por cima, Frederick Mortimer.

"Mas a Sra. Buller...", ela tentou se controlar, mas de repente as lágrimas começaram a correr e a pingar do seu queixo. Ela fungou e limpou o rosto com o dorso da mão. "Por que ela entrou na água sem minha companhia?"

"Jane", disse Cass em tom de súplica. "Ela não entrou na água sem você. Ela entrou para salvá-la."

"Me salvar? Mas ela não sabe nadar."

"Você também não." O olhar da irmã se tornou duro, mas ainda amoroso. "Ninguém entende o que aconteceu com você."

Incrédula, Jane olhou para ela.

"Como você foi nadar num tempo desses?", repetiu Cass.

"Para salvar a Sra. Buller!"

"Mas a Sra. Buller disse que tentou salvar você."

"Não pode ser..." A voz de Jane ficou embargada. Ela começou a pensar febrilmente. Estava vendo a cena: havia se trocado atrás das rochas. Na volta, a praia estava vazia. Nem sinal da Sra. Buller.

"Ela disse que subiu correndo para a rua porque achou ter ouvido vozes e quis alertar você caso alguém estivesse se aproximando. Quando voltou, você havia desaparecido. E daí ela viu você na água, que parecia em perigo. Daí, ela se lançou, sem pensar em nada."

"Mas por que ela fez isso?", Jane tampou o rosto com as mãos.

Ah, se ela não tivesse ido à praia! Nada disso teria acontecido.

"Porque ela gosta muito de você. Você acha que ela deixaria você entregue ao mar?"

"Mas ela poderia ter chamado por socorro!"

"Assim como você?", perguntou Cass, acariciando-lhe suavemente a mão. "Nesse tipo de situação, não é fácil fazer o que depois se mostra ser o certo."

Jane balançou a cabeça.

Elas ouviram uma batida. Cass se levantou, alisou a saia e foi ver quem era. Ela abriu a porta para o Sr. Mortimer e saiu do cômodo, não sem antes deixar a porta entreaberta.

As faces de Jane ardiam de vergonha e aturdimento. Se ela ao menos tivesse se comportado de maneira mais heroica e não tão idiota!

Ele encarou-a em silêncio e depois sorriu, tímido.

"Estou contente por você estar melhor."

Ela quase não conseguia olhá-lo nos olhos. Se pudesse, Jane saltaria da cama para fugir, correndo o mais rapidamente possível. A pobre Sra. Buller! Ela não estava na água, pelo menos não antes de Jane ter perdido a cabeça e pulado.

E se a Sra. Buller não tivesse sobrevivido à manhã anterior?

Novamente em silêncio, o Sr. Mortimer se aproximou e entregou um lenço a Jane. Ela secou o rosto e os olhos e manteve o olhar preso à colcha da cama. Não queria olhar para ele, com medo de ficar sem ar de tanto soluçar.

Ele se sentou, ainda mudo. Em algum momento, ela acabou levantando a cabeça. Os olhos dele emanavam tanta delicadeza que Jane rapidamente desviou o olhar. Seu coração batia tão rápido que ela mal conseguia respirar.

"Oh, Jane!"

Atrás do marido, a Sra. Austen entrou aos trambolhões e ficou ao lado de Jane. Ela abraçou-a com força.

"Você acordou, que felicidade, você acordou! Que menina boba!", exclamou a mãe, soltando-a novamente. "Como você se atreve a me deixar em pânico assim?"

"Não quis aborrecê-la, mamãe."

Jane lançou um olhar inseguro para o Sr. Mortimer, que havia se levantando num salto e agora estava em pé, desajeitado.

"Então o quê?", exigiu saber a mãe, com a voz estridente.

Jane sentou-se ereta e tocou o cabelo, que estava colado no couro cabeludo, todo suado. Era desagradável estar com essa aparência; por outro lado, ninguém imaginaria que ela estivesse esperando o médico toda penteada e arrumada.

"Então o quê?", repetiu a mãe.

"Deixe-a", disse o pai de Jane, que se colocou ao lado da mulher e pegou a mão da filha. Ele parecia tão velho e cansado que Jane quase não suportou seu olhar.

"Não, Sr. Austen, não vou deixá-la", protestou a mulher. "Quero saber o porquê…"

"Fora!", ordenou ele.

A Sra. Austen olhou brava para ele, mas depois deu meia-volta e saiu do quarto pisando duro. O pai de Jane apertou com cuidado a mão da filha, depois se dirigiu ao Sr. Mortimer.

"Cuide para que ela fique bem logo."

O Dr. Mortimer assentiu.

"Estou fazendo meu melhor."

"Você deve me achar a criatura mais ridícula do mundo", disse Jane, quando eles ficaram a sós.

"Como você está?", perguntou ele, sem se importar com o comentário anterior. Mais uma vez ele olhou para ela e Jane sentiu um calor. Mais uma vez o coração dela passou a bater mais forte.

"Você está com uma aparência bem melhor, e isso me tranquiliza. Sente-se febril?"

Cansada, ela fez que não com a cabeça.

"Ainda está com frio?"

"Não."

Ele se sentou ao seu lado e pegou a mão dela. Com o polegar, mediu a pulsação. A maneira como segurava o pulso era delicada e cuidadosa. Ela se sentia incapaz de se mexer. E escutava a própria respiração, inspirações pequenas, débeis, e seu coração batia como o de um passarinho.

Jane fechou os olhos. Ficar deitada ali para sempre. Senti-lo por mais tempo.

Alguém tossiu seco no corredor, daí deu para ouvir a voz da Sra. Austen.

"Acho que também preciso da ajuda do Sr. Mortimer." Ela soava preocupada e teimosa. "Não estou passando a impressão de estar doente, Sr. Austen?"

"Você está passando a impressão de estar doente, querida", disse o Sr. Austen com uma voz suave. "Mas lhe dê um tempo até ter consultado Jane."

Jane teve coragem de abrir os olhos novamente e olhar o Sr. Mortimer. Ele sorria torto, carinhoso, incrédulo. Ela sorriu de volta, segurou a mão dele, sentiu a pressão suave dos dedos dele, o calor que passava da pele dele para a dela.

"Eu queria lhe contar como me tornei médico. Não", corrigiu-se. "Claro que queria vê-la. Ver você." E engoliu em seco. Eles ainda estavam de mãos dadas, Jane continuava achando que nunca havia sentido nada mais bonito, nada tão acolhedor e quente. "Não sei por que achei que era importante, pois na verdade não é."

"Não, por favor, me conte."

Ele fechou os olhos. A pressão de seus dedos se intensificou.

"Há duas coisas importantes para mim. Pintar e estar em contato com as pessoas. Cresci solitário, muito solitário. Talvez não haja ninguém neste país que não tenha tido irmãos na infância, mas foi o meu caso. Minha mãe morreu pouco após meu nascimento. Meu pai... bem, ele não gostava de conversar. Eu primeiro aprendi a ler, depois a falar."

"Como isso é possível?", perguntou ela, espantada.

Sentado lá, com o olhar introspectivo, ele parecia sensível e frágil.

"É possível. Uma sequência curiosa. Mas é possível. Comecei a pintar para... me comunicar com o mundo. Não que o mundo tivesse me ouvido desse jeito. Mas o que importava, no fim das contas, não era o resultado, isso eu havia percebido desde a infância." Pensativo, ele olhou ao longe.

Sem que tivesse a intenção, a ponta do polegar dela deslizou suavemente pelas costas da mão dele. Assustado, ele voltou a si, soltou sua mão da dela e se ergueu.

"Estou contente por você estar se sentindo melhor."

Confusa, Jane procurou palavras para se explicar ou se desculpar, mas não conseguiu falar nada. Ele partiu, e Jane ficou ao mesmo tempo feliz e temerosa, confusa e preenchida por algo que não conseguia confessar.

Curiosa, sua mãe olhou para dentro do quarto. Quando notou o semblante de Jane, balançou a cabeça e saiu.

CHAWTON, CONDADO DE HAMPSHIRE
7 de julho de 1809

"Não é nada demais", disse Edward pela décima vez, com certeza. Ele baixou sua xícara de café e encarou as irmãs e a mãe, que estavam com os rostos fechados ao redor da mesa na sala de jantar. "Apenas uma casinha, nem mesmo na propriedade. Uma casinha no meio do vilarejo, numa rua movimentada. Vocês certamente não vão gostar e a comparação com aquilo que vocês estão acostumadas aqui é impossível."

Ninguém retrucou. Apenas um idiota poderia imaginar que Edward estava com a intenção de colocá-las numa elegante casa senhorial. Uma casa como essa, em cujos inúmeros cômodos de revestimentos escuros era possível se perder. De cujos grandes janelões se tinha uma vista maravilhosa sobre as colinas suaves, recobertas de grama, das redondezas. Uma casa que era decorada com apuro e dispunha de uma lareira em cada quarto.

Não, ele as havia convidado para Chawton House porque estava com pena delas — mas esse sentimento não era grande o bastante para suportar as consequências de uma autêntica proximidade familiar.

"Portanto, peço-lhes que não tenham expectativas muito elevadas", acrescentou ele, pigarreando constrangido.

Jane tentava imaginar o que fazia o irmão desdenhar de tal maneira a casa que ele queria apresentar a elas naquela tarde.

Será que ele estava sendo movido pela consciência pesada, visto que não apenas era proprietário de Chawton House, essa casa luxuosa, mas também Godmersham, em Kent, que era ainda maior e mais luxuosa, além de Steventon Manor, que estava alugada para os Digweed, uma família amiga oriunda de Steventon? Há anos Jane fazia sempre a mesma pergunta: por que Edward, que tinha recebido todos os cuidados de seus pais adotivos e que garantiam uma vida livre de preocupações materiais, não lhes dava um teto? Por que eles tinham de se mudar o tempo todo desde que deixaram Bath? Afinal, como um grupo de quatro mulheres poderia se manter em Bath?

Se elas concordassem com Chawton Cottage e se mudassem para lá, os tempos da infeliz falta de sossego teriam satisfatoriamente terminado. Ele sabia que as coisas não podiam prosseguir daquele jeito; não apenas a mãe dava mostras que sofria da instabilidade, como também Cass e Jane. Elas estavam quase sempre doentes, Jane com a aparência cada vez pior, os olhos ardendo e os dedos trêmulos. Quando se sentia febril, o que era frequente, Cass, Martha e a mãe ficavam de vigília ao seu lado, com medo de ela não despertar novamente de seu delírio.

Também para Edward havia vantagens. Desde a morte da esposa, ele cuidava sozinho de onze filhos. Nem todos os meninos iam ao colégio interno e nem todas as meninas eram velhas o bastante para serem ensinadas por uma governanta. Portanto, ter duas tias por perto não era mau negócio, de modo algum.

Ou seja, dez meses após a morte da esposa, Edward se deu conta de que possuía uma casinha vazia. A propriedade não ficava no enorme terreno de Chawton Park. A parentela se manteria longe o bastante para não o importunar dia e noite, mas perto o suficiente para ajudar na educação dos filhos. Ele certamente achou o arranjo prático, mas Jane estava certa de que a situação não lhe era totalmente agradável. Ao ser adotado aos 16 anos pelos Knight, o terceiro filho do casal Austen — uma família da igreja não mal situada, mas longe de ser rica — garantiu o recebimento de uma herança considerável. Edward era viajado, um hóspede bem-vindo nas melhores casas, *bon-vivant*, um gentleman cosmopolita. Ele se descrevia como generoso e também o era. Mas em relação à família na qual tinha nascido, porém, Edward não se mostrava tão mão-aberta. Os problemas financeiros eram um tema que sempre gerava desconfortável silêncio.

Elas estavam ali reunidas e, apesar dos infortúnios, a perspectiva de deixar Southampton e voltar a Hampshire — mesmo se Chawton não ficasse muito perto de Steventon — e, principalmente, não mais dividir a casa com a cunhada Mary deixava Jane confiante, trazendo-lhe esperança. Além disso, ela gostava do tempo que passava com os sobrinhos e sobrinhas, sendo Fanny a predileta. A jovem de 17 anos queria se tornar escritora, de modo que as duas tinham muito assunto para conversar.

Além disso, Chawton House dispunha de uma biblioteca maravilhosa, que provavelmente era tão grande como a casinha em si que Edward tanto desdenhava. Ele a usava mais para admirá-la em vez de se ilustrar com ela. Chamar o irmão de Jane de leitor ávido era tão errado quanto afirmar que Jane nunca tinha passado tão bem.

Não era possível afirmar algo assim.

"E você acha que não são precisos muitos arranjos para tornar o lugar habitável para nós?", perguntou ela para Edward, que ficou aliviado ao passar a palavra para alguém.

Ele assentiu.

"Os Johnson foram inquilinos tranquilos, ordeiros. Para Charles, a casa passa a impressão de estar bastante arrumada e de ser muito sólida."

"Você próprio não esteve lá?", perguntou a mãe, com a voz trêmula. A viagem de Southampton até lá fora cansativa; apesar de Jane supor que ela não estivesse doente de verdade, a Sra. Austen sem dúvida se sentia enferma.

Edward corou de vergonha. Ele se ergueu e pediu, com alguma rudeza, que estivessem acordadas e prontas às 4h. Em seguida, saiu da sala.

Cass franziu a testa. Ela dava a impressão de estar distante e, à semelhança de Jane, também se sentia como se tivesse perdido parte de si em algum lugar durante o trajeto de carruagem, sem forças para alegrar os ânimos.

∼

Desde que haviam deixado Chawton House, sua mãe não tinha aberto a boca, algo absolutamente inusual. Menos inusual, por sua vez, era Cass também não estar falando. Jane e Edward conduziram a conversa e ela estava se sentindo exausta já na metade do caminho, que passava através de um jardim muito bem montado, ao longo de bétulas e faias, de pteridófitas da altura de um homem que cresciam na borda da floresta, e de um riacho. Os raios de sol brilhavam amarelo sobre o chão da floresta; ela sentia o cheiro de folhas de pinus e de camomila, cujas florezinhas cobriam o muro ensolarado e se voltavam na direção do céu.

Claro que era maravilhoso ter tantos irmãos (e tão diferentes entre si). Mas Edward a deixava nervosa. No fundo, ele era uma boa pessoa, além de não ser idiota, mas faltava muito para ser tão educado quanto se deveria supor. No passado, quando ainda imaginava como as coisas seriam caso *ela* tivesse sido adotada, Jane havia visto todas as possibilidades diante de si. Principalmente todo o conhecimento que poderia ter adquirido, as universidades que lhe estariam abertas — teoricamente, apenas, pois nessas horas se esquecia de que era mulher —, bibliotecas, conversas com eruditos e artistas interessantes, cientistas, *bon-vivants*. Quem tinha dinheiro podia aprender não apenas francês, alemão e italiano, mas também japonês e línguas ainda mais exóticas! E os livros que se podia adquirir!

Mas Edward... Bem, ele havia se apaixonado por Elizabeth, uma mulher simpática e bonita, de boa família. O casal havia trazido ao mundo onze maravilhosos descendentes; Edward, quando não estava ocupado nos assuntos da administração de suas propriedades, estava caçando. Ademais, ele adorava o teatro. Jane, porém, suspeitava que ele preferia se mostrar ali do que acompanhar as peças levadas no palco.

Depois de ele ter perguntado pelas amigas de Jane e ela pela mãe adotiva dele, Catherine Knight, de quem gostava, ambos ficaram sem assunto. Mas tentaram prosseguir.

"Como o tempo está agradável em Hampshire."

"Em Southampton estava ruim?"

"Sim, lá estava frio."

Silêncio.

"Fanny é uma garota maravilhosa."

"Não é? Tenho muito orgulho dela."

Silêncio, interrompido apenas pelo ruído da areia sob os pés dos irmãos.

"Você teve notícia de Henry nos últimos dias?"

"Sim."

"Ele está bem?"

"Tudo bem."

Jane desistiu. Quando se aproximaram do vilarejo de Chawton, seu coração começou a bater mais rápido. Ela não tinha tentado imaginar a casinha em detalhes, pois tinha muito medo de se decepcionar. Talvez não passasse de um lugar gelado e inóspito; além disso, ouvira dizer que as paredes trepidavam quando veículos passavam pela rua. Sua mãe certamente ficaria com enxaqueca. O endereço era uma rua movimentada. Muito provável que não haveria sossego.

E será que elas caberiam todas na casa? Jane precisava da companhia de Martha; Martha, cuja ocupação predileta era sentar-se próxima a um pequeno canteiro de ervas plantado por ela mesma, tomando notas. Se Martha não pudesse se juntar a elas, Jane também iria querer ficar em Southampton. Embora odiasse o lugar.

"Estamos chegando?"

Edward lançou-lhe um olhar meio preocupado, meio irritado. Ele devia estar se perguntando se os olhos dela estavam perdendo a luz aos poucos — bem, isso era verdade, mas ela felizmente ainda enxergava o bastante para divisar as casas baixas, de tijolos vermelhos, cobertas por telhados de junco. Jane conseguia identificar um vilarejo de aspecto simpático com ruazinhas estreitas, grandes jardins e macieiras não muito altas.

O coração de Jane deu uma acelerada rápida e cuidadosa. Inevitavelmente, ela se lembrou do tempo em que havia começado a nutrir uma esperança igualmente contida. Do tempo em que seu futuro parecia radiante, cheio de tentações e possibilidades.

Mas não foi nada disso. A esperança foi seguida por uma época sombria, a mais desesperadora de todas.

SIDMOUTH, CONDADO DE DEVON
22 de agosto de 1801

"Se eu a amasse menos, talvez conseguisse falar mais no assunto".*

Quando Jane despertou naquela manhã de sábado, ela se sentiu subitamente muito determinada. Sentou-se, afastou a coberta, experimentou andar sem ficar tonta e, quando deu certo, foi até a janela, mas não olhou na direção do mar, que daquele lugar só dava para ser ouvido, mas em direção à colina onde ficava a casa do Sr. Mortimer. Ela abriu a janela e se apoiou para fora, sentiu o cheiro do sal, da lavanda do jardim da frente da pensão e se perguntou como não tinha percebido antes.

Ela havia se apaixonado. Se Cass tivesse lhe perguntado a respeito no dia anterior, Jane teria negado. Mas hoje ela sabia. Ela sentia com todo seu ser. Ela amava Frederick Mortimer.

Em primeiro lugar, era maravilhoso se sentir assim, ela achou. Jane nunca supusera a real dimensão desse sentimento. E, por fim, reconheceu: nunca amara o Sr. Lefroy. Ela o achou atraente, tinha ficado deliciada pelo seu charme e, quando ele amarrou a fita de seda ao redor do calcanhar dela, seu coração quase parou devido à surpresa daquela proximidade física. Mas nesse exato instante, a sensação era totalmente outra. Suave, em primeiro lugar. Um sentimento que dava resposta e não colocava perguntas. Ela não hesitava, não titubeava, não ficava prestando atenção em si mesma para saber se estava se enganando.

Ele simplesmente estava ali, tranquilo e mudo. Nada mais e nada menos.

Quando bateram à porta, ela ao mesmo tempo sentiu tanto medo e esperança de que ele estivesse do outro lado que seu peito se contraiu. O que ela lhe diria? Não foi preciso responder à pergunta, pois a Sra. Buller entrou com um sorriso tímido.

"Oh, Jane, você está brava comigo?"

---

* Tradução de Julia Romeu, assim como todos os trechos de *Emma*, de Jane Austen. São Paulo: Companhia das Letras. [N. da T.]

"Você é que deve estar brava comigo!"

Elas se abraçaram e ficaram se encarando bem de perto.

"Eu diria que ambas não nos portamos de maneira muito inteligente", disse Jane por fim. "Mas também podemos dizer que ambas estávamos bem-intencionadas."

A Sra. Buller concordou, com todo o coração.

"Trouxe algo para você! Por favor, me desculpe entregar apenas hoje. Confesso que me esqueci de que o Sr. Mortimer trouxera isso na semana passada para você."

Jane deu um passo para trás. No primeiro momento, ela ficou com medo de que se tratasse de um bilhete no qual Frederick Mortimer se desculpava por ter tocado em sua mão. Mas isso tinha sido apenas no dia anterior.

A Sra. Buller lhe entregou um rolinho fechado com uma fita. No interior, havia uma gaze finíssima que protegia um desenho a carvão. Era o quadro que Jane quisera comprar: da jovem que olhava com tamanha impaciência para o rosto do observador como se quisesse saltar para a realidade no momento seguinte.

Jane se sentiu soterrada de gratidão. Ao mesmo tempo, havia uma tristeza tão enorme que ela mal conseguia erguer o olhar. Seus olhos se encheram de lágrimas e ela piscou e fungou discretamente, na esperança de que a Sra. Buller não notasse.

Essa não disse nada, apenas observou a amiga com atenção. Depois de um tempo, ela perguntou com delicadeza: "Se quiser, posso acompanhá-la com o maior prazer."

"Acompanhar?", perguntou Jane em voz baixa, ainda sem coragem de erguer o olhar. "Para onde?"

"Para a casa do Sr. Mortimer."

Jane assentiu. Ela apertou os olhos e sentiu as lágrimas refrescantes sobre a pele quente. Não era de bom-tom confessar a um homem que ele era amado; não se devia nem demonstrar esse amor. Mas se fosse embora sem ter lhe confessado seus sentimentos, Jane se arrependeria para sempre.

O que ele diria? Será que gostava dela, que a amava? Ele não tinha soltado os dedos dos dedos dela, pelo menos não de imediato, mas pode ter agido assim por gentileza.

Enquanto elas caminhavam em silêncio pelas vielas, Jane estava agradecida pela oferta da Sra. Buller. Ao mesmo tempo, ela não podia mais simplesmente dar meia-volta e desistir.

Ao longo da rua que margeava a praia, elas cruzaram o centro da pequena cidade, passaram por cabanas de pesca cobertas por junco até Coburg Road e subiram a colina levemente inclinada. Quando chegaram ao portão, Jane começou a passar mal de nervosismo. A Sra. Buller não precisava ser adivinha para compreender.

"Nada pode ser mais trágico do que partir e nunca descobrir a verdade, não é?"

Jane assentiu. Faltavam quatro dias para seu regresso a Bath. Ela hesitou e em seguida colocou a mão sobre a madeira aquecida pelo sol e abriu o portão. Durante sua última visita, Jane não havia reparado nas plantas que cresciam, altas, à direita e à esquerda do caminho, toda sua atenção se dirigira à Sra. Austen, que claudicava sobre as pedras apoiada no marido, reclamando em voz alta.

Ela subiu três degraus e chegou diante da porta. Olhou para a Sra. Buller, que a encorajava com acenos desde a rua. Quando Jane ergueu a mão para bater à porta, a ansiedade lhe deu vertigem.

"Sim?"

"Gostaria de falar com o Sr. Mortimer."

Ela entrou. A mulher disse que ela podia esperar na sala de consulta.

Temerosa, ela ficou junto à janela olhando para a desorganização multicolorida do jardim interno — a chuva dourada, que logo começaria a dar suas floreszinhas amarelas, o sem-número de gavinhas das amoras que se entrelaçavam, as framboesas que, nessa época do ano, ainda estavam mirradas. Daí ela notou algo. Ela se virou e foi ao lugar onde o desenho que a Sra. Buller havia lhe trazido nesse dia tinha estado.

A mesma moldura de carvalho continuava pendurada ali. Mas um novo desenho era exibido atrás do vidro. Ela se aproximou mais um passo: tratava-se de algo ainda mais simples; apenas alguns traços que formavam um rosto, na boca um toque de vermelho, um nariz fino e ligeiramente arrebitado, ossos malares altos, mesmo se não especialmente marcados. Olhos escuros, brilhantes e a testa alta de Jane.

Sim, não havia dúvida. Seu próprio reflexo a encarava a partir daquele desenho.

Ela escutou passos. A porta se abriu. O Sr. Mortimer apareceu e ficou pálido quando viu onde ela estava.

Ela queria começar agradecendo pelo desenho que a Sra. Buller havia lhe trazido. Mais não havia planejado; ela tinha a esperança de que, na sequência, ela chegaria à verdade.

"Srta. Jane."

"Sr. Mortimer."

Ele entrou e fechou a porta, mas permaneceu onde estava.

Ela sorriu e percebeu que o corpo parecia congelado. Como ela conseguiria falar algo e, ainda por cima, não soar falso? Ele não podia interpretá-la errado de maneira nenhuma, não devia haver nenhuma dúvida, ela tinha de falar e daí... talvez sair correndo. Mas ela não conseguiu pensar em mais nada, somente em dizer o que sentia.

O que ele falaria em seguida, se falasse algo, era secundário — mesmo se, por outro lado, não houvesse nada mais importante do que isso.

Ela cerrou os punhos e fechou os olhos, inspirou profundamente e declarou, sem abrir os olhos: "Amo você".

Jane não ouviu nada. Nem um som. Ele ainda estava respirando? O que se passava na sua cabeça?

Seu rosto estampava exasperação? Ou será que ele tinha saído sem fazer barulho, deixando-a sozinha no consultório?

Mas então ela sentiu a respiração dele sobre sua face, e quando abriu os olhos, ele estava tão próximo que Jane pôde reconhecer o laranja claro de sua íris. Ele parecia feliz. Os lábios dele pousaram sobre os dela. Jane ficou com a impressão de imergir, cada vez mais fundo, até que tudo ao seu redor ficou quente e escuro.

~

"Conte! Conte todos os detalhes!"

O rosto de Cass estava radiante. Jane não sabia por onde começar. Qual descrição dava conta de seus sentimentos? Ela sabia apenas que estava feliz. Totalmente, sem quaisquer dúvidas e sem medo.

Elas estavam sentadas frente a frente na cama de Jane. Era cedo. Cass havia entrado sorrateiramente às 5h. Sussurrando, confessou que tinha sonhado que fora nadar. Jane não tinha mais vontade de entra no mar. Muito menos naquele dia, em que podia ficar sonhando com Frederick.

Claro que Cass percebeu na hora que algo havia mudado.

"Eu sabia", disse ela pela quinta vez, no mínimo. "Ontem à noite eu já sabia. Você estava tão diferente durante o jantar. Mas agora, diga. Ele..."

Jane apertou os lábios, porque temia sair gargalhando tão alto, de alegria e excitação, de modo a acordar a pensão inteira.

"Não falamos ainda a respeito", explicou, quando sua animação ficou um pouco mais contida. "Mas foi..." Ela deu de ombros. "Não fiquei com a impressão de que era preciso."

Pensativa, ela olhou para Cass.

"Porque você tinha a sensação de estarem de acordo?"

"Mais do que isso. Como se sentíssemos com um só coração, entende?"

Cass não respondeu. Em vez disso, perguntou: "Como você quer contar para mamãe e papai? Em três dias estaremos indo embora".

O rosto de Jane se fechou. Ela balançou a cabeça. Dessa vez, a partida era inevitável. Desde o começo, estava planejado que eles regressariam a Bath no final de agosto. A casa nova tinha de ser ajeitada e era preciso trazer as coisas de Hampshire para Somerset ainda antes do início do inverno.

Desse modo, Jane se encheu de coragem depois do café da manhã. Antes, ela tinha ido até os Buller e pedido para aproveitar o convite matinal a fim de informar algo aos pais. O belo jardim oferecia mais privacidade do que aquele da pensão ou um passeio na praia, ao mesmo tempo eles ficariam menos apertados do que no quarto de Jane.

"Quero lhes dizer uma coisa, mamãe, papai..." O olhar de Jane mirou as pequenas flores que decoravam todo o muro. Ela se enganava ou o rosto da mãe havia ficado mais fechado já com suas primeiras palavras? Jane pigarreou, nervosa. "O Sr. Mortimer e eu..."

"Eu sabia", exclamou a mãe. Jane estava esperando um choro queixoso ou maçãs do rosto ruborizadas instantaneamente. Mas ficou surpresa com o fato de a Sra. Austen soar tão tranquila.

"O que você sabia, mamãe?"

Mas em vez de continuar falando, sua mãe cerrou os lábios e balançou a cabeça. Jane olhou para o pai, que olhou para ela com bondade, mas também questionador. Cass, por sua vez, sorriu desculpando-se; seus olhos estampavam preocupação com a decepção de Jane frente à reação dos pais.

Para sua própria surpresa, Jane não ficou brava nem triste. Ela não estava esperando qualquer jorro de alegria.

"Vocês já sabem o que quero falar?", perguntou ela.

A mãe inspirou profundamente.

"Você e o Sr. Mortimer, acho", disse ela. Diferentemente das outras vezes, sua voz não revelava muita coisa, algo que não necessariamente diminuía o nervosismo de Jane.

O Sr. Mortimer vinha de uma família de poucas posses. Certamente a mãe explicaria quantos muitos partidos bem melhores esperavam por ela em Bath, algo que não correspondia em nada à realidade.

"Bem...", começou Jane de novo, mas voltou a emudecer.

A Sra. e o Sr. Austen se entreolharam. Um sorriso maroto apareceu no rosto do pai de Jane. Envergonhada, a mãe de Jane secou uma lágrima do canto do olho.

"Não que eu ache bom", disse ela, evitando o olhar de Jane. "Como genro, eu preferiria alguém que conhecesse melhor. Mas, Jane, ah, Jane, venha cá."

Ela abriu os olhos. Confusa, Jane olhou para ela, depois se aproximou e recebeu o abraço apertado.

"Você esperou por tanto tempo. Fico feliz por você, filha."

Incrédula, Jane olhou para Cass, que parecia aliviada, mas também melancólica. O coração de Jane também ficou pesado. Ela deixaria a família, se tornaria a Sra. Mortimer. Nada mais de manhãs com Cass. Com o olhar, ela acompanhou uma abelha que pousou, depois de muitos volteios, na barra de sua saia. Jane estava usando um dos seus vestidos preferidos, de musselina rosa-clara, que em sua delicadeza lembrava as flores de uma macieira. Pela manhã, ela se sentiu tão bela com ele como da última vez como menina, quando foi testemunha — primeiro preocupada, depois com alegria — de sua transformação de criança para jovem adulta. Naquela época, ela se sentiu livre e esperançosa. Como se todos os caminhos estivessem abertos para ela, era preciso apenas escolher um e percorrê-lo; independentemente de qual, ela alcançaria o objetivo.

Agora ela havia escolhido um caminho. Ela o tomara, deixando todos os outros para trás.

~

Um dia após Jane ter relatado aos pais os laços delicados que a prendiam a Frederick, ela recebeu uma carta da casa Mortimer. Em poucas palavras, delicadas, o amado lhe avisava que um caso urgente o chamava até Axminister, mas que ele esperava estar de volta muito, muito em breve.

Em breve! Quanto era isso? Em dois dias eles viajariam. Ela esperava poder ao menos se despedir dele. Não havia nada combinado, nenhum plano. Um beijo — não houve tempo para mais; um beijo e a pressão suave dos dedos dele, cuja lembrança enchia Jane de felicidade.

Quando acordava pela manhã, Jane sentia uma esperança borbulhante. Mas com cada hora passada, essa esperança se tornava menor, até que, à tarde, Jane se sentia angustiada e infantil. Ela não parava de pensar nele. Nas refeiçõcs, era difícil participar das conversas. Como não sabia o que fazer, Jane foi dar um passeio. Ela saiu do vilarejo, procurou o caminho estreito das rochas avermelhadas, com alguns trechos de difícil passagem, e de lá conseguiu avistar o mar em sua amplidão. O vento soprava seus cabelos e fazia a saia lilás claro dançar. Atrás dela estendiam-se, a perder de vista, gramados verdejantes. Jane sentiu-se abraçada pelo vento. Ela fechou os olhos.

O futuro seria bom, independente de qual fosse, pensou. Ela se sentiu acolhida no mundo, protegida e aninhada.

Com essa sensação de paz e satisfação, Jane desceu novamente. Ela estava revigorada como há muito e disposta a aceitar o que a vida lhe reservava. De volta à pensão, ela pegou um maço de papel e se sentou no jardim pequeno, porém bonito, com flores de girassol decorando o entorno de um laguinho. Abelhas zuniam entre as flores vermelhas de papoula, e os cravos, que cresciam graciosos, soltavam um aroma delicado e doce.

Quando estava inquieta ou infeliz, Jane tentava se consolar escrevendo coisas alegres. Daí ela mergulhava num mundo cheio de felicidade e dança, no qual não aconteciam coisas ruins — ou essas apenas espreitavam ao longe, imperceptíveis. Naquela manhã, porém, Jane se sentia forte interiormente. Ela conseguia enxergar diante de si uma Anne Elliot triste, confusa e que não sabia lidar com as próprias emoções.

Dentro de um minuto apareceu mais alguém, o menino mais novo, uma criança resoluta e irrequieta de dois anos que, encontrando a porta aberta, surgiu decididamente. Encaminhou-se direto ao sofá para ver o que acontecia e reivindicar seus direitos sobre tudo de bom que estivesse sendo distribuído.

Nada havendo de comer, só podia arranjar uma brincadeira; e como sua tia não permitiria que implicasse com o irmão adoentado, agarrou-se a ela de tal forma que, ajoelhada e ocupada como estava com Charles, não conseguiu se desembaraçar dele. Falou com o sobrinho — ordenou, suplicou e insistiu em vão, inutilmente; uma vez conseguiu empurrá-lo, mas o menino teve o maior prazer em tornar a subir em suas costas em seguida.

No momento seguinte, contudo, percebeu que alguém a libertava dele. Alguém o tirava dali, embora ele tivesse curvado tanto sua cabeça para baixo, e suas decididas mãozinhas foram desprendidas de seu pescoço, sendo resolutamente arrastado dali, antes que ela soubesse que se tratava do capitão Wentworth.

Suas sensações, ao fazer a descoberta, deixaram-na completamente sem voz. Nem mesmo conseguia agradecer-lhe. Só pôde se debruçar sobre o pequeno Charles com os sentimentos perturbados. Sua gentileza em vir socorrê-la, a maneira, o silêncio em que tudo se passara, os pequenos pormenores do incidente, a convicção a que foi forçada a chegar de que o barulho que fazia intencionalmente com a criança era para evitar ouvir seus agradecimentos, pois falar-lhe era o último de seus desejos, trouxeram-lhe uma confusão de emoções variadas, mas dolorosas. Envergonhava-se de si mesma, inteiramente irritada por ser tão nervosa, por se deixar dominar por tal ninharia; mas assim era, e precisava de longo esforço de isolamento e reflexão para se recuperar.

Ela fechou os olhos. O sol vespertino aquecia seu rosto. Às vezes eram as pequenas coisas que davam graça à vida. Zumbido dos insetos, o rugir do vento nas folhas da bétula. Saber que há força dentro de nós; uma força que não depende de circunstâncias externas. Com um gesto delicado, Jane passou a mão sobre a folha. Depois de amanhã era tão longe. Bath... Enquanto nada estivesse decidido, ela precisava se conformar em viver por ali — pois o que fazer se Frederick mudasse de ideia durante sua viagem para Axminster?

Séria e compenetrada, ela balançou a cabeça. O que viesse, pensou, seria suportado.

Todos têm gosto particular com relação a ruídos assim como em outros assuntos. E os ruídos podem ser bastante inofensivos ou muito inquietantes, não devido à sua qualidade, mas sim à sua intensidade. E quando Lady Russell, não muito tempo depois, entrava em Bath numa tarde úmida, passando por uma longa série de ruas, desde a Ponte Velha até Camden Place, em meio ao rumor de outras carruagens, o forte estrondo de carroças e carretas, gritos de jornaleiros, vendedores de doces, leiteiros, e o incessante bater de tamancos, não fez a menor reclamação. Não, estes ruídos faziam parte dos deleites de inverno. Seu estado de espírito melhorou sob essa influência; e, como a Sra. Musgrove, ela também estava sentindo, embora não confessasse, que não existia nada tão bom, depois de um longo período no campo, como um pouco de tranquilidade caseira.

Anne não compartilhava desses sentimentos. Persistia em sua calada mas determinada aversão a Bath. Vislumbrou a primeira paisagem embaçada das amplas construções e do nevoeiro sem qualquer desejo de vê-los melhor. Sentiu que por mais desagradável que fosse seu avanço pelas ruas, ainda assim era rápido demais. Quem se alegraria com sua chegada?

"Chegou a hora, mamãe."

Hesitante, a Sra. Austen ergueu os olhos de sua xícara de chá. Como todas as vezes em que iam viajar, ela não participava das nervosas atividades de fazer malas e embarcá-las. Seu coração disparava de tal maneira, ela dizia, que preferia ficar longe. Um sol matinal suave atravessava a janela, batendo no piso de parquê vermelho. Poeira dançava no ar. Jane ficou sem fôlego, tamanha sua tristeza.

"E o Sr. Mortimer?", perguntou a mãe.

Jane tentou sorrir, mas foi difícil.

"Vamos nos escrever."

A afirmação continha uma esperança que Jane não sentia totalmente.

"Ah, Jane."

"Agora vamos, mamãe. Precisamos nos despedir do Sr. e da Sra. Buller."

Na viagem de volta a Bath, ela tomou notas e quase não levantou os olhos da folha apoiada nos joelhos. A Sra. Austen passou o tempo todo, sem interrupção, queixando-se que eles estavam sendo sacudidos e triturados. Cass e o Sr. Austen mantinham-se em silêncio. A pena de Jane corria sobre o papel. Seu desejo de que uma carta de Frederick a esperasse em Bath aumentava com cada quilômetro percorrido. Ainda que parecesse haver um nó na garganta e as lágrimas estavam sempre ardendo nos olhos, ela não conseguiu escrever nada alegre, que melhorasse o seu humor. Naquele momento, os sentimentos que borbulhavam em seu interior tinham de ser colocados para fora.

"Já não posso ouvir em silêncio. Preciso falar-lhe pelo meio que está ao meu alcance. Você me fere a alma: sou meio agonia, meio esperança. Não me diga que cheguei tarde demais, que sentimentos tão preciosos já desapareceram para sempre. Ofereço-me agora com um coração ainda mais seu do que há oito anos e meio, quando chegou quase a despedaçá-lo. Não se atreva a dizer que o homem se esquece mais depressa do que a mulher, que seu amor morre mais cedo. Só amei a você. Posso ter sido injusto, fraco e rancoroso, isso eu o fui, mas nunca inconstante. Só você me fez vir a Bath. Só penso e planejo por sua causa. Não reparou nisso?"

Ao olhar para frente, ela teve de segurar as lágrimas. Tratava-se de algo terrivelmente ridículo desejar o mais que tudo receber uma carta como essa em Sydney Place? Ela não gostava de Bath de modo algum e preferiria estar em qualquer outro lugar, mas com Frederick ao seu lado ela se acomodaria inclusive nessa cidadezinha pretensiosa, vaidosa, bem distante do mar. Com o coração batendo cada vez mais rápido, ela vislumbrou sua casa.

Haveria uma carta ou não?

Enquanto entrava na casa de calcário alugada pelos pais antes da partida, Jane sentiu-se um pouco tonta devido ao nervosismo. No interior do imóvel, que lhe pareceu quente e abafado e no qual ela sentia falta da brisa fresca que nos últimos tempos soprava o tempo todo ao redor do seu nariz, Jane perdeu totalmente a coragem. Em seguida, porém, juntou forças. Ela não queria assumir o pior — nunca mais ter notícias de Frederick ou receber uma desculpa de que ele tinha refletido e que era melhor que ambos seguissem seus caminhos a sós —; dessa vez ela queria manter a esperança. Mesmo que a correspondência não tivesse sido entregue a ela no primeiro instante. Mesmo que não houvesse nada no local em que as cartas para a família eram reunidas até sua chegada. Ela manteria o ânimo e procuraria todas as possibilidades de se distrair. Daria passeios com Cass por Sydney Garden, no qual chegavam ao atravessar uma única rua. Ela gostaria também de visitar mais uma vez Cotswold, uma paisagem muito bonita, divisando ao norte com o rio Avon e que fazia Jane se lembrar da região de Steventon por causa das suaves colinas verdes. Havia muita coisa a se fazer, suficiente para se distrair. Suficiente para não perder a esperança.

"Jane, tem carta para você!"

Jane, que tinha acabado de tirar o sobretudo, olhou com espanto para a mão esticada da mãe. Ela pegou o envelope e viu que o remetente era a Sra. Buller.

Seu rosto ganhou um sorriso. Sua fiel amiga! Depois de uma curta pausa, eles tinham ido para Exeter, recuperar-se do esforço da viagem anterior e juntar forças para a próxima, mal haviam saído de Sidmouth!

Ela abriu a carta ainda em pé, no corredor. E logo notou que era breve.

Querida amiga,

Sinto muitíssimo, mas tenho a obrigação de lhe comunicar uma triste notícia. Como soube por intermédio da governanta do Sr. Mortimer, ele sofreu um acidente fatal na viagem de Axminster de volta a Sidmouth. Até o momento, não consegui juntar mais detalhes desse terrível acontecimento. Mas logo a colocarei a par, pois sei como você gostava dele.

Sua Ellen Buller

Jane baixou a carta. Tudo nela desabou. Cada esperança, cada alegria, cada crença.

Frederick estava morto.

"Jane, o que foi?"

Quando ela ergueu a cabeça, viu o pai diante de si. Ele não precisou ler a carta para compreender o que havia ocorrido. Cuidadosamente, ele tirou o papel de sua mão e a abraçou.

CHAWTON, CONDADO DE HAMPSHIRE
7 de julho de 1809

Quando Jane entrou na casa em forma de "L", construída com pedra vermelha, juntamente com a mãe, Cass e Edward, seu coração ficou leve de repente. Ela não sabia dizer o motivo, se era pelo estreito feixe de luz que entrava no vestíbulo pela porta de madeira entreaberta; se era pelo piso encerado de carvalho; se era pelo ar, que cheirava a fogo apagado e lavanda, cujo aroma penetrante vinha do jardim; ou simplesmente pelo fato de que aquele poderia ser seu lar, caso assim o quisessem.

Ela teve a sensação de ter estado totalmente emudecida interiormente durante todos os anos, com sua alegria escorrida para fora como um fio d'água. Pela primeira vez, renascia um laivo de esperança.

Sem dizer nada, ela se dirigiu à cozinha. O lugar era decorado de maneira sóbria, com uma lareira aberta de paredes vermelhas, um fogão e um local de trabalho no meio do cômodo, sobre o qual panelas e frigideiras estavam penduradas em ganchos numa longa haste de ferro. O teto da casa inteira era baixo, tábuas escuras cruzavam de uma parede à outra. Jane precisou inspirar e expirar profundamente. Ela estava se sentindo tão... tranquila. Curiosa, pôs a cabeça para dentro de um cômodo vizinho, igualmente agradável como a cozinha. De repente, a sala! No mesmo instante, Jane pôde imaginá-la mobiliada — quem não queria descansar numa chaise-longue junto à janela, olhando para o céu?

"Como disse, não é nada de especial", ela ouviu o irmão murmurar do vestíbulo.

A mãe disse algo que Jane não compreendeu. Quando Cass apareceu na porta, lançando um olhar interrogativo para Jane, essa sorriu.

"Você gosta?", perguntou ela, entrando. E fechou a porta atrás de si, silenciosamente.

Jane fez que sim.

"E você?"

Cass olhou ao redor. Talvez estivesse pensando que a casa era simples e que estava localizada junto a uma rua movimentada. Mas ela realmente valorizava uma região elegante?

"Não sei", começou a irmã, hesitante.

"Você prefere nossa casa em Southampton? Ou prefere ficar em Chawton House, posto que Edward provavelmente não gostaria — pelo menos não com mamãe, Martha e eu lhe fazendo companhia?" Jane foi até a janela. "E você viu o jardim, Cass?"

Sua voz era quase um sussurro. Cass veio até o seu lado. Seus ombros se tocaram, olharam para o pedaço de terra limitado por uma cerca de jardim de madeira. Duas árvores frutíferas, um novo caminho, que não seguia linearmente, mas serpenteava ao longo de flores e arbustos, e uma horta, sim, uma horta com batatas, repolho e ruibarbos, ervas, morangos e pêssegos.

Cass olhou para ela. Havia se passado quatro anos desde a morte de seu pai, e a vida para ambas era uma luta. Elas haviam trocado de endereço mais vezes do que o príncipe regente trocava de palácios — tinham sido três casas em Bath, até que não conseguiram mais manter as moradias caras do lugar. Em seguida, se mudaram de Bath para Godmersham, onde vivia Edward, de Godmersham para Bath, de Bath para Steventon, de Steventon para Bath, de Bath para Warwickshire, de Warwickshire para Southampton. Em retrospecto, Jane tinha a impressão de ter passado a maior parte dos últimos anos no banco de uma carruagem.

Ela não havia escrito nenhuma linha, à exceção da carta ridícula ao editor londrino Richard Crosby e, claro, as cartas privadas às amigas e à irmã. A porta para o mundo de sua fantasia nunca tinha estado tão trancada — e a chave, tudo indicava, parecia ter sido jogado fora.

"Se eu puder ficar aqui", Jane se escutou dizendo e suas palavras estavam menos dirigidas à irmã do que a si mesma, "o bom vai voltar. Sei disso."

Cass pegou a mão dela e apertou-a.

Seis semanas mais tarde, a casa estava arrumada. Jane pediu uma pequena mesa, um pedaço de liberdade no qual podia florescer, deixando de lado o que a pressionava. Ela se sentava a mesa já no começo da manhã, quando ninguém mais tinha acordado, ouvindo o trinar dos passarinhos, os veículos que àquela hora ainda eram poucos e sua pena arranhando o papel.

Nessa hora ela conseguia pensar sobre Frederick Mortimer sem que a dor se tornasse insuportável. Ela o via diante de si, o rosto delicado, o sorriso torto, o cabelo loiro escuro desgrenhado. Ela sentia o que havia reprimido durante tanto tempo e com tamanha força: o amor dele por ela. E caso ele não tivesse morrido, eles estariam casados havia oito anos.

Mas ela não queria especular sobre a direção que sua vida teria tomado. Quando o sol batia sobre o papel, esquentando os dedos, quando o primeiro ruído na casa era perceptível, porque Martha havia acordado, Jane sentia uma força dentro de si desconhecida até então. Ela tentava não perder de vista a si mesma e aquilo que mais amava. Apesar de todas as infelicidades, todo luto, todo desespero.

E ela estava animada. Sentia isso sentada com Martha perto da horta, quando flanava com Cass pelo parque de Chawton House, quando estava sozinha. Às vezes ela se levantava, a fim de mergulhar as mãos doloridas em água fria, e em seguida enxergava as fagulhas, a promessa de dezenas de histórias.

Primeiro, porém, ela queria trabalhar em algo que há tempos estava escondido debaixo de toalhas de mesas com cheiro de cânfora, galhos secos de azevinho (que ela carregava, por nostalgia, para todos os lugares), e de um saquinho de linho com sálvia — seu manuscrito *Elinor e Marianne*.

Ela olhou para ele com carinho. Era como se houvesse toda uma vida entre os anos em que ela tinha escrito aquilo e o dia presente. Assustadas pelas reações negativas ou ausentes relativas a *Primeiras Impressões* e *Susan*, Jane nunca tivera coragem de preparar o manuscrito à publicação.

Seu coração bateu forte quando ela começou a ler. E se achasse terrível o que tinha escrito anos mais nova?

Quando ergueu os olhos, Jane viu Cass diante de si.

"Vocês já se levantaram?"

Cass começou a rir, afastando uma mecha cacheada escura do rosto bronzeado.

"Já está quase na hora do almoço, Jane. Posso lhe trazer uma xícara de chá ou algo para comer? Estou achando que você ainda vai cair da cadeira, tamanha sua concentração."

Espantada, Jane olhou pela janela. O sol forte de agosto iluminava o lugar e, no momento que prestou atenção, também percebeu que estava com fome e com sede.

Ela agradeceu Cass pelo chá e recostou-se na cadeira. Um sorriso se abriu no rosto que, entrementes, estava mais fino. Ele estava cheio de esperança.

TERCEIRA PARTE

"É sempre incompreensível para um homem que uma mulher possa recusar um pedido de casamento. Os homens sempre imaginam que as mulheres estarão prontas para quem quer que lhes peça a mão."

JANE AUSTEN, *EMMA*

STEVENTON, CONDADO DE HAMPSHIRE
25 de novembro de 1802

"Veja", disse Cass apontando da janela da carruagem para as florestas fechadas, cujos galhos estavam curvados pelo peso da neve. "Você também não acha que já dá para reconhecer Steventon?"

Jane sabia o que a irmã queria dizer. Havia florestas e colinas em muitos lugares, mas em nenhum deles elas pareciam ser, ao mesmo tempo, tão convidativas e misteriosas, em nenhum deles céu e terra formavam uma imagem tão perfeita. Apesar disso, Jane não sentiu nada de especial. Ela estava com muito frio e exausta. Havia flocos de gelo em seu colo e nem o estalar das rodas da carruagem no chão congelado, que sempre fora um de seus sons prediletos, podia consolá-la pelo fato de sentir um vazio interior. Ela desejava estar debaixo de um cobertor, um que não permitisse a luz entrar, sob o qual ela estaria aquecida e no escuro — e em paz.

Seus pais, Cass, todas amigas e conhecidos próximos e outros nem tanto eram da mesma opinião: Jane tinha tido tempo para o luto. Agora era preciso olhar para frente de novo.

Mas como? Como ela poderia olhar de maneira otimista para frente se nem sabia onde essa frente estava? Desde que deixara Sidmouth, Jane encontrava-se numa espécie de rigidez interior. Ela funcionava: falava, comia e até dançava; mas não sentia alegria. Nem tristeza. Havia apenas um nada. Uma ausência de tudo que era escuro ou claro, bonito ou feio. Cinza, essa era sua cor interna.

De todo modo, assim ela podia viver a vida sem ficar caindo no choro o tempo todo. Porém, era uma vida de verdade? Não parecia.

Quando Jane olhou da janela da carruagem para a rua estreita e sinuosa, em cujo meio-fio se acumulavam metros de neve, o verão do ano anterior parecia estar infinitamente distante. Lá estavam elas, Cass e Jane. Duas irmãs com casacos marrons acinzentados semelhantes sobre vestidos práticos, com toucas de donzelas envelhecidas na cabeça, os rostos brilhando tão pouco quanto os olhos. A felicidade, ela pensou, não podia ser convencida a ficar. Não sendo reverenciada todos os dias, todos os dias recebendo as boas-vindas. Muito menos quando se fazia de conta que ela não existia. Ela vinha e voltava. E talvez um dia voltasse para ela, mesmo se isso não lhe parecesse possível naquele momento.

Jane e Cass tinham combinado de não fazer uma parada intermediária em sua viagem até Alethea. Elas visitariam James e Mary no dia seguinte. Primeiro, para Manydown; Jane quis assim. Não havia mais um lar para se voltar.

Quando a carruagem passou pelo portão de ferro e tomou o caminho longo que subia até a casa senhorial, Jane sentiu um tiquinho de alegria. Havia passado mais de ano da última vez que estivera ali. No outono, seus pais a haviam obrigado a ir para Hampshire, na esperança de vê-la sorrir novamente. A empreitada não deu certo, mas Jane se lembrou como tinha sido bom ser cuidada por Alethea e também por Martha, a quem Alethea havia convidado.

"Finalmente chegaram!", ela escutou Alethea chamar do alto. E lá estava sua amiga, junto à janela do salão de chá, no qual tinha servido Jane tantas vezes. As venezianas estavam abertas e Alethea acenava tão vigorosamente que Jane ficou com medo de que ela caísse de cabeça na neve acumulada embaixo.

Quando a carruagem parou, Jane esperou o cocheiro ajustar a escadinha e ajudar na descida. Ela inspirou profundamente o ar, que tinha o cheiro de pinhas e fumaça. Neve cobria o telhado da casa senhorial. O céu, de um branco quase ofuscante, também parecia ter sido coberto por uma camada de gelo. Para saber onde estava o sol, era preciso adivinhar.

"Oh, Jane!"

Alethea correu até ela com os braços abertos e abraçou Cass também. Jane sentiu-se melhor desde o primeiro instante em que entrou em Manydown House e inspirou esse cheiro particular que impregnava todos os cantos da casa. Era uma mistura de madeira velha, pedras úmidas, lareiras varridas. E mais os aromas deliciosos da cozinha. Jane teve a impressão de sentir a doçura do pudim de Natal.

Alethea segurou-a no salão e examinou-a com um olhar delicado.

"Você parece um pouco mais descansada que da última vez que nos vimos. Entretanto, eu tinha imaginado que a receberia muito mais corada e radiante."

Jane sorriu, triste.

"Mas eu sei", disse Alethea, curvando-se para a frente, a fim de lhe dar um beijo, "que você é uma pessoa fiel. Que não se incomoda com os erros de quem ama. E que precisa de tempo quando está enlutada."

Jane tinha esperança de não precisar falar muito a respeito do ano anterior. Afinal, ela já pensava muito mais em Frederick do que devia. Pois apesar de se repreender por isso o tempo todo, ele lhe parecia onipresente. Ela tinha a impressão de ouvir sua voz o tempo todo, sentir seu constrangimento quando a atenção lhe era dirigida, ver seu sorriso torto. E às vezes, pouco antes de adormecer, ela acreditava estar sendo abraçada por ele. Daí levava um susto, começava a soluçar — e chorava tanto, o mais baixinho possível, até o travesseiro ficar todo úmido.

"Talvez nem tivéssemos sido felizes juntos", falou ela a meia voz.

Triste, Alethea fez uma careta.

"Você não sabe, assim como Cass não sabe se o casamento com Tom teria sido bom. E talvez isso seja o que é especialmente trágico nessas histórias. Vocês nunca tiveram aquelas semanas e meses em que não se suporta o marido — pelo menos é o que ouvi dizer. Mas dos quais as pessoas se recuperam um dia e voltam a valorizar a intimidade. Mas..." Ela hesitou. "Ah, não dê ouvidos a mim. O que sei sobre o casamento?"

Ela também parecia mais velha, pensou Jane. O rosto estava mais fino e tinha perdido as encantadoras bochechas cheias. Mas Alethea ainda era uma jovem bonita, sem dúvida. Entretanto, ainda não havia concretizado o grande sonho de se casar.

"Pelo menos vocês avançaram bastante", acrescentou Alethea, claramente se esforçando para fazer uma pose corajosa, algo em que não teve muito sucesso. "Você e Cass amaram uma vez."

Jane pôs o braço ao redor dos ombros da amiga, sem dizer nada. Elas se sentaram perto de Cass e depois de uma boa meia hora, na qual cuidadosamente investigaram o que queriam contar umas às outras e o que seria melhor ficar sem menção, a antiga leveza havia voltado. Elas riam e conversavam, primeiro tomaram chá, depois vinho quente adoçado, jantaram junto com a irmã mais velha de Alethea, Catherine, o pai delas e o irmão, Harris, e por fim todos se reuniram para jogar cartas, com Jane ganhando todas as mãos. Ela ergueu uma sobrancelha e lançou um olhar severo ao grupo.

"Estou alertando vocês. Se me tratarem como criança, logo vou me comportar feito uma."

"E o que isso quer dizer, senhorita Jane?", Harris teve coragem de perguntar, coradíssimo. Ele quase tinha parado de gaguejar, mas ainda era tão tímido que Alethea vivia balançando a cabeça por sua causa.

Jane sorriu.

"É provável que eu me jogue no chão e comece a chorar bem alto."

Os olhos dele faiscaram. Ele nem era tão feio assim como Alethea dizia nas cartas. Era muito espigado para ser considerado uma pessoa elegante e, além disso, magro demais — seu rosto era comprido, a pele de um amarelo pálido, os olhos fundos e arregalados. Mas era preciso dizer que ele havia melhorado com os anos. A condição de adulto lhe caía bem e às vezes, quando sentia que não estava sendo observado, ele irradiava tamanha calma que Jane sentia-se relaxar mais e mais na sua companhia.

Jane ganhou mais quatro rodadas. Nesse meio tempo, ela tinha ficado um pouco alta e primeiro passou a mão, de brincadeira, pelo cabelo de Alethea e depois pelo de Cass. Sem querer, os dedos dela roçaram as costas da mão de Harris, que quase ficou sem ar tamanho seu constrangimento.

Jane reprimiu uma risadinha boba. Há tempos não se sentia tão livre. Quinze meses de luto tinham se passado e certamente mais um tanto ainda estaria por vir. Ela não conseguia se esquecer de Frederick; sua breve união tinha deixado marcas profundas demais no coração. Mas ela se sentia como se tivesse ganhado uma pausa. Um tempo para voltar a rir despreocupada, para se sentir viva e bem, até voltar a Bath em janeiro.

~

No dia seguinte, Harris surgiu em silêncio, alto e ereto, com uma expressão de santa tranquilidade no rosto. Jane estava esperando por Alethea, mas nem a amiga nem Cass haviam chegado até o momento.

O sol baixava aos poucos às costas de Harris, raios cor de laranja coloriam suavemente a neve. Desde o salão verde era possível enxergar o teto da estufa. Jane foi acometida por um sentimento estranho quando relembrou daquilo. Quem era ela naquela época? Nessa hora, ela se deu conta que há tempos queria anunciar sua visita para a madame Lefroy. Elas se correspondiam regularmente desde a mudança de Jane para Bath. E com muito mais frequência desde que Jane recebera a notícia da morte de Frederick. Jane encontrou consolo nas palavras sábias e suaves da amiga, que gostava de citar um livro que estava lendo no momento ou que anexava partituras para Jane aprender ao piano.

"Você ainda gosta tanto de Manydown como antes?", perguntou Harris, sem jeito.

"Ah, sim. Não há nenhum lugar que me agrade mais."

Isso era verdade apenas até certo ponto. Ela preferia muito mais estar em Sidmouth, mas somente se Frederick estivesse ao seu lado.

Ela suspirou e torceu para que Harris não tivesse ouvido nada.

"Você sofreu uma perda trágica", disse ele, mesmo assim. Seus olhos escuros, que nunca brilhavam, emitiam uma luz suave e protetora.

Ela assentiu e não soube o que responder. Nos dias desde que ela e Cass chegaram, Alethea tinha feito algumas tentativas de conversar sobre o Sr. Mortimer. Certamente não por curiosidade. Jane achava que sua amiga estava insegura sobre a necessidade ou não de prestar consolo.

Mas a questão era a seguinte: não havia palavras para os sentimentos de Jane. Ela estava enrijecida, congelada ou qualquer expressão do gênero; ao mesmo tempo, porém, a tristeza a inundava, deixando-a acordada à noite e cansada durante o dia. Jane tinha se acostumado a isso e quase não sabia mais o que era um dia inteiro sem essa dor — sim, ela pôde provar ali alguns momentos de alegria. Mas um tempo mais longo sem nenhum sofrimento? Quase impensável.

"E sei que conversar a respeito não ajuda. Mas caso você tenha vontade de me acompanhar num passeio — e aqui preciso acrescentar que sou o único a chamar meu jeito de andar pelas florestas de passeio —, eu ficaria muito contente."

"Mas então como?", perguntou Jane. Visto que Harris ficou sem saber o que estava sendo perguntado, ela acrescentou: "Mas então como se chamam seus passeios quando são feitos por alguém que não você?"

"Uma marcha vigorosíssima, acho." Ele sorriu, cuidadoso.

"Bem, acompanho-o com prazer."

"Agora, já?"

Ela olhou pela janela, atrás da qual o sol lançava seus últimos raios em direção à Terra.

"Por que não?"

Quando ele puxou a pesada porta da casa, um ar gelado veio de encontro aos dois. Em silêncio, eles saíram. Branco se tornando cada vez mais escuro, não se enxergava mais nada senão faixas marrons diante do céu — as árvores. Sua respiração se condensava diante deles, enquanto se dirigiam à floresta. Jane viu as pegadas de um coelho, Harris apontou para aquelas dos porcos selvagens e daí para as de um lobo. Os galhos estalavam baixinho sob seus pés, o gelo rangia, mas todo o resto era somente silêncio. Eles continuaram a passear. Quando Jane parou para limpar as crostas de neve da barra da saia, ela escutou o riacho, que nessa parte da propriedade corria acima da terra, mas no caminho para Basingstoke voltaria a se esconder da vista, gorgolejar.

"Gosto de ficar em silêncio com você", disse Harris.

Ele estava usando uma roupa marrom esverdeada, que entre os troncos das árvores o deixavam quase invisível e a garrucha que levava a tiracolo, de um preto opaco, não refletiria o sol nem mesmo no verão.

"E lhe sou grata por não ficar me interrogando. Em casa, meu estado emocional é checado diariamente umas oito vezes pelo menos. Cass fica de olho em mim — aqui também — em todas as refeições, em Bath ainda há a preocupação de mamãe, e embora não consiga expressar seu desejo, o que meu pai mais quer é que eu finalmente expresse meus sentimentos."

"E você não quer fazer isso?"

"Acho que não consigo."

Com um sentimento de abandono, ela olhou por entre os troncos dos pinheiros e faiais para a escuridão que chegava. Ela não estava com medo, nem de que Cass ficasse preocupada quando não a encontrasse quando fosse noite.

"Eu queria mesmo era fugir", disse ela em voz baixa. "E viver minha vida em algum lugar onde ninguém me conheça. Onde ninguém coloque cada uma de minhas palavras numa balança de precisão. Onde possa me retrair sem que alguém tenha pena e os outros não suportem que eu não sinta alegria."

Ele olhou para ela com compaixão, mas não disse nada.

"Qualquer pessoa normal diria que isso não me ajudaria em nada", prosseguiu falando ela. "E que eu devia me considerar alguém de sorte porque há tantas pessoas preocupadas comigo ao meu redor. Mas eu quero poder ser infeliz durante o tempo que tiver de ser e quiser ser. Quero poder ser teimosa e furiosa. Não sou como Cass! Não consigo aceitar meu destino e confiar que Deus tenha feito apenas aquilo que era inevitável. Estou muito brava com Ele. Quero é gritar."

Ele ergueu o braço e tocou delicadamente o braço dela.

"Seja tudo isso, senhorita Jane. Escolha um lugar; e mesmo que seja uma roseira num parque perto de sua casa."

Ela baixou os olhos. Essa era a distância de seu raio: até uma roseira próximo de Sydney Place. A situação era tão opressiva quanto verdadeira — ela não conseguia prosseguir, mesmo se quisesse. Em todo o vasto mundo não havia nenhum lugar que pudesse ser seu.

"Oh, senhorita Jane, eu a deixei ainda mais triste!"

Consternado, ele olhou para ela. A escuridão havia tomado conta do lugar e, de repente, Jane sentiu como estava com frio.

Ela passou a mão pelo rosto, onde uma lágrima já estava congelando.

"Não", afirmou ela, reprimindo o choro. "Não, você."

Em silêncio, os dois voltaram. Jane ficou parada debaixo do portão.

"Não foi uma marcha muito vigorosa. Perdão."

Ele sorriu e olhou para ela com autêntica preocupação, que — e isso era surpreendente — mais a comovia do que perturbava.

"Talvez amanhã possamos sair um pouco mais cedo?"

"Boa ideia", disse ela, para a própria surpresa.

A partir dessa noite, os dois passaram a caminhar juntos diariamente. Alethea achou o programa mais que surpreendente, mas depois da primeira tentativa de abordar o assunto com Jane, ela desistiu. Certamente havia percebido o quanto o frio, o exercício, não ter de falar, tornar-se novamente parte da natureza em vez de apenas um montinho de tristeza, fazia bem a Jane.

Uma semana após a chegada, Jane notou que estava cantarolando baixinho ao voltar para o quarto. Também antes ela tinha passado horas felizes em Manydown, mas essas tinham sido em grupo, apoiada por um ou mais copos de vinho. Agora, porém, ela estava totalmente a sós. E ela se sentia alegre e quase despreocupada, e depois de ter trancado a porta do quarto atrás de si, ela pegava a mala e tirava um envelope amassado. Devia haver mulheres que nunca saíam de casa sem um pente ou perfume — no caso de Jane, tratava-se de papel e uma pena. E sem esquecer da tinta.

Ela fez anotações, perguntou-se se deveria rever o que tinha escrito antes ou começar algo novo; voltou a *Marianne* e *Elinor*, depois para *Primeiras Impressões*. Visto que ela guardava os manuscritos em Bath e, claro, não carregava cópias consigo, não conseguia se aprofundar num ou outro material. Lizzy Bennet tinha sido uma promessa, uma mulher como Jane às vezes esperava se tornar, mas sempre percebia que nunca chegaria a tanto. E o Sr. Darcy... Ele não era cópia de ninguém, mesmo se tivesse pequenos detalhes do Sr. Lefroy. Jane não tinha vontade de criar todas suas personagens de acordo com pessoas reais. No melhor dos casos, os retratados não se reconheciam, porque uma pessoa imaginada em algum momento sempre se libertava de seu criador e passava a fazer coisas impensadas. No pior dos casos, alguém percebia que tinha sido usado de modelo, e reconhecia um retrato mesquinho de si mesmo e ficava chateado.

"Você acha mesmo que não fico ridículo com essa peruca?" ou *"Nunca disse que a Sra. Theodore não tem bom gosto!"*

Jane havia tido algumas poucas experiências nesse sentido e decidira-se a se inspirar nas pessoas, mas acrescentava a cada personagem um traço que era totalmente contrário ao do modelo autêntico. Assim ela se saía bem e podia, por exemplo, dizer que a peruca era clara, enquanto a do Sr. Ingelton era inequivocamente castanha.

Ela tinha vontade de visitar, em pensamento, a pequena e confortável casinha? Ela se lembrava das linhas com as quais descrevera o novo lar das irmãs Dashwood:

Como residência, Barton Cottage, embora pequena, era confortável e compacta; mas como chalé tinha seus defeitos, pois a construção era simples, o telhado estava em ordem, mas as janelas não eram pintadas de verde, nem as paredes cobertas de hera. Uma estreita passagem atravessava a casa diretamente até o jardim dos fundos. As duas entradas da casa davam para a sala de estar, de pouco menos de 5 m²; e depois vinham os escritórios e a escada. Quatro quartos e dois sótãos compunham o restante dos cômodos. A construção tinha apenas alguns anos e estava em boas condições. Se comparada a Norland, era de fato pobre e pequena!

Bem, ela teria que descrever Norland enquanto estivesse em Manydown — ou em Pemberley —, mas depois voltou-se para Lizzy Bennet e o Sr. Darcy.

Ela fechou os olhos.

Não, ela não conseguia escrever, mesmo assim. Mas não se sentiu mais tão vazia, e isso foi reconfortante.

~

"Você se lembra de antes? Quando nos aprontávamos para os bailes?", perguntou Alethea.

Como anos atrás, elas estavam sentadas no quarto de Alethea, com uma quantidade imensa de vestidos pendurados sobre encostos de cadeiras, espalhados sobre a cama e diversas chaise-longes. Jane havia se sentado junto a uma mesa estreita, que estava repleta de bolos, elas tomaram café e Jane estava sempre mordiscando um biscoito de gengibre enquanto assistia Alethea pentear o cabelo.

Jane sorriu.

"Eu me lembro", prosseguiu Alethea, "de achar, na época, que era apenas uma questão de tempo. Eu só tinha de ter paciência e, em algum momento, ele apareceria."

Jane, que sabia exatamente o que Alethea estava dizendo, levantou-se e colocou a mão sobre o ombro da amiga.

"Você está com 25 anos. Não com 100."

Alethea fechou os olhos.

"Mas sinto como se tivesse cem. O triste, porém, não é apenas minha idade, mas a desesperança. Antigamente eu saía da cama rápido, mal esperando me vestir. Eu aguardava os acasos — ou..." Ela deu de ombros, "...o destino. Um dos dois, eu estava convencida, aconteceria. Só bastava ter paciência."

"E se você tiver mais um tiquinho de paciência?"

Receosa, Alethea balançou a cabeça, olhando para os vestidos espalhados. Tivera vontade de mostrar todo seu armário para Jane, mas logo após o primeiro traje de seda cinza claro, desanimara. Agora passava uma mão pelo cabelo, a outra pelo tecido brilhante.

"Já não gosto mais de me levantar", confidenciou ela, deprimida. "Ao levantar, estou triste."

"Oh, Alethea!" Jane se ergueu e abraçou-a. "Temos de mudar isso."

Mas como?, perguntou-se ela enquanto inspirava o cheiro de Alethea , que sempre rescendia discretamente a violetas. Como, se o único objetivo da vida de Alethea sempre foi se casar? Se toda a felicidade do mundo estava na promessa feita por um homem?

Todas as sugestões que passaram pela cabeça de Jane lhe pareceram tão ridículas quanto terríveis. Era impossível falar para Alethea exercer uma atividade relaxante! Fazer tricô ou bordar. Ou pintar aquarelas. Essas coisas preenchiam Cass, mas Alethea não se interessava por arte.

"Consigo imaginar o que você quer dizer", disse Alethea, timidamente. "Se eu tivesse algo como você, talvez eu acharia um motivo para gostar da vida de novo. Mas não há nada. Tentei de tudo, acredite em mim. Tentei cachecóis, por cujos pontos era possível meter a mão, bordei toalhas de mesa, o resultado foi horrível, cheguei a entalhar umas coisas e cortei os dedos. Depois a madeira estava vermelha, e era a única coisa bonita dela."

"Você entalhou?", perguntou Jane, surpresa.

"Sim, mas era feio e não levou a nada artístico. Mas o principal é que não me trouxe alegria."

Jane pegou mais um biscoito de gengibre e tomou um gole de café. Depois de pensar um tempo, disse: "E se você criar algo que sempre a fascinou?"

"Um homem?", respondeu Alethea, secamente.

"Pensei num produto de beleza."

Incrédula, Alethea olhou para Jane.

"Como assim?"

"Martha está sempre desenvolvendo todo o tipo de receitas. Pergunte para ela!"

Alethea inclinou um pouco a cabeça.

"Não é má ideia", falou ela depois de um tempo. "Vou convidá-la, o que você acha? Talvez para o seu aniversário? Afinal, será daqui a duas semanas!" Alethea olhou para ela cheia de graça. "Você gostaria? Vamos dar uma festa?"

Jane levou um susto. Ela sorriu, mas sabia que o gesto parecia forçado. Demorou um pouco até achar uma resposta.

"Melhor não." Ela passou a mão pelo cabelo. "Não dou mais muita importância à data."

"Mas Jane, você tem de permitir ser festejada!"

Jane baixou o olhar.

"Não." Ela balançou a cabeça, talvez com uma veemência exagerada. "Eu..."

"Está com medo? Fazer 27, quero dizer?"

"Não — e é isso que me espanta. Para mim, é totalmente indiferente." Jane sorriu, corajosa. "Bem, não ter esperança certamente tem algo de bom. É difícil sentir uma decepção."

Alethea inspirou profundamente. "Não, não quero ouvir isso da sua boca! Falta de esperança. Jane! Como você pode dizer algo assim?"

Jane não quis dizer que Alethea tinha acabado de fazer uma observação semelhante. Ela não deu nenhuma resposta.

As coisas eram como eram e ponto.

"Ah, Jane", suspirou Alethea. "Você não pode ficar aqui para sempre? Simplesmente fique, não volte para Bath! Estou certa que isso também lhe faria bem. E todos nós..." Tímida, ela olhou para Jane. "Todos nós aqui gostamos tanto de você."

Alguma coisa no tom da sua voz fez Jane ficar alerta. Mas antes de pensar a que Alethea podia estar se referindo, um sino chamou para o jantar.

~

Depois da refeição, Jane se recolheu à biblioteca. Seus pensamentos voaram para o momento de há muito tempo, quando tinha estado sentada perto da lareira com a saia suja, enfurnada em *The Winter Evening*, de William Cowper. Ela acreditava estar apaixonada por ele e durante muito tempo essa crença a acompanhou. Apenas o carinho que sentiu por Frederick corrigiu o foco — ela tinha sido apaixonada por Tom, sem dúvida, mas amor era algo diferente. Mais profundo, mais quente, mais tranquilo e com menos dúvidas. Algum dia, olhando em retrospecto para Sidmouth, será que ela avaliaria seus sentimentos por Frederick de outra forma? Será que conseguiria amar outro homem mais do que o amou?

Jane tinha dúvidas.

"Senhorita Jane, desculpe."

Ela nem percebeu que a porta fora aberta. Harris apareceu no escuro, passando a mão, constrangido, pela lapela e olhando para Jane com um olhar peculiar, muito intenso. Devido ao movimento das chamas da lareira, o papel de parede florido parecia que dançava ao redor dele. Jane ficou tonta, o que poderia ser devido ao calor, mas também por causa do movimento abrupto do Sr. Bigg-Wither, que deu um passo em sua direção. Os olhos dele estavam esbugalhados, o rosto ainda mais pálido do que de costume. As pálpebras tremiam e os lábios formavam palavras que ele não expressava. Depois de um tempo em que Jane teve a impressão de estar sonhando, ele sussurrou: "Há dias penso em como conseguir falar com você sem a presença da minha família."

Espantada, Jane não soube o que responder.

"Mas nós fomos passear", disse ela afinal. "Dia após dia."

"Sim, mas na floresta. E a floresta não é o local adequado para..."

Ele não terminou a frase. Jane sentiu-se ainda mais estranha.

"Você quer se casar comigo, Jane?"

Sua voz soou metálica, e o tom era baixo. Jane duvidou ter ouvido corretamente. Insegura, ela olhou para ele, não respondeu nada, não se mexeu.

"Amo você", conseguiu dizer ele ainda. Harris deu mais um passo largo e agora estava bem na frente dela. Ele certamente era duas cabeças mais alto do que ela e precisou se curvar para baixo. "Tenho consciência de que você não me ama. Conheço seu passado, acompanhei o que você permitiu que eu acompanhasse. Saiba que não exijo que você diga que vai me amar. Se acontecer assim, não haveria ninguém mais feliz neste mundo do que eu; se acontecer diferente e você, mesmo assim, estivesse, de algum modo, feliz nessa relação, eu também estaria contente. Não quero nada além de você, Jane. Não tenho planos de como vivermos juntos. Tudo o que sei é que em sua presença sempre me senti seguro. Seguro e bem. Quando você está por perto, não sinto necessidade de fazer de conta que sou outro."

Jane congelou. Ela se perguntou como ele pôde imaginar que ela estava disposta a um passo desses. Ele era Harris — e ela, a amiga de sua irmã mais velha. A coisa parecia... Bem, não parecia totalmente errado, e essa sensação a surpreendeu.

Mas certamente não era correto. Nunca ela pensara em Harris nem sentira algo diferente do que um interesse amigável por ele. Uma mistura, sim, talvez até de interesse e compaixão. Mas ele não ouviria isso da boca dela.

Harris piscou. Parecia inseguro e frágil. O coração de Jane ficou pesado. Ela se lembrou de antes, quando nunca ninguém falava com ele nos bailes. O jovem alto, magro, que sempre estava à margem...

"Eu também ficava perturbando você como todo mundo, você se recorda?", perguntou ela.

Como era estranho falar dessa maneira tão informal com ele! Mas usar um tom mais formal também seria estranho. Ela tinha a impressão de eles estarem exatamente na metade: não eram nem exatamente estranhos nem conhecidos. Havia coisas de que ela gostava muito nele; por exemplo, sua sensibilidade, suas perguntas, que mostravam o quanto ele a valorizava, seus pensamentos, cuja profundidade ela não conhecia. Mas ela não sentia nenhum tipo de carinho e também não sentia vontade de pegar na sua mão.

"Você não ficava me perturbando, nada disso", afirmou ele, decidido. "Mas não se trata disso. Você sempre morou no meu coração, e agora que já tenho idade suficiente, que tenho boas perspectivas de lhe proporcionar uma vida confortável ao meu lado, que você não se decidiu por outra pessoa, que não pôde se decidir... Daí penso que..."

Jane engoliu em seco. O lugar lhe parecia simultaneamente escuro feito breu e claríssimo. Ela ouviu o próprio coração bater e viu Frederick à sua frente.

Naquele instante, ela soube que nunca conseguiria amar alguém tanto quanto ele. Jane sentia isso com tanta clareza que o efeito trazia mais alívio do que opressão.

"...é tempo", prosseguiu ele, "que nos juntemos. Você e eu. Ambos adoramos dar passeios. Amamos a natureza e conseguimos passar dias ao ar livre. Você e eu não nos importamos quando nossas roupas ficam molhadas ou sujas. Sei que você gosta mais da visão de um estorninho do que da perspectiva de comprar um novo tapete. Apesar disso, posso lhe proporcionar muitas coisas nesse sentido. Se quiser, escolho para você o quarto que mais gostar nesta casa. Você pode dispor dele sozinha e, se não quiser que ninguém entre lá, sua ordem será cumprida. Você pode escrever o dia inteiro, a noite inteira ou as duas coisas. Sei como você gosta disso." Inseguro, ele umedeceu os lábios.

Jane continuava imóvel, rígida. Alethea sabia do que se passava por lá? Ela tinha suas dúvidas. Mas a amiga certamente ficaria contente. Se Jane fosse dona de Manydown, Alethea não precisaria mais se preocupar com o futuro. Uma outra esposa talvez exigiria que as irmãs de Harris se mudassem assim que ele assumisse a herança. Não Jane.

Jane hesitou. Não era sua tarefa assegurar o futuro de Alethea e nunca que a amiga exigiria isso dela.

"Claro que não espero que você viva a vida que uma mulher usualmente vive", prosseguiu ele.

Ela podia pôr um fim no sofrimento dele. Não seria agradável, mas Harris superaria. Deus, ele não tinha nem 22 anos! Inúmeras mulheres da alta sociedade se interessavam por ele. Entre elas, certamente haveria uma que não estaria interessada nele apenas por dinheiro; uma mulher boa e carinhosa.

"Não estou querendo filhos, caso essa seja a perspectiva que a faça hesitar", disse ele, suplicando. "Eu seria feliz vivendo aqui com você, sozinhos; com você e também com minhas irmãs, caso você assim o desejasse. Sua vida não mudaria. Só que sua casa passaria a ser aqui e não em Bath."

Jane não conseguiu deixar de pensar que os pais ficariam contentes. Nem em sonho eles imaginariam que a filha caçula receberia certo dia uma oferta dessas.

"Você é jovem, Harris", ela finalmente tomou a palavra. "Jovem demais para dizer o que o faz feliz. Em dez anos, talvez quinze, você vai se recordar dessa nossa conversa e ficará aliviado por eu não ter podido dizer sim. Você será pai e estou certa que assistir ao crescimento de seus filhos e filhas será fonte de muito contentamento."

O desespero crescente no rosto dele era visível.

"Mas não quero uma vida dessas! É maravilhoso amar os filhos e ficar contente por eles, mas e se a pessoa não ama a esposa? Se não há coisas em comum? Se a pessoa prefere não conversar, sair do caminho do outro desde o começo do dia? Não quero nem imaginar uma vida assim. E sei que com você seria diferente. Poderíamos ficar em silêncio juntos, você e eu. Cada um de nós tem um campo de interesse — eu amo plantas, a botânica, posso ficar horas sobre textos científicos. E você ama a literatura. Nenhum de nós precisaria do outro para passar o tempo, e além do mais acho que sempre compreenderíamos um ao outro. Sou um sujeito engraçado, *isso* você certamente já pensou. Mas um sujeito engraçado também pode ser afável. Talvez mais do que o mais eloquente cavalheiro, pois pessoas como eu sabem como dói não receber atenção, ou se tornar o centro da zombaria. Nós nunca nos trataríamos nesses termos. E nós..." Ele parou por um instante, mas retomou o fio da meada, "...somos capazes de ver mais coisas do que os outros. Vejo o que há em você, Jane. Vejo o tesouro que independe de mim para você resgatar. Vejo seu coração, sua razão, e é isso que amo. O que me importa o fato de você ser mais velha do que eu? Por isso, recoloco minha pergunta e lhe dou o tempo necessário para refletir. Você quer ser minha esposa?"

Algo em Jane amoleceu. E esquentou. Ela sentiu como se todas as dúvidas se dissipassem, ela enxergou a imagem diante de seus olhos, em sua mente: ela poderia retornar a Hampshire, a sua terra natal. Nada mais de bailes. Nada mais de idas à igreja em Bath. Nada de fofocas nem de olhares compassivos. Jane não estava preocupada que as mulheres vestidas de amarelo-limão ficariam lívidas de inveja ao se tornar a Sra. Harris Bigg-Wither. Esse era o motivo para abrir a boca. "Sim, Harris. Quero ser sua mulher."

~

Harris havia conduzido Jane até a porta do seu quarto e quase não quis se separar dela. Evidentemente que ele manteve distância, não tocou nem na sua mão, muito menos fez menção de mover a cabeça em sua direção. Mas ela havia descoberto o brilho da esperança em meio à desajeitada alegria transbordante dele... Agora ela estava sentada junto à mesa estreita diante da janela, atrás da qual só havia a escuridão.

Ao contrário de Alethea, Jane nunca tinha imaginado como seria subir ao altar em todos os detalhes, nem quando escreveu a respeito. Bem, ela não havia *verdadeiramente* escrito a respeito. Havia anunciado casamentos, nada mais. Jane não era escritora do tipo a enviar suas heroínas num caiaque até o mar do Norte — ela não escrevia sobre o que lhe era desconhecido. Ou seja, ela precisava se casar primeiro para depois conseguir dizer mais do que algumas palavras inocentes a respeito. E ela teve de confessar que esse, entretanto, não era um bom motivo para se casar com Harris.

Em *Susan*, ficou assim:

Henry e Catherine casaram-se, os sinos bateram e todos estavam sorridentes.

Jane teve de admitir que não havia muito romantismo aí. Seus outros romances haviam colocado o tema no passado, mal uma mão era pedida em casamento ou as bodas no horizonte eram ameaçadoramente desmanchadas.

Marianne Dashwood nascera com um destino extraordinário. Nascera para descobrir a falsidade das próprias opiniões e para contradizer, por sua própria conduta, suas máximas favoritas. Nascera para superar um afeto formado ainda aos 17 anos, e sem nenhum sentimento superior a uma forte estima e uma vigorosa amizade, voluntariamente dar sua mão a outro! E esse outro, um homem que havia sofrido não menos do que ela a fatalidade de um primeiro amor desfeito, que dois anos antes ela considerara velho demais para casar — e que ainda cuidava da saúde usando um colete de flanela!

Bem, se fosse sincera, então ela simplesmente não apresentava inclinações românticas. Se tivesse se casado com Frederick, então isso teria acontecido logo após o café da manhã e pouco antes de uma saída para compras pelas ruas de Exeter, por assim dizer espremido entre esses dois compromissos, e daí eles teriam ido para Sidmouth sem dar muita atenção ao evento. Jane não valorizava ficar na expectativa de um determinado dia — afinal, não era o que acontecia no dia depois do casamento o que realmente importava? Os anos que mostrariam se o casal conseguia viver em harmonia?

A pergunta que vinha em seguida era: Harris e ela conseguiriam viver em harmonia?

Ele havia lhe dito que não esperava um amor ardente, e que uma amizade profunda lhe era suficiente. Jane se sentia capaz disso, mas ao mesmo tempo temia que ele logo mudasse de opinião após o enlace. Daí ela estaria num dilema. Ela não acreditava que conseguiria aprender a amá-lo — o coração, disso ela tinha certeza, estava trancado, trancado para todos os desejos, todos os arroubos amorosos.

Pensativa, ela olhou para o vazio. Os dias passados tinham sido de um valor inestimável. Apenas em Manydown ela havia se sentido bem novamente, além de esperançosa. Seu interesse pela vida e seu prazer em escrever tinham reacendido. Ideias passaram por sua cabeça. Se ela colocasse a escrivaninha ali perto da janela...

Mas ela já estava avançando. Ou retrocedendo? Afinal, ela tinha se prometido a Harris. Ela não lhe pedira paciência, adiando a resposta para o dia seguinte. Por que não?, perguntou-se.

Porque desse modo você nunca teria aceitado, sussurrou uma voz na sua cabeça.

Jane foi até a janela. O frio passava pelas frestas estreitas da esquadria. O céu era de um preto profundo; não era possível distinguir nenhuma estrela nem a lua.

Duas coisas, ela pensou, deviam ser levadas em conta na sua decisão — ela tinha de avaliar duas Janes possíveis no futuro. Claro que ela não conseguia prever o porvir. Mas podia tentar imaginá-lo.

Como seriam seus dias como Sra. Bigg-Wither em 1830?

Jane se sentou numa poltrona perto do fogo da lareira e fechou os olhos. Em 1830, ela festejaria o aniversário de 55 anos. Harris certamente não deixaria de dar uma festa; Cass seria convidada, Martha, seus amigos e bons conhecidos de Steventon, Basingstoke e comunidades vizinhas. Jane viu a versão envelhecida de si mesma: cumprimentando seus convidados, rechonchuda e de faces luminosas. Ela parecia alegre, mas faltava algo, mesmo que não soubesse o quê. Apenas depois de rever a imagem várias vezes, prestando muita atenção, é que ela reconheceu. O sofrimento que volta e meia iluminava seus olhos em geral alegres havia desaparecido. Seu olhar continha uma espécie de saturação, uma satisfação profunda e tranquila, que é própria de quem não quer conquistar mais nada.

Mas quando ela invocava a Srta. Jane Austen de 1830, ela via uma pessoa mais magra diante de si. O vestido parecia gasto, de uma cor quase indefinível, um cinza amarronzado desbotado. Seu cabelo podia estar grisalho como o da Sra. Bigg-Wither, mas ficava escondido sob a touca virginal. Os ossos malares estavam ressaltados, a pele opaca, as olheiras bem visíveis. Ela tinha se acostumado a Bath, mas pensava em sair definitivamente de lá, dez anos após a morte do pai e cinco após a morte da mãe. Ela estava livre, uma sensação rara e ainda desconhecida, livre, mas tudo menos rica. Entretanto, ela havia publicado dois livros. Embora nem *Susan* nem seu romance sobre Lizzy Bennet tenham sido um sucesso, ela ainda se sentia animada por eles, incentivada pela sensação incomparável de ter algo encadernado nas mãos de sua própria autoria.

Jane voltou para o presente. Qual das duas versões era a sua preferida? Qual deveria se tornar?

Ela não sabia! Qualquer outra mulher razoável pararia de matutar e iria dormir, para na manhã seguinte formular, com uma alegria contida, uma carta relatando o noivado aos pais. Por que a dúvida era tão insistente, por que ela não estava com vontade de dormir? Não se tratava de Frederick, sua saudade dele, pois o amado não voltaria jamais.

Jane tinha certeza disso. Ao contrário de Cass, Jane não sentia nenhum tipo de obrigação de ser fiel a ele após a morte — mas o que isso dizia a seu respeito? Que não tinha fidelidade? Que era superficial e incapaz de sentimentos profundos? Não, nada disso era verdade. Seus sentimentos por Frederick haviam sido profundos e ela não chamaria aqueles em relação a Tom Lefroy — que não passaram de um encantamento passageiro — de uma marola qualquer. Confusa, ela mordeu o lábio.

Às vezes era penoso abordar as coisas dessa maneira tão calma e concentrada! Ah, se ela pudesse encontrar dentro de si a Jane do passado — a borboleta enamorada —, ela certamente saberia o que fazer. Mas agora quem estava no comando era sua cabeça, que pesava, fazia sugestões, alertas, retirava algo que há pouco havia apresentado com tamanha convicção... Ela girava em círculos!

"O que meu coração quer?", perguntou ela, sussurrando, mas o fogo não lhe fez a gentileza de responder.

Mais uma vez a razão, aquela instância confiável, tomou a dianteira. Ela resolveu observar Harris atentamente — não o real, que, como o restante da casa, já devia estar dormindo, mas aquele Harris que era uma espécie de intersecção entre o garoto de 14 anos e o jovem atual. Ele era um ser humano simpático e, simultaneamente, estranho o suficiente para não criticar a excentricidade dela. Ele amava o que ela amava. Mas quais eram seus objetivos? Ela tinha de admitir que não sabia. Isso era importante? Talvez até uma desvantagem? Na opinião dela... Oh, era preciso anotar isso! Jane levantou-se e procurou a pena na gaveta, encontrou-a, depois foi a vez de achar que o tinteiro havia desaparecido até achá-lo debaixo de uma pilha de roupas recém-dobradas.

"E, se ela se casasse com ele amanhã, acho que teria boas chances de ser feliz, da mesma forma que se ficasse estudando o caráter dele por um ano. A felicidade no casamento é uma questão de pura sorte. Se a disposição das partes é sempre tão bem conhecida dos dois, ou se são semelhantes de antemão, não faz a menor diferença para a felicidade no final. As pessoas sempre ficam diferentes depois de passarem por períodos difíceis; e é melhor saber o mínimo possível dos defeitos da pessoa com quem você vai passar o resto da vida."

Pensativa, ela olhou para o nada. Ela amava esses momentos de calma total, quando não estava impulsionada pela escrita, mas esperava que, depois de ter escrito algumas palavras, o fluxo criativo continuasse igual, sem obstáculos. Era como estar entre Céu e Terra. Um estado de levitação, sem lugar exato, mas leve, infinitamente leve.

Atrás da janela ela enxergou os primeiros cândidos raios de sol, que apareciam, quase imperceptíveis, por trás das copas das árvores. O mundo já despertava novamente?

E por que ela disse sim?

Ela se sentiu como se a carruagem — na qual ela hesitava em subir — já tivesse partido há tempos.

Por que ela disse sim?

Harris se tornaria um marido maravilhoso, atento, que compreenderia quando ela estivesse necessitando de calma. Mas e se surgisse nele, por fim, a vontade de ter filhos? A essência da vida de Jane não combinava com a maternidade; não se os parâmetros fossem altos como ela os determinava. Se ela tivesse filhos, iria querer criá-los. Daí não sobraria tempo para escrever.

Por experiência própria, Jane sabia como era se separar precocemente dos pais. Ela tinha frequentado um colégio interno e o sentimento de abandono ainda ecoava nela. Antes disso, aos três meses de idade, seus pais a deixaram sob os cuidados de uma ama no vilarejo vizinho, Deane. Ela viveu por lá até quase completar um ano e meio. Jane recebia visitas do pai e da mãe, além dos irmãos mais velhos. Mas a questão era que ela tinha se adaptado a uma nova família depois de ser tirada da antiga e depois precisou repetir o processo quando os Austen a buscaram de volta.

Jane não se recordava dessa época. Ela só sabia que tinha crescido um pouco quando voltou à casa paroquial; sabia dar alguns passos sem cair e falar algumas palavras. A Sra. Vincent foi mais maternal que sua própria mãe, pelo menos no sentido de que não rejeitava a proximidade física. Às vezes, em sonho, Jane se transportava de novo para aquela casa pequena e simples, em Deane, via o chão de terra batida, os tapetes bordados, os móveis que lhe pareciam gigantes. E daí ela sentia a solidão profunda, gelada.

Em qual situação Harris havia colocado Jane com sua oferta generosa e amorosa, que só alguém sem razão recusaria? Para ela, tanto fazia ele parecer desengonçado feito um cachorro grande. Mas ela não o amava, e não devido às características que ele tinha ou deixava de ter.

Ele, ao contrário, amava Jane. E esses dois fatos simplesmente não combinavam.

O céu tinha tomado uma nova coloração, cinza opaco. O sol reluzia, fraco, no leste, plano feito um prato. Ela viu um melro saltando sobre a grama ainda congelada. À distância ecoava o chamado rouco de um corvo.

Quando Frederick a beijou, ela não ficou preocupada com o futuro. Ela não tinha lutado contra si mesma, não tinha feito contas, não pensou sobre filhos e escrita, porque estava cheia de confiança, cheia de amor.

Era injusto para com Harris tomá-lo como marido porque ela desejava um lar, segurança e a possibilidade de estar a sós. Mas também era injusto consigo mesma. Jane se conhecia bem o suficiente para saber que não suportaria ser correta com ele. Será que não deixaria seus princípios de lado, movida pela consciência pesada e pela expectativa das pessoas?

E o que aconteceria se ela engravidasse?

As palavras eram suas amantes. Os romances, os filhos que ela nutria e cuidava, em que pensava de maneira incessante, que eram seu mundo. Nada podia tocar mais intensamente seu coração, nada podia lhe dar mais felicidade. Mas recusar a proposta de Harris era arriscado. Um risco, ela temia, do qual seria capaz de se arrepender amargamente...

LONDRES
Dezembro de 1810

"Você vai mesmo se arriscar?", perguntou Henry. "Você juntou toda a coragem e não vai dar para trás no último minuto?"

"Como responder uma pergunta que exige um sim ou um não?", disse Jane, sorrindo e se recostando.

Ela, entretanto, estava tranquila apenas exteriormente; por dentro, o nervosismo borbulhava. Ela se encontrava em Londres, o que já era motivo bastante para alegria; afinal, ela adorava visitar o irmão predileto e a mulher dele em Sloane Street. Não havia anfitriões melhores que o casal, e Eliza, que era não apenas cunhada de Jane como também sua prima, trouxera algumas coisas muito bonitas da época do seu primeiro casamento com um conde francês, embora o tenha perdido para a guilhotina. Quando Jane entrava na casa de três andares em Knightsbridge, ela se sentia muito fina — e também um tanto fora de lugar. Veludo, tapetes persas e seda por todos os cantos, tudo da melhor qualidade e nas cores mais absurdas. Eliza tinha um estilo personalíssimo, extravagante. Ela gostava de tudo que brilhava, reluzia ou tinha uma aparência luxuosa. Se pudesse, ela vestiria Jane — com pena de pavão no cabelo e tanto tafetá que a cunhada desapareceria totalmente dentro de seu traje. Jane, porém, se recusava. Naquele dia, que era especial, ela estava usando um vestido azul-claro de linho com uma echarpe rosa; e porque havia tomado antes um pequeno copo de champanhe, tinha tido a ideia de adornar o cabelo com pérolas. Jane passara a tomar champanhe, uma bebida que havia conhecido por intermédio de Eliza e que amava desde então. Saboreando, ela tomou um gole e pousou o copo na mesa redonda à sua frente.

Numa tarde não muito distante, mas que lhe parecia uma relíquia de um tempo longínquo, ela se debruçara novamente sobre *Elinor e Marianne*. Em seguida, numa manhã de agosto do ano anterior, ela encurtou a história, modificou-a, fez tábula rasa. Semanas e meses se passaram e a cada vez que ela pegava o manuscrito novamente, Jane achava algo mais de que não gostava. Assim se passou um ano e meio entre revisões, melhorias, novos trechos, uma abordagem totalmente nova das irmãs Dashwood. Então, há oito semanas, ela não tinha mais nada a fazer. Não havia nem mais um minúsculo erro de ortografia, nenhum diálogo de aparência artificial, falso, sem vida. Ela gostava de tudo.

Mas quantas vezes ela já tinha posto, feliz, o ponto final em algo, para depois ler de novo, achar bom e uma semana mais tarde achar que aquilo era a pior coisa que saíra de sua pena? Outra semana se passou e logo foram duas. Jane releu o manuscrito, desde o começo e, animada, deixou-o de lado. Releu uma segunda vez e em seguida enviou uma carta a Henry. O manuscrito esburacado por tantas emendas — Jane usava a técnica de anotar suas correções em letras minúsculas, recortá-las e espetá-las com agulhas sobre as palavras a serem modificadas — tinha sido passado a limpo. Era hora de viajar para Londres. Será que ele poderia arranjar isso para ela?

Henry podia. Além disso, nessa tarde, às 16h, dali a uma hora e treze minutos, ele tinha marcado uma reunião com o Sr. Egerton. O Sr. Egerton era um dos editores mais importantes da Inglaterra. É evidente que o fato de Henry ter conseguido chegar até ele não tinha qualquer relação com o romance de Jane, mas sim com seu charme, suas relações extensas e sua fama de sortudo.

Ou seja, o que importava ainda estava por vir. Será que o Sr. Egerton recusaria o manuscrito? Será que se dignaria ao menos a dar uma espiada nele ou o mandaria de volta, intacto, como o Sr. Cadell, no passado? Ou ele faria promessas, chegando a anunciar o romance como breve lançamento, como os Crosby fizeram com *Susan*? Os direitos da publicação ainda estavam com os irmãos, visto que Jane não tinha conseguido juntar as dez libras para recomprá-los. Um fato que a incomodou durante muito tempo, mas agora ela estava esperançosa. Esperançosa que *Elinor e Marianne* encontrassem alguns leitores, dez, vinte — e ela estaria feliz.

"O título ainda me preocupa", disse ela e tomou mais um gole.

Ela tinha acabado de se virar para Henry, que, pensativo, balançava a cabeça.

"Ainda haverá tempo o bastante. Mudar um título talvez seja o menor dos detalhes, acho."

"Creio que seria melhor você já ir com algo mais cativante nas mãos. Algo que fique na memória, que resuma o livro inteiro em uma ou duas palavras."

"Ah, títulos", disse Eliza com um movimento desdenhoso de mão. "O que há de emocionante nisso? Afinal, a gente diz 'Você leu a última obra do conde fulano de tal?' ou 'O romance de Sydney Charles é maravilhoso!'"

"Sim, mas ninguém me conhece!" Nervosa, Jane esfregou as mãos. "Justamente, ninguém vai dizer: 'Você conhece a última obra dessa insignificante filha de pastor de Hampshire?'"

Eliza fez que sim com a cabeça, pensativa. Ela piscou, encostou o dedo nos lábios, refletiu.

"Por que você não publica com meu nome de batismo? Imagine como ficaria: 'O mais novo romance da pena de Eliza de Feuillides'."

Jane sorriu. E fez que não.

"O nome é muito mais bonito do que o meu. Mas não."

"Do que você não gosta no nome Jane Austen?", interveio Henry com a testa franzida. "Você não é conhecida, justo. Mas apenas o nome, sua origem, sua família... Não há nada para se envergonhar aí."

"Claro que não! Mas Henry..." Jane balançou a cabeça. "Você não deve ser tão ingênuo assim de verdade. Você deveria saber melhor do que ninguém."

Ele deu de ombros. Eliza girou os olhos e encostou-se no marido.

"Os senhores da criação imaginam que as mulheres têm as mesmas liberdades que eles, mas quando queremos assumi-las, enquanto dama respeitável, a gritaria é grande."

"Além disso, sei valorizar minha invisibilidade", acrescentou Jane. "Imagine se eu me tornasse famosa e todos que conheço se esforçassem para mostrar seu melhor lado, temendo que eu esteja observando as pessoas para depois escrever sobre elas."

Eliza apertou os olhos.

"Você faz coisas do tipo? Você também escreve sobre mim? Sobre nós?" Ela apontou para Henry e para si e não parecia estar muito certa se estava gostando ou não da ideia.

"Eu não saberia como descrever sua elegância e beleza", disse Jane, sem pestanejar um instante. "Além disso, você, vocês como casal, não estão entre meus temas preferidos. Meu *métier* são três, quatro famílias no campo. Não conheço Londres o bastante nem nunca estive na França." Ou na Índia, ela poderia acrescentar, onde Eliza nascera. "Tenho a convicção que só se deve escrever sobre o que foi visto ou vivenciado. Daí não há imprecisões nem inseguranças. Tudo está claro e não é preciso ser levado a cabo, só porque o próprio autor está em busca de uma explicação."

"Confesso que estou um pouco decepcionada", afirmou Eliza, esvaziando seu copo de champanhe. "Você deveria escrever como é maravilhoso já estar bêbada às 15h. Eu acho que não existe nada mais agradável. E daí uma rápida soneca, uma coisinha para comer e a noite pode começar. Por outro lado, claro que fico aliviada em ouvir que não preciso me preocupar em aparecer sob uma luz desfavorável."

Ela juntou as saias de seu vestido amplo, que pareceria fora de moda em qualquer outra mulher. Afinal, quem ainda usava uma armação tão incômoda por baixo e tantas camadas de veludo, quase desaparecendo dentro dele? Mas Eliza podia se vestir inclusive com um pano de faxina. Nesse sentido, ela era totalmente francesa, mesmo se tivesse apenas se casado com um francês. Tudo ficava bem nela, às 7h ela estava fresca e bela, os olhos faiscavam e sua boca bonita formava uma torrente de palavras que nunca a envergonhavam.

"Me avise quando você estiver de volta, querido", disse ela para Henry e beijou Jane na face. "Sei que será um sucesso. Com sua razão, agora unida à sensibilidade — caso eu possa me expressar assim... Não que antes você fosse fria... Você sabe que não é isso que estou querendo dizer. Mas isso lhe faz bem, faz bem principalmente à sua escrita. Li tudo o que você escreveu, várias vezes, como você sabe, e digo que *Elinor e Marianne* se transformou numa pequena obra-prima."

"Bobagem", desprezou Jane, que intimamente estava muito feliz pelo elogio.

Eliza deixou o salão e subiu as escadas. Quando seus passos se tornaram inaudíveis, Jane se recostou. Ela ainda segurava o copo com o champanhe que havia amornado.

"Razão", repetiu ela o que Eliza tinha dito, "e sensibilidade."

Ela levantou-se, foi até a janela e olhou para Sloane Street e Ranelagh Gardens, cuja exuberância quase não era mais reconhecível, mas hoje menos sublime. Ergueu a cabeça, olhou para o céu de um cinza opaco, desbotado.

"Hum?", soltou Henry.

"Razão e sensibilidade, o que você acha?" Ela se virou na direção dele. Um arrepio nervoso percorreu sua espinha dorsal. Durante muito tempo ela havia quebrado a cabeça, anotado todas as combinações de palavras possíveis para achar o núcleo da história, tinha ficado tateando, mas sempre acabava em becos sem saída.

Mas era isso!

"Confesso que não compreendo o que você está querendo dizer."

Irritado, Henry encarou-a.

"O nome do meu romance. *Razão e Sensibilidade*. Não *Elinor e Marianne*."

Os cantos da boca dele se curvaram para baixo, ele refletiu e depois a boca sorriu.

"Nada mal."

Nesse instante, ela já tinha saído porta afora e estava no meio da escada.

"Você pode esperar mais um instante? Volto logo."

No quarto de hóspedes, que Eliza tinha ajeitado para ela e cujas janelas davam vista para muros marrons avermelhados de outras casas, Jane foi rapidamente até a escrivaninha, pegou uma folha de papel da pilha e, ainda em pé, mergulhou a pena na tinta e escreveu com letras sinuosas: *Razão e Sensibilidade.*

Embaixo, não escreveu Eliza de Feuillide nem Jane Austen, mas *A Lady*. O mesmo pseudônimo da autora de *Primeiras Impressões*, enquanto ela citava passagens de cor do texto para a vizinha, a pobre senhora Benn, afirmando que outra pessoa escrevera aquilo.

Com alegria e esperança recém-despertadas nas faces quentes, ela olhou para a folha de rosto. Agora ela podia entregá-la a Henry e deixá-lo partir. Estava tudo pronto.

~

No dia anterior, Eliza externara a ideia de, espontaneamente, fazer uma festa na noite seguinte. Jane havia pensado num grupo pequeno, privado, de quatro, no máximo cinco pessoas. Mas quando o céu escureceu, cerca de trinta convidados entraram no salão. Como era de se esperar, os tapetes haviam sido desenrolados e trazidos para fora e, mesmo se assim tão cedo não fosse hora de dançar, todos conversavam animadamente. Eliza havia decorado as paredes com *chiffon*, dando a impressão de se estar em meio a nuvens cor-de-rosa. No canto, um senhor tocava piano, mas estava evidente que Eliza não queria se limitar a um mero piano. Apenas então Jane enxergou a harpa, que, via de regra, não ficava no salão. Mas não apenas Eliza havia se dedicado com afinco em decorar o espaço com as coisas mais exóticas. Também seus visitantes pareciam ter passado o dia inteiro ocupados em se arrumar. Muitas sedas farfalhando, sapatos lustradíssimos e o cabelo tão empoado que volta e meia Jane ficava um pouco tonta.

Em outras circunstâncias, ela aproveitaria ao máximo um grupo tão heterogêneo e colorido. Mas já passava das 19h. Onde estava Henry? Ela ficou imaginando as maneiras mais terríveis de se rejeitar um manuscrito, até cair em si. Ela podia ficar sentada num canto, matutando, mas isso não alteraria o curso das coisas — ou ela podia fazer o que uma escritora mais gosta de fazer durante uma festa: perambular entre os convidados com olhos bem abertos e ouvidos afiados, absorver tudo, observar cada piscadela nervosa, cada pausa longa demais. O que as pessoas diziam em si não tinha tanta importância. Afinal, as heroínas de Jane — mal ela segurava a pena sobre o papel — começavam a falar como se fossem salvar o mundo. O interessante era aquilo possível de ser expresso por meio dos gestos. Por um olhar nostálgico ou ansioso, dissimuladamente raivoso ou amoroso.

O pianista podia tentar superar o barulho com sua interpretação vigorosa, mas fracassava lastimavelmente diante das risadas altas das senhoras e dos sonoros grunhidos que os homens imaginavam ser obrigados a soltar. A impressão era que coisas muito importantes eram explicadas com o cachimbo na boca e um copo na mão. Os homens falavam sobre os acontecimentos mundiais e sobre os efeitos do bloqueio continental de Napoleão, que estava assumindo proporções absurdas, entretanto dedicavam-se com mais veemência aos seus empregados, ao clima londrino e ao fato de que a Sra. Tottenham fora alvo de uma brincadeira absolutamente idiota quando um desconhecido engraçadinho encomendou para o seu endereço, no mesmo dia, quarenta peixeiros, doze limpadores de lareiras, inúmeros coveiros com seus caixões e mais centenas de comerciantes de diversos tipos.

"Agora o mundo todo sabe onde a Sra. Tottenham mora", comentou um senhor de cabelos brancos e barba enorme, "embora a valorosa Sra. Tottenham não conheça ninguém."

"Talvez tenha sido exatamente para isso", interveio um outro senhor. "Transformar uma rua desconhecida com uma casa desconhecida, onde vivia uma desconhecida, no endereço mais famoso de Londres. Mais famoso do que Carlton House."

Expressando seu desgosto em uníssono, os senhores balançaram as cabeças. Jane achou a cena engraçada, mesmo se evidentemente a Sra.

Tottenham fosse digna de pena. E ela ficou um tantinho grata à cena: por inteiros três minutos, ela não pensou em *Razão e Sensibilidade*, nem em Henry e ou no Sr. Egerton.

"Jane, Jane, aí está você!"

Num vestido verde luminoso, a mãe adotiva de Edward, Catherine Knight, se aproximou dela. Jane ficou contente em vê-la, mas naquela noite ela queria a visita de alguém que não soubesse de sua atividade de escrita. Ela não estava em condições de falar a respeito sem deixar o copo cair, tamanho seu nervosismo. Catherine Knight, por sua vez, tinha como tema predileto os manuscritos de Jane.

"Minha querida, que oportunidade maravilhosa revê-la. Como vai? E, diga, já é possível comprar suas obras? Edward não me diz nem uma palavra a respeito; você o conhece. Ele é um bom rapaz, um jovem discreto, prestativo, inteligente, mas não tem a menor afinidade com as artes."

Jane queria desaparecer no ar. A Sra. Knight falava tão alto que as primeiras pessoas já se viravam para vê-las. Felizmente uma mulher começou, naquele mesmo instante, a dedilhar a harpa. Formaram-se pequenos grupos ao seu redor para assistir e Jane aproveitou para responder de maneira mais discreta.

"Egerton?", exclamou a Sra. Knight, arregalando os olhos, satisfeita. "Um nome excepcional, Jane. Sua escolha não poderia ser melhor! E se trata de qual de seus livros?"

A Sra. Knight estava perdendo a visão de conjunto dos trabalhos de Jane, mas não podia ser levada a mal por causa disso. Havia *Marianne e Elinor*, agora *Razão e Sensibilidade*, que era a obra sobre a qual Jane depositava as maiores esperanças. Mas também *Primeiras Impressões* estava quase que totalmente revisada, faltando apenas um título, pois alguns anos antes Jane infelizmente se deparou com um livro homônimo. Por outro lado, o romance que Jane intitulara apenas de *The Elliots*, por motivos de simplicidade, tinha sido enterrado bem no fundo de sua cômoda. Lembrar-se dele era doloroso demais, pois suas primeiras linhas foram escritas em Sidmouth.

A morte do pai fez com que Jane interrompesse o trabalho em *The Watsons*, um projeto que ela iniciara incentivada pela esperança de quando vendera *Susan* aos irmãos Crosby. E daí aconteceu *Lady Susan*, uma relíquia do passado, que ela iniciara aos 17 anos e terminara 5 anos atrás. Nesse caso, um novo título também era imprescindível, pois era muito semelhante a *Susan*. Ela se esquecera de algo? Não, Jane achava que não.

"A história das irmãs Dashwood", respondeu ela à pergunta da sra. Knight.

Essa bateu palmas de contentamento.

"Ah, eu adoro Marianne! Sempre me perguntei uma coisa: será que Elinor não se parece com sua irmã e você, com Marianne?"

Jane sorriu.

"Não", respondeu. "Não apareço nas minhas obras e Cass também não."

"Ah", suspirou decepcionada a Sra. Knight. "Sempre tive a esperança de ser citada num dos seus romances."

Dessa vez, Jane riu de verdade. Ela pensou um pouco.

"Então lhe prometo que vou mencioná-la. Já sei inclusive como a apresentarei. '*Toda vizinhança precisa de uma grande dama.*' Mas me prometa não ficar brava, mais tarde, se a mulher descrita se diferenciar de você — não consigo evitar que minhas personagens adquiram vida própria e em algum momento não tenho mais controle sob quais palavras saem de suas bocas. Tudo o que posso fazer então é prestar atenção nelas e anotar o que estão dizendo o mais rapidamente possível."

"Eu lhe prometo." Catherine Knight bateu palmas mais uma vez. Seu rosto, que já estava radiante, ficou um pouco mais iluminado de alegria. "Ah, lá está Henry!"

Jane precisou se conter para não fazer nada ridículo, como, por exemplo, desmaiar. O que o semblante do irmão exprimia? Coragem, contenção, encorajamento, alegria, irritação? De onde estava, Jane não conseguia reconhecer, mesmo ficando na ponta dos pés.

Ele atravessou um grupinho de pessoas conversando, parou próximo de Jane, cumprimentou a Sra. Knight, sorriu, passou a mão pela testa e disse: "Que clima agradável para uma noite de dezembro. Sem chuva nem geada. Nada desce dos céus."

Jane fez um movimento com seu leque na direção dele.

"Foi muito ruim? Ele expulsou você do escritório?"

Henry franziu a testa, abriu a boca, mas apenas sorriu.

"Henry!", ralhou Jane, enjoada tamanho seu nervosismo. "Diga logo!"

"Aconteceu." Ele abriu os braços. "Você pode se chamar de autora publicada. Ou quase, uma autora prestes a ser publicada."

Jane tinha se esforçado em não imaginar essas palavras; principalmente porque sabia que não significavam nada. Apenas quando tivesse o livro impresso nas mãos ou o visse numa vitrine é que se permitiria acreditar. Mesmo assim, uma satisfação ardente nasceu dentro dela e foi preciso morder os lábios para não soltar um grito.

"Bem, está feliz?"

"E como", sussurrou ela.

E daí foi como se tudo saísse de suas costas.

Todas as preocupações, todos os medos — quantas vezes ela tinha se perguntado se sua decisão de não se casar com Harris, de não viver em Manydown, não tinha sido errada. Quando estava sentada em sua nova casa, sem poder escrever, devido a um bloqueio. Quando passava frio e suas dores só faziam aumentar; quando não via mais nada porque os olhos estavam inflamados, porque as mãos tremiam, porque estava febril de novo. E a tontura, a desagradabilíssima tontura...

Nessas horas, ela recuperava a imagem que tinha criado naquela noite de dezembro de 1802. Ela via a saudável e alegre Sra. Bigg-Wither diante de si, rodeada de amigos e familiares, e depois ela própria — bem parecida com a imagem que pensava que teria em 1830: mais magra, mais enfermiça.

Tinha sido correto ouvir o coração? Tinha sido correto colocar o amor pelas palavras diante de tudo? Ou será que não tinha sido algo de extrema burrice?

Ela estava ficando ansiosa. Jane cambaleou.

"Jane." Preocupado, Henry segurou o braço dela e conduziu-a para uma cadeira.

"E se acontecer como com *Susan*?", perguntou ela, sentindo os lábios secos. "E se mais uma vez não der certo?"

"O Sr. Egerton não é o Sr. Crosby. Ele não faz promessas vazias. Seu prestígio é absoluto. E Jane..." Ele se curvou para frente. Sua voz soava tranquilizadora. "Ele leu trechos, por isso demorou tanto. Ele leu as primeiras 20, talvez 25 páginas. Quando chegou na descrição de John Dashwood, ele riu alto."

Um sorriso hesitante, incrédulo, apareceu no rosto de Jane. De repente, ela se sentiu tão velha, tão cansada! Mas as palavras de Henry davam-lhe uma esperança cautelosa.

"Ele não era um rapaz ruim", citou ela, "a não ser que um coração frio e certo egoísmo constituam maldade."

Sorrindo, Henry fez que sim com a cabeça.

"Ele ficou muito encantando com essa descrição curta, mas muito precisa. E no segundo capítulo, ah, Jane, ele não queria parar de ler. O diálogo do Sr. John Dashwood com a esposa sobre o fato de não querer ser mesquinho. "Jane fechou os olhos. Ela não acreditava ter sido a autora do diálogo brilhante e animado que aconteceu entre Elinor, o irmão de Marianne e a mulher dele. Também nesse trecho as personagens tinham tomado o controle da cena e Jane, sem fôlego, porque mal conseguia acompanhar com o registro, olhava incrédula para as palavras que sua pena escrevia. Não era bruxaria, mas sem dúvida havia algo de mágico em todo o processo.

"Sempre soube que era impossível tanto talento permanecer oculto", falou Henry em voz baixa. "Agora você precisa escrever mais 100 outros romances e pelo menos chegar aos 100 anos. E daí, querida, o mundo nunca mais vai se esquecer de você."

Um bando de borboletas parecia movimentar-se pelo corpo dela, que se sentia leve e era como se tudo nela formigasse.

"Inesquecível ou não, pouco me importa", retrucou ela. "Quero apenas escrever. Até nos dias em que não sentir a menor vontade para isso. Se puder ser assim e se houver um punhado de leitores que se interessarem... então isso é tudo o que quero."

≈

CHAWTON, CONDADO DE HAMPSHIRE
Verão de 1813

A primeira edição de *Razão e Sensibilidade* tinha se esgotado e depois de ela ter somado suas entradas e saídas, restara uma soma enorme. Isso apesar de Jane não se esquecer de nada, pagando em primeiro lugar todas as dívidas, principalmente aquelas contraídas com Henry e Eliza. Na coluna do crédito, sobravam 140 libras. Cento e quarenta libras! Ela estava rica. Não tinha como chamar de outro jeito.

Pelas manhãs, assim que punha um dos dedos do pé para fora da coberta, Jane era tomada por um sentimento tépido de felicidade. Ela sabia que Eliza não ficaria brava se a visse assim. Afinal, sua prima e esposa de Henry sempre gostara de festas, alertando-a para não adiar muito as coisas. Certa vez, Jane escreveu a Cass: *Passei uma noite extremamente agradável, mesmo se você descobrir que não havia nenhum motivo aparente para tanto. Mas não me parece valer a pena esperar para que aconteça uma oportunidade de diversão.*

Naquela época, ela tinha se inspirado também em Eliza, que sempre achava um motivo para rir, convidar amigos e tomar champanhe. Quatro meses após a morte precoce da cunhada, Jane estava deitada, olhos semicerrados, mas cantarolando baixinho. Em janeiro, *Orgulho e Preconceito* tinha sido publicado e, para seu enorme espanto, teve mais êxito do que *Razão e Sensibilidade*.

Orgulho e Preconceito. Quando foi que ela teve a ideia de chamar a obra de *Primeiras Impressões*? Ela não sabia mais. Na sequência, viria *Mansfield Park*, que estava revisado. E depois?

O aroma suave dos cravos da floreira de sua janela entrava no quarto. Ela sentiu a luz quente do sol sobre o braço. Se continuasse deitada ali, provavelmente ficaria com sardas novamente.

Por um momento ínfimo, a alegria e o sentimento de felicidade desapareceram. O rosto redondo, alegre da Sra. Buller apareceu em sua mente. E de como elas tinham ido nadar numa manhã bem cedo. E de como Jane se sentava em seu jardim floridíssimo. E de como Frederick parou diante dela, amarrotado, olhando-a carinhosamente.

Ela abriu os olhos, vislumbrou as sombras trêmulas das folhas da bétula no teto do quarto, sentou-se e olhou para as pernas, que se desenhavam sob a camisola branca. Parecia que era um assunto de vida ou morte para Martha deixar as roupas alvíssimas. Jane pegou um fiapo do tecido e jogou-o no chão.

Suas pernas ainda a carregavam e mesmo se outras partes do seu corpo começassem a funcionar mal — principalmente os olhos, mas também a tontura e a febre recorrentes —, nada a impedia de trabalhar.

Quanto mais velha ficava, mais imperiosa a escrita lhe parecia. Como se o tempo fugisse dela. Na realidade, porém, ela gostava de escrever, pois agora sabia que as pessoas adoravam seus romances.

Certa manhã, pouco depois da publicação de *Razão e Sensibilidade*, Catherine Knight, a mãe adotiva de Edward, entrou correndo com uma edição do jornal *Morning Chronicle*.

"Aqui está escrito, e peço que não me interrompam, afinal não vim de Londres até aqui para não conseguir me expressar direito. Aqui está escrito que Londres inteira quer saber quem é a misteriosa *A Lady*. Estejam certos de que Londres não sofre de carência de assuntos para se preocupar, mas é porque as vendas de *Razão e Sensibilidade* superam todas as expectativas." Ela havia erguido a cabeça e encarado Jane, que estava radiante. "Não vou a mais nenhum evento social em que o livro não seja tema das conversas. Nos últimos tempos, ouço mais o nome Dashwood do que meu próprio. As mulheres suspiram pelo Sr. Willoughby, mas apenas até lerem dois terços do livro, depois se voltam com igual entusiasmo ao Sr. Brandon. E claro que suspiram também pelas mulheres. Por Marianne e Elinor."

Visto que Jane a encarava, incrédula, ela apressou-se em acrescentar: "Ouvi até dizer que homens e mulheres em Manchester e Liverpool estão discutindo a respeito."

"Em Manchester e em Liverpool?", repetiu Jane, atônita.

"Isso mesmo. E você sabe o que todos elogiam?"

A Sra. Knight bateu palmas. "A verossimilhança!"

Jane ficou sem palavras. As pessoas falavam de *seu* romance em Manchester e em Liverpool — tão distante da sua vida!

Mas era impossível a Sra. Knight estar dizendo a verdade. Impossível, não, ela tinha de gargalhar e fazer graça, ou em uma, duas semanas, ficaria claro que o jornal havia se enganado. Na verdade, as pessoas detestavam o livro e só falavam a respeito para dar vazão à sua irritação.

"Dizem que parece que a cada momento uma das personagens principais vai dobrar a esquina, enquanto outros autores se esforçam para tornar suas obras tão estranhas ao dia a dia e aventurescas quanto possível." O rosto da Sra. Knight mostrou um sorriso orgulhoso. E prosseguiu: "As pessoas amam o que você escreveu pois é fiel e não vem cheio de enfeites e truques. Sim, elas amam, Jane, de verdade!"

Jane inspirou profunda e prazerosamente. Tudo bem a cabeça estar doendo e as lágrimas molharem seu rosto. Chega de descanso!

Ela foi até à mesinha pequena que, por motivos de praticidade, havia levado ao seu dormitório. Ali ela conseguia fazer anotações mesmo que não se sentisse muito bem, para que seus sonhos e pensamentos não fugissem.

Naquele dia uma ideia havia surgido. E logo em seguida, outras ideias começaram a borbulhar de dentro dela. Jane anotou como queria começar e qual seria a trajetória da jovem heroína. O desenho de Frederick estava à sua frente. A jovem que irradiava tamanha energia que Jane tinha chegado a se apaixonar por ela, agora tinha nome e uma história.

Em retrospecto, Jane achou que ela tinha esperado muito tempo por aquela personagem. Mas ela finalmente estava à sua frente, com um sorriso no rosto e os olhos semicerrados, coquete, como se quisesse pedir pressa a Jane. Ela era diferente das heroínas anteriores de Jane — menos encantadora, menos perfeita, não tão charmosa como Lizzy Bennet nem tão razoável como Elinor nem tão cheia de sensibilidade como Marianne Dashwood.

Em vez disso, ela achava que sabia de tudo, sempre imaginando conhecer melhor as pessoas que elas próprias. Resumindo, era uma figura exigente, pequena, teimosa, quase autoritária. Como pessoa, mas principalmente como ponto central de um romance.

Havia protagonistas masculinos que, na condição de heróis, eram igualmente queridos pelos leitores — mas uma mulher? O público sempre era mais severo quando se tratava de mulheres. Assim como na vida real: os meninos podiam brigar e se sujar, as meninas tinham de ficar sentadas no cantinho, comportadas, bem arrumadas e não falar sem serem perguntadas.

Com *Emma*, Jane queria fazer uma experiência!

"E você se esqueceu de uma causa de felicidade para mim", disse Emma, "e considerável: eu própria arranjei o casamento. Arranjei o casamento quatro anos atrás; e vê-lo acontecer e provar que estava certa, quando tantas pessoas disseram que o Sr. Weston jamais se casaria de novo, é capaz de me consolar por qualquer coisa."

O Sr. Knightley balançou a cabeça para ela. O pai respondeu, carinhosamente: "Ah! Minha querida, gostaria que você não arranjasse casamentos e fizesse previsões, pois tudo o que diz sempre acontece. Por favor, não arranje mais casamentos".

"Prometo não fazê-lo para mim mesma, papai; mas, para os outros, preciso arranjar. É a coisa mais divertida do mundo! E depois de um sucesso desses!"

"Não compreendo o que você quer dizer com 'sucesso'", disse o Sr. Knightley. "Sucesso implica esforço. Você tem passado seu tempo de maneira muito apropriada e elegante, vem-se esforçando há quatro anos para fazer esse casamento acontecer. Que ocupação digna da mente de uma moça! Mas, se ter arranjado o casamento, como você diz, significa apenas que o planejou, que um dia, quando não tinha nada para fazer, disse para si mesma: 'Acho que seria uma coisa muito boa para a Srta. Taylor se o Sr. Weston se casasse com ela', e depois repetiu a mesma coisa de tempos em tempos, por que fala em sucesso? Onde está o seu mérito? Do que você se orgulha? Você teve um palpite de sorte; isso é tudo o que pode ser dito."

"E o senhor nunca sentiu o prazer e o triunfo de um palpite de sorte? Tenho pena do senhor. Achei que era mais inteligente — pois pode ter certeza de que um palpite de sorte nunca depende meramente da sorte. Sempre há alguma habilidade envolvida. E quanto à minha pobre palavra, 'sucesso', da qual o senhor discorda, não sei se estou tão longe assim de merecê-la. O senhor criou duas belas imagens, mas eu acho que pode haver uma terceira, algo entre o não fazer nada e o fazer tudo. Se eu não tivesse incentivado as visitas do Sr. Weston, dado diversos encorajamentos sutis e removido diversas pequenas dificuldades, talvez nada tivesse acontecido."

Com *Emma*, ela não queria apenas ousar, ela ousaria. Ela estava sentindo. Essa heroína era perfeita porque não era uma heroína. E as pessoas teriam de lutar para amá-la por essa razão, assim como Jane já a estava amando.

Não era esse o maior desafio de um escritor?

∼

EPÍLOGO
Londres, 13 de novembro de 1815

No interior do palácio havia uma interessantíssima variedade de cores e de pinturas. Talvez nunca houvera algo como uma escolha propriamente dita, e o príncipe regente pedira para fazer aquilo que viera à sua mente de maneira absolutamente aleatória. Jane havia atravessado o gelado espaço da recepção atrás do bibliotecário, que não parava de falar com ela, sem quaisquer pausas, e que logo estaria resfolegando devido à velocidade da fala e das pernas curtas. Inúmeros degraus de mármore conduziam a sabe-se lá onde. As paredes forradas com os materiais mais elegantes exibiam quadros gigantes, que mostravam George IV e seus antepassados. Será que ele sempre pediu para ser retratado um pouco maior do que os outros homens?, perguntou-se Jane. A impressão era essa.

"Já lhe disse como ficamos extraordinariamente contentes quando o Dr. Baillies falou de sua estada em Londres?", perguntou o Sr. Clarke, secando a testa, ofegante, com um lenço de seda. Ele com certeza não era muito mais velho do que Jane, mas parecia não estar acostumado com tanto exercício físico. Apesar disso, era ele quem impunha o ritmo, atravessando o palácio sem parar. O que Jane achou uma pena, pois ela gostaria de ter reunido mais algumas impressões, mesmo que nunca quisesse escrever nada sobre o que estava descobrindo ali.

Pelo amor de Deus, não, certamente que não.

Tapetes valiosos, pendurados nas paredes, passaram por ela em alta velocidade, assim como mais pinturas que exibiam o príncipe regente envolto em estola de pele e fartamente armado sobre um cavalo. Através de uma porta entreaberta ela conseguiu lançar um olhar à lendária sala de jantar gótica. Mas o bibliotecário não lhe deu tempo de apreciar a visão de todo ouro, que chegava a bater no teto.

"Temos de ser muito gratos ao seu irmão, mas é claro que não somos gratos pela doença grave que o acometeu." O Sr. Clarke percebeu que suas palavras podiam ser mal compreendidas. "Ele está totalmente recuperado? Também graças ao Sr. Baillies, devo acrescentar..."

"Aos poucos, muito obrigada pela preocupação, Sr. Clarke."

Ele tinha um rosto animado, gordinho. Quando olhava para o bibliotecário, Jane se lembrava de uma ameixa com uma boca pintada e pontos marrons no lugar dos olhos. O leve tom violeta de sua pele sublinhava ainda mais a semelhança com a fruta.

"Seu médico veio até aqui logo em seguida", prosseguiu ele. "Ele estava absolutamente nervoso por tê-la conhecido, imagine só!"

"Não acredito", admitiu Jane.

Não que ela não estivesse orgulhosa por alguém estar nervoso depois de trocar algumas frases com ela. Mas a lembrança daquele primeiro encontro, que levou ao convite ao palácio do príncipe regente, não despertava apenas sentimentos felizes dentro dela. Esse medo de perder também Henry...

"Quando ele disse que Jane Austen estava na cidade, mal pude acreditar! Claro que o príncipe de Gales e eu a conhecíamos de nome! Ninguém mais sabe o que está por trás desse pseudônimo, mas isso não vale para nós."

Divertida, Jane se perguntou se o príncipe de Gales tinha ciência de ser mencionado nas falas do Sr. Clarke sempre junto com uma menção ao próprio. Ela é quem não lhe diria isso, afinal era mais fácil o mundo acabar do que ela algum dia ficar frente a frente com Sua Alteza.

"Jane Austen, exclamei espantado. Jane Austen está em Londres? Sim, respondeu o Dr. Baillies, exatamente, está em Londres, cuidando do irmão adoentado. Bem, trata-se de uma coincidência feliz, não acha?"

"Certamente", respondeu ela.

"O príncipe de Gales e eu temos muito respeito pelo Dr. Baillies e devo dizer que já supunha, quando eu o encontrei pela primeira vez, que ele nos ajudaria com um encontro tão encantador quanto este. A senhorita também não acha que ele é um representante absolutamente genial de seu campo de atuação, um homem raro?"

Jane sentiu-se um pouco desconfortável, mas conseguiu afastar qualquer pensamento em Frederick. Havia épocas em que ela se lembrava dele com muito amor e nostalgia. Mas hoje, e ele certamente a perdoaria por isso, não era um dia desses; hoje ela queria ser a Jane Austen que todos queriam conhecer.

Visto que o Sr. Clarke não saiu falando imediatamente de novo, ela concordou com ele e foi logo interrompida por uma nova torrente de palavras. Eles ainda não tinham alcançado seu objetivo e continuavam atravessando dezenas de portas altíssimas. Um silêncio muito peculiar reinava no palácio. Era do senso comum que inúmeros funcionários trabalhavam ali, mas ou eles andavam na ponta dos pés ou eram invisíveis. Ela ficou com a sensação curiosa de ter desaparecido no interior de um monstro marinho, de gosto eclético, e que logo a cuspiria de volta num jato potente.

"Acabamos conversando a respeito. Perguntei-lhe se sabia que o Dr. Baillies era conhecido de Jane Austen. E o príncipe de Gales ficou surpreso, a senhora nem acredita o quão surpreso ele ficou!"

"Bem, eu...", disse Jane, mas só isso. Eles tinham chegado na parte posterior do palácio. Jane ficou um pouco decepcionada por estar claro que não faria um tour completo. Ou seja, ela não conheceria a estufa em forma de catedral. Por outro lado, ela deveria ficar aliviada de não ver mais de perto os deslizes no quesito bom gosto do príncipe de Gales.

"Desse modo, Sua Alteza Real e eu ficamos contentíssimos pelo fato de a senhorita estar nos honrando hoje com sua presença. Afinal, sua obra não pode ser descrita senão como extraordinária. Todas as propriedades do príncipe contam com bibliotecas incríveis, nas quais eu, se me permite dizer, tenho uma participação decisiva. É claro que nenhuma de suas obras pode faltar nelas. Primeiras edições, naturalmente. De cada um de seus romances." Ele balançou a cabeça, notadamente satisfeito consigo mesmo. "Bem, chegamos."

Ele abriu a porta da biblioteca e, por um instante, Jane viu a do seu pai diante de si. Claro que não era possível comparar os dois espaços. Apesar disso, ela o fez e notou que seu coração ainda estava ligado àquele cômodo empoeirado, abafado, da casa paroquial em Steventon, com seus quinhentos livros. Quinhentos apenas, mas todos tão lidos como se espera de uma grande biblioteca. Com manchas de gordura nas páginas e capas rasgadas, com páginas dobradas como marcação e, vez ou outra, anotações nos textos. Em alguns dos livros, ela havia encontrado listas para a organização da horta de legumes do pai, em outros, palavras ou frases sublinhadas e enfatizadas com pontos de exclamação.

Na biblioteca do príncipe regente parecia que ninguém entrava, à exceção dele próprio. Era fria, o que certamente fazia bem ao papel, mas não aos leitores. As luminárias com velas de cera de abelha se constituíam na única fonte de calor. Jane achou ter visto uma nuvenzinha de vapor sair da boca do Sr. Clarke.

Satisfeito, ele olhou ao redor.

"Se me permite perguntar: em que a senhorita está trabalhando no momento?"

"Eu...", começou ela, constrangida e nunca uma interrupção foi tão bem-vinda.

"Ou perguntando de outra forma: a senhorita está planejando uma nova publicação em breve?"

"Sim, é fato."

Os olhos dele começaram a brilhar. "E o que a senhorita acha em dedicar essa obra ao príncipe de Gales?"

Imediatamente, Jane tentou impedir que suas faces ficassem coradas. Dedicar sua Emma a esse sujeito terrível? O romance cuja publicação lhe causava tanta ansiedade quanto seu primeiro, *Razão e Sensibilidade*, seria publicado no mês seguinte. Poderia se desculpar dizendo que o pedido do Sr. Clarke tinha sido feito tarde demais?

Mas como recusar um pedido do príncipe regente — mesmo se não expresso pelo próprio, mas pelo seu bibliotecário?

Jane tentou sorriu. Ela sentiu calor, em seguida muito frio. E também as tonturas, suas muito conhecidas, estavam presentes também.

"Claro, com prazer", disse ela, e sua voz soou rouca. "É uma honra para mim."

Mas se tratava de Emma, da sua Emma!

O Sr. Clarke estava radiante. Dava para quase dispensar as velas de cera de abelha.

"E se a senhorita não se opuser", ele se aproximou, baixando o tom da voz como numa confidência, "eu gostaria de lhe apresentar minhas ideias para um próximo romance certamente maravilhoso."

Era bom ele dizer algo tão absurdo, pois essas palavras despertaram Jane novamente. De repente, ela sentiu uma vontade enorme de cair na gargalhada.

"O senhor podia fazer a gentileza de me explicar isso em mais detalhes?", ela tentou perguntar, mais ou menos séria.

O Sr. Clarke parecia estar flutuando, tamanha felicidade.

"O mundo deseja ler algo de sua pena sobre um jovem clérigo inglês que, bem, posso falar por experiência própria, algo que deve ser vantajoso, que... O que estava dizendo mesmo?"

"De sua vida como religioso", recordou-o ela, lutando para se manter séria.

"Certo. Certíssimo. Minha vida como religioso da Marinha de Sua Majestade. Bem, claro que não gostaria de me ver representado pessoalmente, com meu nome", ele riu de um jeito estranho, que lembrou Jane do bando de galinhas que Henry gostava de tocar pelo jardim em Steventon. "Afinal, não me levo tão a sério assim. Mas imagine só: um jovem religioso, que vai ao mar e lá... Não! Estou tendo uma ideia ainda melhor: um jovem religioso que está na terrível situação de ter de enterrar a própria mãe." Subitamente ele empalideceu, a voz baixou uma oitava. "Não desejo a ninguém passar por isso. Quando a própria mãe não pode ser enterrada de maneira condizente... Foi o que aconteceu com minha querida mãezinha. Tive de carregá-la até a cova... Bem, não queria falar de mim. Mas isso não seria um tema de interesse universal?"

Jane manteve um sorriso encorajador no rosto.

"Sinto muitíssimo que o senhor tenha tido de passar por algo semelhante. Entretanto, acho que..."

O semblante dele, até há pouco tristíssimo, animou-se imediatamente.

"Mas claro, se a senhorita não achar interessante o suficiente, então me lembro de outro evento da minha vida que..."

Dessa vez foi ela quem interrompeu com suavidade.

"De modo algum, meu caro Sr. Clarke. Temo apenas não estar à altura de seu sujeito. Olhe para mim. A mulher ignorante e com pouco escolaridade que sou. Como poderia ser tão audaciosa e me colocar na pele de um religioso que viajou o mundo?"

"Mas o enterro de minha mãe", repetiu ele, olhando para ela meio estoico, meio suplicante. "Isso está dentro de seu, diríamos, âmbito de experiências, não é?"

"Minha mãe goza de uma saúde perfeita, felizmente."

"Ah, correto", falou ele, lamentando-se, mas logo voltou à carga. "Bem, talvez a senhorita gostaria da seguinte ideia, com a qual já me ocupo faz algum tempo. Como seria se no seu próximo livro a senhorita se ocupasse da alta nobreza? Isso certamente é de enorme interesse para o público em geral, e posso lhe assegurar que estarei à sua disposição para quaisquer tipos de dúvidas!"

"Muita gentileza de sua parte, senhor Clarke." Ela precisaria ser mais explícita, pois não estava adiantando. "Temo que já encontrei o tema.

Não sou mais tão jovem para começar do zero de novo. Um vilarejo, algumas famílias, eis o tema de meus romances. E infelizmente tenho de lhe confessar que isso me é absolutamente suficiente."

"Ah!", exclamou ele decepcionadíssimo.

"Mas o senhor certamente dispõe de talento, Sr. Clarke. Por que o senhor não escreve aquilo pelo que o mundo tem tanta relevância?"

"Eu deveria?"

"Mas é claro!"

Ele inclinou a cabeça. "Bem, vou pensar a respeito."

"Faça isso, Sr. Clarke. Posso dar uma olhada na biblioteca?"

"Mas é claro. Mil perdões."

O céu por trás das janelas altas ainda era de um cinza esfumaçado. Depois de Jane haver inspecionado uma prateleira depois da outra, analisando de maneira reverente os títulos, ela se virou para as janelas, atrás das quais o Sol, esbranquiçado, quase não se destacava do seu cenário.

Ela foi tomada por um sentimento surpreendente. O sentimento de, nesse exato momento e nesse exato lugar, estar onde deveria estar. Ela não precisava mais olhar para o ano de 1830, para ter certeza disso — ela era autora de três romances publicados e de mais um, que a pouco mais de quatro semanas viria à luz. Logo ela soltaria à áspera realidade sua Emma de olhar desdenhoso, atrevida, superior às críticas dirigidas à sua pessoa, e ficaria na expectativa de que o público leitor pudesse gostar tanto dela quanto das irmãs Dashwood ou de Lizzy Bennet.

Parecia inacreditável, mas era verdade: ela havia encontrado seu lugar no mundo. Ela era Jane Austen, escritora.

POSFÁCIO

Quando li todos os romances de Jane Austen, de uma só vez, estava grávida de gêmeos. Minha irmã havia me aconselhado a descansar de antemão, para estar preparada para o que viesse em seguida — bem, devo confessar que o descanso não foi suficiente. Mas até hoje me alegra o fato de eu ter me dedicado a Jane Austen. Claro que conhecia *Orgulho e Preconceito* de antes, como também já havia lido *Emma, Razão e Sensibilidade* e *Mansfield Park,* assim como assistido a todas as filmagens das últimas três décadas. Porém, mergulhar em todos os romances de uma só vez fez com que eu me encantasse com as heroínas de Jane Austen de uma maneira mais intensa do que, por exemplo, aquela possível através de uma adaptação cinematográfica.

Uma década mais tarde, a editora Aufbau e eu começamos a conversar sobre um projeto envolvendo as grandes artistas de nosso tempo e do passado. Depois que meu marido ficou sabendo, ele tinha certeza: "você tem de escrever sobre Jane Austen, sem sombra de dúvida!".

"Jane Austen? Acho que ela morreu faz tempo."

Mas a editora me assegurou que não. Mesmo que o nascimento de Jane Austen tenha se dado há 250 anos, o interesse que ela suscita nunca foi interrompido. Ela é a primeira autora a estampar uma nota de 10 libras inglesa — algo que teria proporcionado uma alegria diabólica a ela, que precisou fazer economia durante quase toda a vida.

Eu sabia pouco sobre a escritora — ou a pessoa — Jane Austen. Por essa razão, sob o impacto das palavras de seu sobrinho James Edward Austen-Leigh, de que a vida da tia tinha sido muito pobre em acontecimentos, eu comecei a pesquisar a partir da biografia maravilhosa escrita por Claire Tomalin. Segundo ele, poucas mudanças e nenhuma crise maior abalaram o transcurso de sua vida. Para o sobrinho, pode ter sido essa a impressão — ou ele não queria mexer na imagem que tinha da tia querida. Mas o fato é que a vida de Jane Austen foi tudo menos um rio longo e tranquilo. De um lado, foi uma vida curta: ela contava apenas 41 anos ao morrer em 1817. De outro, embora ela nunca tivesse se vestido de homem e embarcado em aventuras pelas quais hoje ela seria admirada, houve, sim, crises pessoais. Houve medos e preocupações, luto e sofrimento. Bem como uma impressionante força criadora.

E talento! Basta abrir um de seus livros e ler uma linha qualquer para logo um diálogo brilhante soar nos nossos ouvidos. Quem consegue escrever desse jeito? Não eu. Apesar disso, espero ter apresentado aos meus leitores e leitoras a vida de Jane Austen de uma maneira agradável. Nesse sentido, tomei muitas liberdades — nem sempre de maneira voluntária. Poucas coisas chegaram até nós; cartas, sim, mas Cassandra, irmã de Jane, destruiu grande parte delas. Ou seja, havia muitas lacunas a serem preenchidas, os eventos de que sabemos me serviram como a estrutura da história e tive de inventar os detalhes, os diálogos, os pensamentos de Jane.

Em favor do fluxo narrativo, juntei algumas coisas e separei outras — e também inventei um nome. Há pouquíssimas informações sobre o homem que Jane conheceu por volta de 1801. Supõe-se que Jane tenha se apaixonado por um jovem durante uma viagem ao litoral e cujo nome é desconhecido. Batizei-o de Frederick Mortimer e o transformei em médico, mas pode ter sido um religioso. Pouco depois de eles se conhecerem, o rapaz morreu num acidente. Com grande probabilidade, o romance *Persuasão* não tenha sido iniciado antes de sua primeira obra publicada; é considerado seu livro mais maduro e uma indicação preciosa a quem não o conhece ainda. Trata-se de um volume fininho e traz tanta coisa!

A fim de dirimir quaisquer dúvidas, neste ponto quero fazer a correspondência dos títulos que usei nesta história com os títulos dos romances publicados:

No longo período que existe entre os manuscritos de Jane Austen e seu lançamento, surgiram romances com títulos iguais ou protagonistas homônimos (por exemplo, no caso de *Susan*, cuja heroína teve seu nome mudado para Catherine Morland); em parte, a própria autora achou mais cativante.

Elinor e Marianne se transformou em *Razão e Sensibilidade*; *Primeiras Impressões* ficou conhecido como *Orgulho e Preconceito*; *Susan* acabou publicado, meio ano após a morte de Jane Austen, como *A Abadia de Northanger*. *The Elliots* se chama agora *Persuasão*. Jane não viu essas publicações.

Indico a quem quiser mergulhar mais fundo na vida de Jane Austen uma seleção de livros que me ajudaram muito e que são ainda não apenas interessantes, mas também muito gostosos de serem lidos:

Jane Austen. A life, de Claire Bomalin, a citada biografia que até agora infelizmente não foi traduzida ao português, é recheada de informa ções suplementares e *insights*.

Jane Austen's Letters, organizado por Deirdre Le Faye. Reunião de todas as cartas de Jane Austen que não foram destruídas. Além disso, há um índice das pessoas com as quais Jane trocou ao menos uma palavra.

Aos interessados pela época, sugiro a seguinte bibliografia: *Jane Austen's England* (Roy e Lesley Adkins), *Jane Austen und ihre Zeite* (Deidre Le Faye) e *A Dance with Jane Austen* (Susannah Fullerton). Ou releia *Persuasão, Emma* ou *Orgulho e Preconceito* mais uma vez!

E, por fim, um agradecimento todo especial à minha agente Katrin Kroll e à minha editora Christina Weiser, que com suas inúmeras orienta-ções, ideias e olhares atilados tornaram meu trabalho como autora muito mais fácil!

INFORMAÇÕES ADICIONAIS

Há citações de obras e cartas de Jane Austen, por vezes ligeiramente abreviados, em algumas partes deste romance. Essas foram retiradas das seguintes traduções e os trechos integrais podem ser conferidos como se segue:

Páginas 279, 301, 355 e segs.: Jane Austen, *Emma*. Tradução de Julia Romeu. São Paulo: Companhia das Letras, 2021. 1ª edição.

Páginas 120 e seg., 122 e segs., 325: Jane Austen, *A abadia de Northanger*. Tradução de Lêdo Ivo. Rio de Janeiro: Nova Fronteira, 2022. 1ª edição.

Páginas 242 e seg., 244 e seg., 290 e seg., 292: Jane Austen, *Persuasão*. Tradução de Luiza Lobo. Rio de Janeiro: Nova Fronteira, 2019. 3ª edição.

Página 356: Jane Austen, *Santidon*. Tradução de Fábio Meneses Santos. São Paulo: Principis, 2021. 1ª edição.

Páginas 13, 84, 144 e seg., 145 e seg., 151 e seg., 163 e segs., 167 e seg., 176, 330: Jane Austen, *Orgulho e preconceito*. Tradução de Alexandre Barbosa de Souza. São Paulo: Penguin/Companhia das Letras, 2011. 1ª edição.

Páginas 19 e seg., 31 e seg., 74 e seg., 75 e seg., 103 e seg., 110 e seg., 112, 135 e seg., 137 e seg., 179, 314 e seg., 325 e seg., 349: Jane Austen, *Razão e sensibilidade*. Tradução de Alexandre Barbosa de Souza. São Paulo: Penguin/Companhia das Letras, 2012. 1ª edição.

Páginas 99, 102, 118 e seg., 125, 198, 233, 351: Deirdre La Faye (org.), *Jane Austen's Letters*. EUA: Oxford University Press, 2011. 4ª edição.

TORDSILHAS

CONHEÇA OUTROS LIVROS

MOMENTOS DE ANGÚSTIA E DE SENSIBILIDADE

Contos

ficção

O amor platônico de um livreiro por sua funcionária, um adolescente negligenciado que encontra afeto em uma improvável dupla de estudantes universitários contratados para cuidar da casa, a perda da inocência de uma garota nas mãos do filho de sua empregadora e um orgulhoso nonagenário impotente no quarto de hospital de sua neta. Românticas, esperançosas, brutalmente cruas e implacavelmente honestas, algumas até beirando o surreal, essas histórias são, acima de tudo, sobre o eterno tema do amor de Lily King.

ELEITO UM DOS MELHORES LIVROS DO ANO PELO WASHINGTON POST

Kelly Link conquistou seguidores fervorosos por sua capacidade de, a cada novo conto, levar os leitores de maneira profunda a um inesquecível universo ficcional. Por mais fantásticas que essas histórias possam ser, elas são sempre fundamentadas por um humor astuto e uma generosidade inata de sentimento pela fragilidade — e pelas forças ocultas — dos seres humanos. Em Arrume Confusão, esse talento único expande os limites do que os contos de ficção podem fazer.

Literatura fantástica

premiados

Todas as imagens são meramente ilustrativas.